伍喜喜的
加加の
華語系
语为

道德底线：1.理性.
2.公正

道德哲學要義

The Elements of Moral Philosophy, 4th ed.

雷秋爾(James Rachels) 著

林逢祺 譯

桂冠圖書

McGraw Hill Education

國家圖書館出版品預行編目資料

道德哲學要義 / 雷秋爾(James Rachels) 著；林逢祺譯.
-- 初版. -- 臺北市：麥格羅希爾出版, [苗栗縣三灣鄉]：
桂冠發行；2010. 03
　面；　公分.
含索引
譯自：The Elements of Moral Philosophy, 4th ed.
ISBN 978-986-157-697-8 (平裝)

1. 倫理學

190　　　　　　　　　　　　　　99003296

道德哲學要義

作　　　者　雷秋爾(James Rachels)

譯　　　者　林逢祺

合 作 出 版　美商麥格羅希爾國際股份有限公司台灣分公司
暨 發 行 所　台北市 10044 中正區博愛路 53 號 7 樓
　　　　　　TEL: (02) 2383-6000　　FAX: (02) 2388-8822

　　　　　　桂冠圖書股份有限公司
　　　　　　苗栗縣 35241 三灣鄉中山路 2 號
　　　　　　TEL: (037) 832-001　　FAX: (037) 832-061
　　　　　　E-mail: laias.laureat@msa.hinet.net
　　　　　　http://www.laureate.com.tw

總 代 理　桂冠圖書股份有限公司

劃 撥 帳 號　01045792　桂冠圖書股份有限公司

出 版 日 期　西元　2015　年　10　月　初版三刷

印　　　刷　盈昌印刷有限公司

定　　　價　新台幣 400 元

ISBN：978-986-157-697-8

※本書若有缺頁、破損、裝訂錯誤，請寄回調換。

譯序

　　《道德哲學要義》(*The Elements of Moral Philosophy*, 2003/1986)乃是著名美國道德哲學家雷秋爾(James Rachels, 1941-2003)的代表作。雷秋爾歷任阿拉巴馬大學(University of Alabama at Birmingham)哲學系系主任、文學院院長及學術副校長等職，並擔任該校「特聘教授」(University Professor, 1984-2003)職位近二十年。

　　除了《道德哲學要義》，雷秋爾尚有五本專著、七本編著、近百篇論文問世。其另外五本專著分別為：《生命的盡頭：安樂死與道德》(*The End of Life : Euthanasia and Morality*, 1986)、《由動物創生而來：達爾文主義的道德蘊義》(*Created from Animals : The Moral Implications of Darwinism*, 1990)、《倫理學能提供解答嗎？》(*Can Ethics Provide Answers*? 1997)、《哲學問題》(*Problems from Philosophy*, 2005)、《蘇格拉底的遺緒：道德哲學論文集》(*The Legacy of Socrates : Essays in Moral Philosophy*, 2007)。雷秋爾最為著名且影響廣大的一篇學術論文是〈積極和消極安樂死〉("Active and Passive Euthanasia", 1975)，此文被收錄在各類著作重新出版的次數高達三百次以上，足見其份量。

　　《道德哲學要義》一書初版於1986年問世，2003由
雷秋爾本人在過世之前完成了第四次的修正印行，其子
Stuart Rachels且在2007年為該書作了第五版的修正印行。
自問世以來，《道德哲學要義》已經銷售超過五十萬
冊，是近年美國最為暢銷的哲學著作之一。

　　《道德哲學要義》全書分十四章，第一章簡介何謂
道德，提出「道德的底限觀」；第二章說明文化相對主
義對道德基礎的衝擊；第三章闡釋倫理主觀主義，並探
討何謂道德裡的事實和證據；第四章回答道德與宗教的
關係；第五章探索心理利己主義；第六章介紹倫理利己
主義的正反兩面論述；第七章則藉由安樂死的探討，說
明效益論的意義；第八章深入分析效益論的優缺點；第
九章論證建立絕對客觀之道德規則的可能性；第十章闡
述康德的道德尊嚴定律及敬人原則；第十一章說明契約
論；第十二章介紹女性主義與關懷倫理學；第十三章分
析德行倫理學；第十四章是綜合討論，說明適宜的道德
學說應該包含哪些要素。

　　《道德哲學要義》捨棄哲學著作慣用艱澀、冷僻術
語之陋習，全書行文通達曉暢，是為其重要特色之一。
其特色之二，則在運用重要的倫理事件，生動、具體、
廣泛而持平地介紹了西方的主要道德理論，此為倫理學
專書所少見。再者該書作者對任何理論的正面或反面評
論，都能以明晰的論證闡明立場，言之成理、持之有
故，此在倫理思考教育上極具價值，是其特色之三。其
特色之四，則在提出一套兼容效益、德行、關懷與正義
等要素的道德學說，足可作為立身行事之規矩。

　　閱讀《道德哲學要義》的過程中，讀者可輕易明瞭道德哲學的全貌、道德難題的挑戰、道德說理的方法、道德與快樂的關係，以及應用倫理學的精義，對於雷秋爾的理論為何能在當代道德哲學中形成不可忽視的力量，也可得到生動的理解。最為重要的是，讀者將能在閱讀本書的過程中，強化道德說理的心性，並了解道德證據之蒐集，以及道德事實之判斷的重要。

　　就學術研究的價值性而言，本書為道德哲學的精義作了明晰而權威的介紹，可在學理上達到解惑的功能。最為重要的是，它具體而微地展示了道德哲學與日常生命息息相關，一掃道德哲學作為學究、書蠹之空想園地的舊觀。此外，就大專教育而論，國內有關道德哲學的專著裡，雖不乏佳作，但能如《道德哲學要義》這樣生動、具體而處處以重要倫理事件為論據者，實為少見。因此本書的出版，不僅可供道德哲學研究者之參考，也可用於奠定大專學生的道德哲學基礎。近來我國國民好學深思者日眾，本書之出版若能提供這些讀者，一親道德哲學風采的機會，更是吾心所願。

　　本書的完成，得到許多師長、朋友、學生最慷慨的協助。林玉体教授和周愚文教授閱畢全書，悉心指出許多應當修正的錯誤；洪仁進及葉坤靈兩位教授在我翻譯過程中，不斷耐心提供寶貴諮詢；蘇愛嵐、鄭又睿、李郁緻、蘇致嫻、許育萍、林展光、林喧宜等臺灣師大教育系的研究生以及地理系林世鎰同學和公領系謝欣容同學，協助進行文稿的繕打及校閱，其中蘇愛嵐、林世鎰、鄭又睿及李郁緻細讀全書，貢獻無數寶貴意見；桂冠出版社主編蕭春松先生專業、熱誠，讓我能放心進行

一切必要的修改；桂冠出版社負責人賴阿勝先生為了文
化理想而在出版路上幾乎走到山窮水盡的地步，仍然不
改豪氣，堅決支持本書如期出版，令人動容。但願本書
確實有益於學子、大眾，庶幾不負這麼多人曾經為其付
出的珍貴心血。

林逢祺　謹識

2009年　夏

前言

　　蘇格拉底是人類最早和最優秀的道德哲學家之一，他曾經說：道德哲學探究的是「人應當如何生活的道理，並非枝微末節」。本書也將以這種宏闊的角度來介紹道德哲學。

　　當然，道德哲學涵蓋的範圍極為廣大，不是一本小書就能道盡其堂奧，所以我們需要設法決定哪些應該包括進來？哪些應該排除在外？我所依循的選材準則是：假定本書的讀者是對這門學科一無所知，但卻願意花費少許時間來學習它的人。對於這種人來說，最優先和最重要的學習項目是什麼呢？本書即是我對這個問題的回答。我並不想盡數道德哲學領域的每一個主題；甚至對於觸及的主題，也沒有把所有可介紹的完全呈現。然而，我確實已經盡我所能地說明了道德哲學新兵們應當正視的那些最重要的觀念。

　　本書各章的撰寫方式，都是以可供單章閱讀為原則──實際上它們是探討各種不同主題的獨立論文。因此，那些對「倫理利己論」(Ethical Egoism)有興趣的讀者，可以直接閱讀第六章，在該章中將可發現有關這個理

論的完整介紹。儘管如此，依章節順序來閱讀本書，還是可以看出各章闡釋的內容具有某種程度的連貫性。第一章呈現的是道德的「底限觀」(minimum conception)；中間各章涵蓋了最重要的幾個巨型倫理學說（行文間必要時，偶有一些分枝議題的討論）；最後一章則在鋪陳我心目中令人滿意的道德理論，應該具有何種形貌。

本書的目的不在對各種議題提供明確而統整的「真理」，若是如此，將是介紹這個學科的差勁方法。哲學和物理學不同。在物理學的領域裡，有大量既定的真理，對於這些真理，有能力的物理學家們不會質疑，而初學者則必須戮力學習（物理學的老師們很少有人會建議大學生們應該自行判斷熱力定律是否為真）。當然物理學家們也會有歧見，而若干爭論也還沒有找到解答，可是在這些爭論背後，物理學家們卻有大量的具體共識作為彼此討論的基礎。相較而言，哲學裡的每一個主張似乎都有爭議——或者可以說，幾乎每一個哲學主張都有爭論。而一本理想的哲學導論書籍，絕不會掩蓋這個有些令人困窘的事實。

閱讀本書時，你將可綜覽一些相互爭鋒的觀念、理論和論證。我自己的觀點難免會影響鋪陳的色彩。我並不隱瞞自己覺得若干觀念比別的觀念更為吸引人，而且很明顯地，一個哲學家對於某一觀念的評價若是與別人不同，那麼他在介紹這個觀念時，採用的方式上也會與別人有所差異。不過，呈現這些相互爭鋒的理論時，我盡力保持公正，當我認為某個理論應該得到支持或拒斥時，我都會提出理據。哲學和道德基本上都是論理的活動——在論理過程中，最後取得上風的觀念，即是擁有

最佳理據的觀念。而如果這是一本成功的著作，讀者們
透過閱讀，應可學會評斷理據的要領。

目錄

第*1*章

何謂道德？

我們討論的是人應當如何生活的道理，並非枝微末節。

蘇格拉底，引自柏拉圖《理想國》
(Socrates, in **Plato's** *Republic*, 390 B.C.)

1. 1. 定義問題

　　道德哲學的目的在於系統化地了解道德的性質，以及道德對我們的要求——用蘇格拉底的話來說，即是理解「我們應當如何生活」，並且解釋如此生活的理由。如果能用一個簡單而沒有爭議的界定來做為討論道德的起點應該很好，但事實上這是做不到的。在道德哲學的領域裡，存在著一些相互敵對的理論，而這些理論對於何謂道德生活，各有不同見解，也因此，任何道德定義只

要超出前述蘇格拉底那種素樸的界定，一定會冒犯別種
理論。

這個事實應該使我們戒慎，但也不必因此而不知所
措。在這一章我將介紹道德的「底限觀」(the "minimum
conception" of morality)。正如其名稱所暗示的，底限觀是
任何道德理論都必須接受的，至少要把它當作起點。一
開始我們將檢視近來的一些道德爭論，這些爭論都與殘
障兒童有關，而底限觀的特徵也將在探討這些例證時浮
現出來。

1. 2.　案例一：嬰兒德芮莎

德芮莎‧皮爾森(Theresa Ann Campo Pearson)1992
年生於佛羅里達，是個患有先天性無腦症的小孩，大家
都管她叫「嬰兒德芮莎」("Baby Theresa")。先天性無
腦症是最嚴重的先天性疾病之一。有時患有先天性無腦
症的小孩被稱為「無腦嬰兒」(babies without brains)，
這個稱法所描述的圖像大致正確，但並不完全準確。精
確地說，這種小孩缺乏腦的幾個重要部位 —— 包括大腦
和小腦，另外也少了頭蓋骨的上半部。可是，無腦症的
患者是有腦幹的，也有呼吸等自主功能，且心跳正常。
美國大多數的無腦症病例都在胎兒階段就偵測出來，並
且透過流產手術終止其生命。那些沒有流產掉的無腦症
胎兒，半數成為死胎。而無腦症胎兒生下來時仍是存活
的，每年大約有三百位，但通常在數天之內即告夭折。

嬰兒德芮莎的故事若不是因為她的父母提出一個
要求，並不會顯得特別。德芮莎的父母在知道自己的孩

子無法久活，而且即便活下來也不會有意識之後，自願捐出德芮莎的器官做為移植之用。他們認為德芮莎的腎臟、肝臟、心臟、肺和眼睛，應該用來幫助那些需要器官移植的小孩。而醫生們也認同這是個美意。每年至少有2000位幼兒需要進行器官移植，而可供移植的器官從未充裕。然而德芮莎的器官後來並沒有捐出，因為佛羅里達州的法律不准醫院在器官捐贈者尚未過世時就摘取其器官。等到嬰兒德芮莎在九天之後辭世，要用她的器官來幫助其他小孩便已經來不及了，因為那些器官早已衰竭，不堪移植之用。

　　嬰兒德芮莎的相關新聞引起公眾熱烈討論。為了幫助其他小孩而摘取德芮莎的器官，並讓她因而立即死亡，是對的嗎？許多專業「倫理學者」(ethicists)應邀發表評論，這些人包括受聘於大學、醫院或法學院，且其專責就在思考這類議題的人士。非常令人訝異的是，他們之中只有極少數人同意德芮莎父母和醫生們的意見；大多數人都以傳統哲學原則出發，反對摘取德芮莎的器官。有位專家認為：「為了一些人的目的，而把另一個人當作工具來使用，實在是太可怕了，我們不應該那麼做。」另一位解釋說：「為了救人而殺人是違反倫理的，為了B而殺害A，在倫理上是站不住腳的。」還有一位專家補充道：「德芮莎的父母形同要求：殺了這個垂死的嬰兒，好讓別人使用她的器官。這種想法實在駭人聽聞。」

　　這種想法真有那麼令人驚駭嗎？前述倫理學者們認為確實如此，但德芮莎的雙親和醫師們卻不以為然。對於這個事件，我們的興趣並不只在了解哪個人抱持哪

3

種觀點，而是要更進一步認識整個事件的是非曲直。德芮莎的父母自願捐出她的器官供作移植之用，究竟是對是錯？這個要求如何才能證成？而認為這個要求錯誤的人，又要如何證成自己的立場呢？

造福論證(The Benefits Argument)　德芮莎的父母之所以想要捐出德芮莎的器官，是因為德芮莎很快就會夭折，器官對她而言是不會有用處的。但對別的小孩來說，這些器官卻可以造福他們。總之德芮莎的父母，應該是這樣想的：**假如能在不傷害其他人的情況下造福某個人，我們便應該那麼做。器官移植可以造福其他小孩，而且也無害於德芮莎，因此我們應該捐出德芮莎的器官作為移植之用。**

這樣想是對的嗎？在道德討論中，並不是任何論證都穩當，除了思考我們能為某個觀點提供什麼論證之外，還要判斷那些論證是否站得住腳。大致而言，如果一個論證的前提皆為真，且其結論是以合乎邏輯的方式推論而得的，便算穩當。以現在討論的例子來說，認為德芮莎不會因為器官移植而受到傷害的主張，是有疑問的。畢竟捐了器官之後，她就會死去，這難道不是一種傷害嗎？然而經過反思，我們認為在這種悲劇處境裡，德芮莎父母的主張似乎明顯是對的——活下去對德芮莎並沒有任何好處。當你活著能從事活動，並且擁有思想、感受和人際關係時，活著才算得上有好處。換句話說，**能真正擁有生活**，活著才有意義。缺乏前述特質而只是在生物意義上存活，是無價值可言的。因此雖然德芮莎還有多活一些時日的可能，但那對她而言也只是枉然。我們可以想像，在若干情境中，德芮莎能活著也許對一

些人會有好處，但那種好處和移植器官去造福他人是不能相提並論的。

「造福論證」為移植器官來助人的作法提供了一個強而有力的理由。有哪些論證和這個論證相對立嗎？

「不該以別人為工具」的論證 反對移植德芮莎器官的倫理學者提出兩個論證。第一個論證所依據的基本觀念是：**利用某人作為工具，以便達到另一些人的目的，在道德上是錯誤的**。摘取德芮莎的器官乃是利用她來使其他小孩得利，所以不應該。

這是一個穩當的論證嗎？主張我們不該「利用」("use")別人的說法，顯然很有吸引力，但「利用」是個模糊的觀念，有待釐清。它的確切意義是什麼呢？所謂「利用別人」的行為，其典型特點在於侵犯了別人的自主權，亦即阻礙別人依據自身之欲望和價值來決定如何生活的權利，並因而傷害別人。一個人的自主可能因為別人的操控、詐欺而受損。例如，我可能為了親近你的妹妹而假裝作你的好朋友；或者騙你好讓你把錢借給我；或是天花亂墜地告訴你某個城市舉行的一場音樂會很精采，非常值得你去聆聽，而實情是我想搭你的便車去那場音樂會。前述每一種情形中，我都為了自身的利益而蓄意操控你。當某人在違反自身意志的情況下做了某事，他的自主性就受到了侵犯。上述理由說明「利用別人」為何是錯誤的；它的錯誤就在於使用矇騙、詐術或強迫。

摘除德芮莎的器官並不涉及矇騙、詐術或強迫。但那樣做有沒有在別的面向上犯了道德上的重大錯誤呢？

當然我們確實是為了別人的利益而摘除德芮莎的器官，可是，人們每次進行器官移植時，不也都要從某個人的身上摘除器官？只是在德芮莎的案例中，我們並沒有取得她的同意，這是錯誤的嗎？假如我們是在**違反**德芮莎之意願的情形下進行這件事，那將會構成否決這項器官移植的有效理由；因為這樣就是侵犯了她的自主性。但德芮莎並不是一個有自主能力的個體：她沒有願望，也沒有為自己作出任何決定的能力。

當人們無法自己作決定而需要仰賴別人為其判斷時，代替他進行判斷的人可以採用兩個合理的指南。第一，我們可以思考**這些仰賴別人判斷的人的最佳利益為何**？如果我們把這個標準用在德芮莎的案例，似乎找不到反對摘除器官的理由，因為如同我們所見，無論摘除器官與否，德芮莎的利益都不受影響。她終究會很快地夭折。

第二種指南訴求的是當事人的偏好：我們可以問，**假如她能告訴我們她的願望，她會怎麼說**？當我們遇到當事人有個人偏好，但當下無法表達時（例如立了生前遺囑，表明不接受任何人工方式延長其生命的昏迷病患），這個指南就可以派上用場。可惜的是德芮莎在當下並不偏好什麼，將來也不會有什麼偏好。所以無法靠德芮莎提供任何指引，即便是想像也不能得到任何線索。總之我們得完全依靠自己來思索怎麼做才是最好的。

「殺人是錯的」之論證　倫理學者們還採取下述原則：**為了搶救某個人而殺害另一個人是錯的**。他們認為摘

取德芮莎的器官就是殺害她來解救別人，所以是錯的。

　　這個論證穩當嗎？禁止殺人當然是最為重要的道德規則之一，然而卻只有極少數人相信「無論在何種情況下殺人都是錯的」，換句話說，大多數人相信在若干特殊的例外情境中，殺人是可證成的（可被接受的）。因此問題的關鍵就在於摘取德芮莎器官的作法，應不應當被視為這裡所謂的例外情境。有很多理由可以用來支持這個立場，其中最重要的理由是，無論我們採取什麼行動，德芮莎都會在很快的時間內夭折，而如果摘取德芮莎的器官，至少還能造福一些其他的嬰兒。任何接納前述理由的人，都會認為「殺人就是錯的」此一論證中的大前提為假，雖然為了解救某一人而殺害另一人通常是不對的，但並非永遠不對。

　　另外還有一種可能性。也許瞭解這整個情境的最佳方式是把德芮莎看作一個死亡的人。這個提議或許有人會覺得離譜，但別忘了腦死已經普遍被當作判定人死亡的法定標準。這個標準在提出之初受到反對，因為腦死者的身體還有許多機能仍然起作用，例如在機器的協助下，腦死者的心臟可以繼續跳動、肺也可以繼續呼吸等等。但最終腦死的標準還是被接受了，人們也開始習慣將它視為「真正」死亡的代表。這是合理的，因為腦死之後，人根本不可能過著有意識的生活。

　　就目前的腦死定義而言，先天性無腦症並不符合法律上明訂的死亡條件；但也許法律上的界定應該修改，以便包含先天性無腦症的情況。畢竟他們在缺乏大腦和小腦的情況下，毫無意識作用。如果能修改法律，

認定先天性無腦症為腦死，那麼我們就能接受那些患有
先天性無腦症的嬰兒一生下來就是處於死亡狀態，而摘
取他們的器官也就不是一種殺人行為，而如此「殺人是
錯的」此一論證還能不能適用於這個案例也就大有疑問
了。

大致上看來，支持摘取德芮莎器官的立論強過那些
反對論證。

1. 3.　案例二：裘蒂和瑪莉

2000年的8月一位住在馬爾他(Malta)附近一個叫國佐
島(Gozo)的年輕婦人發現自己懷了連體嬰，因為國佐島的
醫療照護設備不足以應付這麼複雜的接生工作，她和先
生選擇到英國曼徹斯特的聖瑪莉醫院(St. Mary Hospital in
Manchester, England)生產。兩個嬰兒的名字分別叫瑪莉和
裘蒂(Jodie and Mary)，她們的下腹部連在一起，脊椎融
合交纏，而且只有一顆心臟和一組肺葉。裘蒂是兩人之
中較為強壯的，她供給瑪莉血液。

沒有人知道一年究竟有多少對連體嬰出生。他們並不
多見，倒是近來奧瑞岡(Oregon)一下出現三對，讓人不禁
聯想這類個案也許正在攀升之中（有位醫生說：「美國有
很好的醫療照護系統，但醫療記錄卻作得很差」。）造成
這種現象的原因尚未明朗，已知的是連體嬰乃是同卵孿
生嬰兒的一種變形。當細胞團（或稱「前胚胎」(the "pre-
embryo")在卵細胞受精之後的三至八天發生分裂時，就會
產生同卵雙胞胎；如果分裂延後數天才發生，就有可能
造成分裂不全的現象，而連體嬰也就因此產生。

有些連體嬰的健康狀況還不錯，甚至順利長大成人，有的還結婚生子。可是瑪莉和裘蒂的前景並不樂觀，醫生說如果不採取行動，她們會在六個月內夭折。唯一的希望是動手術將她們分割，這樣的話裘蒂的生命可以保全，但瑪莉將立即死亡。

裘蒂和瑪莉的雙親都是虔誠的天主教徒，他們拒絕採取分割手術，因為那將縮短y瑪莉的生命。「自然有其既定的步伐，」他們說，「假如上帝認為兩個孩子都不該存活，那麼我們也只有接受。」醫院覺得他們有義務搶救其中一個小孩，要求法院准許他們在違逆父母意願的情形下執行分割手術。法院判准執行，於是醫院便在11月6日進行手術。而如同預料之中的結果，最後裘蒂存活下來，而瑪莉夭折了。

在思考這個案例時，我們必須將兩個問題分開，一個是**誰該下決定**的問題，另一個是**應該做什麼決定**的問題。假如你認為下決定的應該是孩子的雙親，那麼你將會否決法院介入的正當性。可是即便如此，仍然還是要思考另一個問題，那就是對父母（或任何人）來說，什麼決定才是最明智的。在此我們將把焦點擺在後面這個問題的探討：亦即在這類狀況下，分割連體嬰的作法究竟是對或是錯？

「應該盡力解救最多生命」之論證 支持分割手術的一個明顯論證是：我們在解救一個嬰兒和讓兩個都夭折等兩種可能間，是有選擇餘地的，而解救其中一個嬰兒的選擇難道不是明顯較為合理嗎？這個論證的吸引力很強，說服了很多人，也使得人們認為這件事已經有

7

了定論，而不做他想。當這個事件的爭議正在高峰的時候，報章到處可見有關裘蒂和瑪莉的報導，此時「女性家庭期刊」(Ladies Home Journal)做了一項民意調查來了解美國人的想法。結果有78％的人贊成施行手術。顯然我們應該盡力解救最多生命的想法說服了多數人。然而裘蒂和瑪莉的父母卻認為反方還有一個更為強而有力的論證。

「生命神聖」的論證　裘蒂和瑪莉的父母愛他們的兩個孩子，並且覺得為其中一個孩子而犧牲另一個孩子的權益是不對的，即便這種犧牲是為了救命也一樣。當然並不是只有他們採取這樣的觀點。西方道德傳統的核心理念就認為人類不論年齡、種族、階級、殘疾與否，每個人的生命都同等珍貴，這點在宗教典籍裡尤其受到重視。在傳統倫理學說中，殺害無辜的人是被嚴格禁止的，即便是為了良善的目的也不行；換言之，殺害無辜絕對不被允許。瑪莉是個無辜的人，所以不該殺害她。

這個論證是穩當的嗎？法院的承審法官們並不認為這是一個好的論證，而他們的理由很令人意外。他們認為前述傳統原則不適用於這個案例。羅伯特·沃克庭長(Lord Justice Robert Walker)說，執行分割手術時瑪莉不是被殺害，她只是和自己的姊姊分割開來，分割之後「她將夭折，這不是別人蓄意殺害造成，而是因為身體維生能力不足所致。」換言之，她的夭折是虛弱而不是手術的結果。醫生們似乎也採取這樣的立場，所以最後當手術正式執行時，他們仍然全力維持瑪莉的生命——「提供她一切可能的協助」——雖然知道到頭來終是徒勞。

法官的觀點似乎有些詭辯的味道。你可能認為瑪莉的夭折究竟是由手術或者虛弱造成，根本無關緊要，重點是她夭折了，而且如果不和姐姐分割開來，她的死亡不會來得這麼快。

對於「生命神聖」的論證還有一個較為順理成章的反對意見，這個意見不依賴前述那種牽強的論點。它主張殺害無辜的人**並非**總是錯誤，在極少數情況中有可能是對的。特別是當(a)這個無辜的人沒有未來，因為她很快就會夭折；(b)這個無辜的人完全沒有繼續存活的意願，因為她心智蒙昧，無法產生任何意願；(c)殺害這個無辜的人可以解救其他人，而這些被救的人將可因此享有美好而完整的生活。當前述這些稀有條件都成立時，殺害無辜者是可證成的。當然對於若干道德思想家，特別是那些懷有虔誠宗教信仰的人，這種說法仍然無法取信於人。可是，對許多人來說，它卻可能是有說服力的。

1. 4. 案例三：崔西・李特曼

崔西・李特曼(Tracy Latimer)是一個12歲的腦性麻痺患者，1993年被父親殺害。崔西和她的家人住在加拿大薩克其萬省(Saskatchewan)的一座牧場裡。有個星期天的早上，羅伯特・李特曼(Robert Latimer)趁太太和其他小孩都上教堂去的時候，把崔西放在卡車的駕駛座上，並把車子的廢氣灌進車內，直到崔西死亡為止。崔西死亡的時候體重不到40磅；而據說「她的心智能力就像三個月大的嬰兒一般。」李特曼太太坦承，當她回家發現崔西

已經死亡時，心裡感到鬆了一口氣，她說自己「沒有勇氣」親自下手。

　　李特曼先生被以謀殺罪起訴，但是法官和陪審團並不想判處他嚴厲的刑責，陪審團認為他只涉及二級謀殺，建議法官不要執行這種罪行的強制刑期(25年)。法官同意陪審團的意見，最後判定李特曼入獄一年，外加幽禁在自己牧場內一年。然而加拿大的最高法院介入了，改判執行強制性的25年刑期。李特曼目前正在獄中服刑。

　　姑且不論法律問題，在道德上李特曼先生錯了嗎？這個案例包含我們在前述案例中探討的許多問題。有一個論證可以用來反對李特曼先生，那就是崔西的生命有道德上的珍貴性，因此李特曼先生無權殺害她。而如果我們要為李特曼辯護，可以指出崔西的生存情況惡劣，根本沒有「生命」(a "life")的前景可言，她的生命只剩生物學上的意涵。崔西的生活只有無意義的受苦，殺了她是一種悲憫。根據這些觀點，李特曼先生的行為似乎站得住腳。不過，批評他的人還提出一些別的論點。

「歧視殘障是錯的」之論證　當李特曼被承審法庭輕判的時候，許多殘障者都認為受到污辱。「薩思克敦市殘障者之聲」(the Saskatoon Voice of People with Disabilities)的主席（她本身患有多重硬化症）說道：「任何人都沒有權力決定我的生命比別人的更沒有價值，這是不可退讓的道理。」她說因為崔西殘障而殺害她，簡直喪盡天良。殘障者應該和一般人得到相同的尊重和權利。

　　對於這個論證我們該怎麼回應呢？歧視任何團體當

然都是種嚴重錯誤。這種行為之所以遭致反對，乃因為它是在不能證成一群人和另一群人有任何重要差異的情況下，就給予他們差別待遇。這種現象常見於諸如聘用員工時的歧視作為。假如一位盲人應徵一項工作時被拒絕，而理由只是老闆不想聘用瞎子，那麼這和因求職者是個黑人或猶太人就不願雇用他，是一樣惡劣的。為了顯示這種行為的冒犯性，我們可以質問為什麼這個人受到不同待遇。他在這個工作上能力較差嗎？他比較愚笨或者比較不勤快嗎？他在哪一方面顯示不能勝任呢？他比較不能從中獲得益處嗎？假如找不出排除他的正當理由，就證明這樣對待他完全是一種武斷的作為。

不過**有些**時候，給予殘障者不同於一般人的待遇是可以證成的。例如沒有人會認真爭論說是否應該聘用盲人來擔任空中交通管制員，因為我們可以輕易說明為何這樣做是不可欲的，這時的「差別待遇」(discrimination) 並不是武斷，也沒有侵犯殘障者的權利。

崔西‧李特曼的死亡應當被看作是一個歧視殘障者的案例嗎？李特曼先生辯稱說，崔西的腦性麻痺並不是癥結所在，「人們總認為這是個有關殘障的議題，」他說，「但他們都錯了，這是個折磨的議題。對崔西而言，這是個傷殘和受折磨的議題。」就在死亡之前不久，崔西接受了背部、臀部和雙腿的大手術，並且還預定要進行更多的手術。「崔西要承受身戴餵食管、背部長期劇痛、腳部割裂傷、到處跌跌撞撞、褥瘡等等這些苦痛，」她的父親說，「人們怎能說她是個快樂的小女孩呢？」在法庭上，崔西的三個醫生作證指出，要控制崔西所受的痛苦有其困難。總之李特曼先生否認崔西是因為殘障而被殺害；她是

10

因為受苦和沒有未來而被殺。

「滑溜斜坡」論證(The Slippery Slope Argument)　前述討論很自然地引領我們進入此一個論證。當加拿大最高法院判定維持羅伯特・李特曼的刑期時，「加拿大獨立生活中心總會」(Canadian Association of Independent Living Centres)的主任崔西・華特(Tracy Walters)指出她聽到這個決定之後感到「欣慰而意外」(pleasantly surprised)。她說：「要不是最高法院介入，一切將形成滑溜斜坡效應，並開啟一個管道，讓有些人認為自己可以決定哪些人該死，哪些人該活。」

其他殘障團體也都支持這個看法。他們表示李特曼先生的遭遇令人同情，人們甚至會受到他的觀點影響，進而相信死亡對崔西而言是件好事。可是，認為死亡對崔西是好事的觀點是有危險性的。假如我們接納任何形式的安樂死，我們難免陷入「滑溜斜坡」，一路向下滑行的結果，將落到認為人命卑賤的地步。該在哪裡劃定分界線呢？假如崔西的生命不值得維護，其他殘障者的生命又如何？同時要如何看待社會上那些年邁、虛弱以及其他「無用」(useless)之人呢？跟這個議題相關且經常被提及的是納粹試圖「淨化種族」(purify the race)的作法，換言之，假如我們不想落到這樣的地步，最好一開始就不要踏出那些危險的步伐。

相似地，滑溜斜坡論證也可見諸各類問題的探討上。墮胎、試管受精(IVF)以及大多數的複製行為之所以受到反對，乃因它們可能導致危險。這些反對言論包含了對於未來的假想，而這些假想是否合理經常難以衡

量。有時憑著後見之明，我們或許可以發現那些憂慮是毫無根據的。試管受精就是一個例證。當第一個「試管嬰兒」(test-tube baby)露意絲‧布朗(Louise Brown)在1978年出生的時候，一般大眾針對露意絲、她的家庭以及整體社會的將來，提出一些悲觀的預測。但後來並沒有發生什麼壞的結果，而且試管受精也幫助了無數夫妻得到孩子。

當未來情況不明時，我們可能很難判定這類滑溜斜坡論證是否穩當。崔西‧李特曼之類的安樂死案例一旦被接受之後究竟會發生什麼後果，同等理性的人，可能抱持不同見解。這產生一個令人沮喪的僵局：論證優劣的認定完全取決於爭論者的既有個人傾向——傾向為李特曼先生辯護的人，可能認為那些悲觀的預測不切實際，但傾向譴責他的那些人，卻認為預測是合理的。

值得注意的是，這類滑溜斜坡論證很容易被濫用。假如你反對某一件事，但沒有好的論證足以否決它時，你總是可以對它的後果提出假設式的預測，而不論預測多麼不可思議，絕對沒有人能證明你是錯誤的。換言之，這個方法幾乎可以用來反對每一件事情，所以面對這類論證時我們必須格外謹慎。

1.5. 理性與公正

我們從前述討論可以對道德的特性得到什麼理解呢？這裡將先提出兩個要點：第一，道德判斷必須以良好理由作為依據；第二，道德要求我們公正地考慮每一個人的利益。

道德推理   前述「嬰兒德芮莎」、「裘蒂和瑪莉」、「崔西‧李特曼」以及其他許多我們將在本書中提出來討論的案例，都很容易引起激烈的情緒。這些情緒通常是道德嚴肅感的表徵，所以有其值得敬佩的一面。不過情緒也可能成為發現事實的障礙：當我們對一個問題有強烈情緒反應時，很容易認定自己**知道**(know)事實為何，甚至完全不去思考另一方的論證。可惜不論我們的情緒反應有多強，它終究是不可靠的。我們的情緒有可能缺乏理性基礎：也許只是偏見、自私或文化制約的產物（例如人們的情感一度使其認為別的種族較為低等，而拿這些種族的人來作奴隸乃是上帝計畫中的一部份）。再者不同人的情緒往往引導他們對同一件事採取相互對立的看法：在崔西‧李特曼的案例中，有些人強烈覺得她的父親應該被處以長期監禁，然而有的人則同樣強烈主張他根本不該被起訴。無論如何，這兩種情緒所表現的立場不可能同時為真。

假如我們想發現事實，就應該盡量參考反對意見所提出的論證，並據以調整情緒。道德最重要的特點在於訴諸理性。不論在何種情況，所謂道德正當的事，必定是指那種依循最佳理由的作為。

這個觀點並不只適用於某個狹小的道德議題；它是個普遍適用的邏輯要求，也是每個人在任何道德議題採取特定立場時所必須遵從的。我們可以用一個簡單的方式來陳述這個基本觀點。假如有個人告訴你說，你應該採取某個作為（或者批評你採取某個作為是錯的），你可以問他為何你應該那麼做（或者為何你那麼做是錯的），要是他講不出任何理由，你可以把他的忠告視為

武斷或沒有根據，並予以拒絕。

就這一點而論，道德判斷和個人品味是不相同的。假如一個人說「我喜歡咖啡」，他並不需要為這個說法提出理由，因為他只不過是在描述一個關於自己的事實。對於喜歡或不喜歡咖啡的事，並不存在「理性辯護」(rationally defending)的問題，所以也沒有爭論的必要。只要他準確報導自己的品味，他的話就必定為真。其次他的話即使為真，也不蘊涵其他人必須和他擁有一樣的喜好；換言之，即便全世界其他人都討厭咖啡，也不影響其說法的有效性。相對地，假如某個人主張某一件事在道德上是錯誤的，他必須提出理由，假如他的理由穩當，其他人就必須接受。同理，如果他提不出任何好的理由來支持自己的說法，我們就會認定這個說法是空論，毋須理會。

當然並不是每一個理由都算好的理由。論證有好壞；而道德思維的絕大多數技巧就在於分辨論證的好壞。但如何才能正確分辨？怎樣評判論證是否有效呢？前述討論的案例提供了一些值得參考的要點。

要分辨一個道德論證之優劣，首先在了解其是否確實釐清事實；而這通常不如想像中那樣容易。困難的來源之一，乃在於「事實」本身有時難以確定——有些事過於複雜而艱難，即便是專家也沒有共識。另一個問題是偏見。我們通常**想要**(want)相信某個特定版本的事實，因為這個版本支持我們的先在想法。例如反對羅伯特・李特曼之作法的那些人，就會想要相信滑溜斜坡論證所提出的那些預測；但那些同情他的人，卻不願相信。我

13

們可以輕易舉出犯了這種錯誤的其他例子：不願捐錢給
慈善單位的那些人，即便在毫無證據的情況下，仍然經
常說慈善機構浪費；而那些不喜歡同性戀者的人，指控
同性戀者性侵兒童之比例偏高，即便證據顯示的結果正
好相反，仍然不願改變主張。事實獨立於人們的期待之
外，只有我們用心了解事實的原貌，才能進行負責任的
道德思維。

　　盡力印證相關事實之後，就可以開始運用道德原則
來思考面對的問題。在前述討論的案例中，我們就運用
了幾個原則，包括：不該「利用人」；不該為了解救某
人而殺害別人；必須維護那些受我們行動影響的人的福
利；每個生命都是神聖的；歧視殘障者是錯誤的。絕大
多數道德論證的內涵，都是將原則運用在特定案例之相
關事實的思考，所以檢視一個道德論證時，有兩個明顯
的問題待求證，一是它使用的原則是否穩當，另一則是
它使用原則的方式是否明智。

　　如果有一套簡易的方法，可以教導我們如何建構好
的論證，並避免壞的論證，那就太理想了。可惜，這種
簡易方法並不存在。論證出現差錯的形式有無限多，這
一點由前述有關殘障兒童的種種論證即可發現；因此我
們對於論證衍生新問題和新錯誤的可能性，應該保持警
覺。至於這種現象的存在並不令人感到意外，因為無論
在何種領域，機械操作一些固定方法，絕對無法取代明
智判斷，這一點在道德思考上也不例外。

公正的要求　幾乎每一個重要的道德理論都包含公正
(impartiality)的觀念。公正的基本內涵要求每個人的利

益都該得到同等重視；換言之，在道德上不接受特權人士。因此每個人都應體認，別人的福利和我們自己的福利一樣重要。其次，公正不允許人們將特定「**團體**」(groups)的成員當作道德價值較為低等，例如黑人和猶太人就曾被視為是道德價值低等的人來對待。

公正的要求和道德判斷必須有良好理據的觀點是密切相關的。舉例而言，假設有個白人種族主義者主張把社會之中最好的工作保留給白人，他不僅樂見公司重要主管或國家政府官員都由白種人出任，而黑人卻只能擔任勞動工作，他也支持維護這種狀態的社會措施。對此，我們可以要求他說明理由；換言之，我們可以追問他採取這種想法的正當性何在。白種人有什麼特長，使其更適於擔任最高薪資和最有聲望的職位呢？白種人天生比較聰明或比較勤勞嗎？白種人是不是更關心自己和家人呢？他們更能從這些職位獲得益處嗎？前述每一個問題的答案似乎都是否定的；而假如一個人提不出任何好的理由來說明為何對別人採取差別待遇時，這種差別待遇便是一種令人難以接受的武斷舉動。

因此所謂公正的要求，根本上包含了一個禁令，它禁止我們以武斷的方式對待別人。換言之，它不許我們**在缺乏良好理由**的情況下給予人差別待遇。但假如這個規則可以用於解釋為何種族主義是錯誤的，它也可以用於說明為何在若干特殊情況下，以不同方式對待若干人，並不構成種族主義。假若某位電影導演想拍攝馬丁‧路德‧金恩(Martin Luther King, Jr.)的一生，那麼他就有充分的理由不用湯姆‧克魯斯(Tom Cruise)作為主角。因為選用湯姆‧克魯斯作為主角顯然不合理，所以導演排

14

除湯姆‧克魯斯的「差別待遇」是正當的，沒有武斷之
嫌，也沒有遭受批判之虞。

1.6. 道德的底限觀

現在可以簡要敘述一下何謂道德的底限觀：道德基
本上是一種以理性來引導行為的努力，亦即道德意在採
取具有最佳理由的行動方案，並且對受到某一行為影響
的人，都能同等重視其利益。

這個說法至少為有良心的道德主體描繪出一個圖
像。有良心的道德主體會公正考慮受其行為影響的每一
個人的利益；謹慎查考證據並檢視其意義；確定採用任
何行為原則之前，必細究其是否穩當；能「聽從理性」
(listen to reason)來適度調整原有信念；並願意根據前述種
種思慮的結論來行動。

當然如同我們所料，並不是每一個倫理學的理論
都接受這樣的「底限」。在接下來的章節裡，將介紹這
個道德主體圖像所面對的各種辯駁。無論如何大多數哲
學家已經理解，拒絕這種底限觀的理論都會遭遇嚴重困
難，所以他們的理論都能設法以某種形式來容納這個底
限觀。他們的歧見不在這個底限是否正確，而在如何擴
充或修正它，以成就一個圓滿的道德學說。

第*2*章

文化相對主義的挑戰

每個社會的道德都不相同，而且只是社會習俗的方
便代稱。

露絲・班奈迪克，《文化的模式》(*Ruth
Benedict, Pattern of Culture*, 1934)

2.1. 不同文化之中的不同道德規範

古波斯國王大流士(Darius)在其遊歷四方的過程中，
對各地文化的多樣性深感好奇。例如，他發現在卡樂
人（Callatian，印度的一個部落）的習俗中，父親逝世
之後，子女應當吃了他的身體。而希臘人並不那麼做，
他們慣行火葬，而且認為以柴堆來焚化遺體，才是最
自然而適當的方式。大流士認為，任何成熟的世界觀都
應體悟這類文化差異是存在的。有一天，為了傳遞這樣

的見解，他召見幾個正好來到他宮廷的希臘人，並問他們說，給他們多少錢，他們才會願意吃下自己死去的父親。正如大流士的預料，這些希臘人對這樣的問題大為吃驚，並且回答說，再多的錢也不願意做這樣的事。然後大流士又召來一些卡樂人，並當著剛剛那些希臘人的面問卡樂人說，給他們多少錢，他們才會願意火化自己死去的父親。結果這些卡樂人大為驚駭，紛紛表示這種可怕的事情連提起都不應該。

希羅多德(Herodotus)在他的《歷史》(*History*)一書中，再度提到這個故事，用以說明社會科學文獻經常會觸及的一個主題：不同文化遵守不同道德規範。甲團體的成員認為正確的事情，乙團體的成員卻可能厭惡至極，而反之亦然。對於亡者的遺體，我們該吃下或焚化？假如你是希臘人，你將認為其中一個選項明顯正確；但假如你是卡樂人，你將覺得另一個選項才正確。

要再舉出這類例證實在很容易。以愛斯基摩人(Eskimos)之中最大的族群愛努伊特族(Inuit)為例，他們居住在遙遠而人煙罕至的地方，人口僅有25,000人，與世隔絕地散居在北美北方邊緣和格陵蘭等地的小部落裡。在二十世紀初以前，外界對他們所知無多，只有一些探險家帶回來一些奇異的傳說。

依據他們的說法，愛斯基摩人的習俗和我們大異其趣。他們的男人通常有一個以上的妻子，他們還會把妻子分給訪客，讓她們陪訪客過夜，以示友好。而且在族群中，居於主宰地位的男性，可以要求和別的男人的妻子有固定的行房時間。對於這樣的安排，女人倒是可以

不遵行，她只要離開丈夫，跟隨別的男人生活就成了，換句話說，如果她的丈夫不鬧事的話，她是「自由的」。總之愛斯基摩人這種彈性多變的安排，一點也不像我們的婚姻。

　　愛斯基摩人不僅在婚姻和性活動上和我們有所不同，他們似乎也比較不尊重生命。例如殺嬰在他們的族群裡便是司空慣見。據早期著名的探險家之一——克納德‧洛司慕森(Knud Rasmussen)的報導，他遇見一位生了二十個小孩的婦人，但有十個一生下來就被這婦人殺了。洛司慕森發現女嬰特別容易被摧殘，而這種作為是被允許的，完全隨父母親的意願處置，不會背負任何社會污名。太虛弱而無力對家庭做出貢獻的老人，也會被遺棄在雪中等待死亡。所以，表面上看來，這個社會似乎完全不尊重生命。

　　對一般大眾來說，得知這些事實令人感到焦慮不安。我們感到自己的生活方式是那麼自然而正確，以至於遇到別人過著如此不同的生活形式時，便非常難以置信。當我們聽到這種事情的時候，傾向於立即將這些族群歸類為「落後的」(backward)或「原始的」(primitive)。但是在人類學家看來，愛斯基摩人的習俗根本不足為奇。自希羅多德的時代以來，開明的觀察家早就習於一個觀念：不同文化對於是非對錯各有不同認知。認為自己的倫理觀念適用於所有種族、所有時間的想法，只是一種天真的表現。

18

2. 2.　文化相對主義

　　對於許多思想家而言，「不同文化遵守不同道德

規範」的洞察，似乎是了解道德的關鍵。他們指出，倫理範疇有著普遍真理的觀念，只是一種神話。真實存在的，只有不同社會的各種習俗。這些習俗不能以「對」(correct)或「不對」(incorrect)來描述，因為這種描述意味著我們有據以判斷對錯的獨立標準。但是這樣的標準並不存在；每一種標準都只適用於特定文化。社會學先驅威廉・葛南漢・孫莫楠(William Graham Sumner)，在1906年寫道：

> 所謂「對」的方式，就是老祖先們使用且傳遞下來的方式。傳統即是自身正當性的明證。它不需經驗的檢證。對的觀念蘊含在民俗之中，而不是源自民俗之外的獨立根源，並由外引進來檢證民俗。存在於民俗中的，即是對的，因為它們來自傳統，所以擁有先祖們賦予的權威。當我們面對民俗時，分析並無用武之地。

這種思維大概會說服大多數人對倫理規範採取懷疑的態度，亦即一般所謂文化相對主義。文化相對主義挑戰一個常見的信念：道德真理具有客觀性和普遍性。換言之，它主張倫理之中沒有所謂普遍真理；真實存在的只有各式不同文化規範。再者，我們的規範並沒有任何特殊的地位；它不過是多種規範之中的一種罷了。正如我們即將見到的，這個基本觀念實際上包含了許多不同思想。將這個理論的各個不同元素區別開來很重要，因為經過分析，我們將發現這些元素之中，有的是正確的，有的似乎是錯誤的。首先，我們可以將文化相對主義者的下列主張區別出來：

(1) 不同社會遵守不同道德規範。

(2) 某個社會的道德規範決定了這個社會中什麼是對的；亦即，假如某個社會的道德規範認定某一行為是對的，那麼那個行為**就是對的**(is right)，至少在那個社會中是如此。

(3) 不存在任何客觀標準足以判定某個社會的規範優於另一個社會的規範。

(4) 我們社會的道德規範並沒有特殊地位；它不過是多種規範之中的一種罷了。

(5) 倫理之中沒有「普遍真理」(universal truth)；亦即，沒有適用於所有種族和所有時代的道德真理。

arrogant

(6) 企圖評判其他族群之行為對錯，只是一種傲慢的象徵。對於其他文化的行為模式，我們應該採取容忍的態度。

19

　　雖然把這六個命題放在一起顯得極為自然而恰當，但它們個個都是獨立的，亦即它們之中有的命題可能是錯的，即便其他命題全部都對。接下來，我們將指出文化相對主義的哪些主張是正確的，同時也要揭露其錯誤之處。

2.3. 文化差異論證

　　文化相對主義是有關道德性質的一種理論。初步看來它似乎非常具有說服力。然而，正如其他所有這類理

論一樣，我們可以用理性分析來檢視它；當我們對文化相對主義進行分析之後，將會發現它並不像表面所呈現的那樣具有說服力。

我們必須注意的第一件事情是，在文化相對主義的理論核心，存在著某種論證形式(form of argument)。文化相對主義者採用的策略是，從文化外觀有差異的事實，推論到一個有關道德性質的結論。他們試圖引領我們接納如下的推理：

(1) 希臘人認為吃死者遺體是錯的，但卡樂人相信那麼做是對的。

(2) 因此，吃死者遺體，既非客觀的對，亦非客觀的錯，而只是意見上的差異，對於這個問題的意見，隨著文化而有差異。

或者，用另一個例子來呈現：

(1) 愛斯基摩人認為殺嬰並沒有錯，但美國人認為殺嬰是不道德的。

(2) 因此，殺嬰這件事，既非客觀的對，亦非客觀的錯，而只是意見上的差異，對於這個問題的意見，隨著文化而有差異。

很明顯的是，這些論證乃是一個基本觀念的化身，也是一個普遍論證的具體例子，這個普遍論證如下：

(1) 不同文化遵守不同道德規範。

(2) 因此，道德之中並不存在客觀的「真理」(truth)。對和錯只是意見差異，且隨著文化而有不同。

我們可以把這個推論稱作「文化差異論證」(Cultural Differences Argument)。對許多人來說，這個論證很有說服力。但從邏輯的角度來看，它是否健全呢？

在邏輯上這個論證是不健全的。問題出在其結論不能由前提推得——亦即，即便其前提為真，其結論仍可能為假。其前提談論的是人們**所信**為何(what people *believe*)——在甲社會中，人民相信某件事；在乙社會中，人民所信的卻不相同。至於其結論所談論的則是**事實為何**(what really *is the case*)的問題。這種結論無法由其前提得到合於邏輯要求的有效證明。

再想想希臘人和卡樂人的例子。希臘人相信吃死者遺體是錯的；卡樂人卻相信那是對的。**只從他們意見不同的事實**(from the mere fact that they disagreed)，可以推論這件事沒有客觀對錯嗎？不可以，這樣推論無效；因為這件事有可能是客觀的對（或錯），且希臘人或卡樂人之中，有一方是錯的（或對的）。

為了更清楚地說明這一點，讓我們來思考一下別的例子。在若干社會中，人們相信地球是平的。在另一些社會中（如我們自己的社會），人們相信地球（大致）是圓的。單從上述人們意見不同的事實，可以推論得出地理沒有「客觀對錯」的結論嗎？當然不行；我們絕對不會這樣推論，因為我們了解，有的社會裡的人對於這個世界所抱持的信念，可能是錯的。我們不能假定說，如果地球是圓的，那麼每一個人必定都會知道。同樣地，我們也不能假定說，如果道德真理存在，那麼每一個人都一定會知道。文化差異論證的基本錯誤乃在僅僅

21

依據人們對某一主題意見不同的事實，即推導出有關於
這個主題的具體結論。

　　這是一個簡單的邏輯道理，重要的是，不要對它有
錯誤的理解。我們並非主張前述論證的結論為假，該結
論是否為假，乃是個有待討論的問題；在此所提出的邏
輯論點，只是指出前述論證的結論無法由其前提「推論
而來」(follow from)。這一點相當重要，因為要決定此一
結論是否為真，我們須先確定用以推論出此一結論的論
證確實有效。不幸的是，文化相對主義所提出的論證乃
是謬誤的，因此也就無法證明任何東西。

2. 4.　認真接納文化相對主義後的結果

　　即便文化差異論證是無效的，文化相對主義仍可能
為真。假如它為真，會有怎樣的結果呢？

　　前所引述的孫莫楠的文字，道出了文化相對主義的
核心思想。他說，除了社會的現有標準，再也沒有足以
衡量對錯的依據：「對的觀念蘊含在民俗之中，而不是
源自民俗之外的獨立根源，並由外被引進來檢證民俗。
存在於民俗中的，即是對的。」假設我們認真接納這種
觀點，會得到什麼結果呢？

　　**1. 我們不再能主張其他社會的習俗，在道
德上低於我們的習俗。**　這當然是文化相對主義強調
的重點之一。我們僅僅因為別人和我們「不同」就譴責
他們的行為，這種作法從此必須停止。只要我們思考的
案例都集中在像希臘人和卡樂人的喪葬儀式這類事情，
不任意批判他族的態度似乎是成熟而開明的。

不能主張其他社會的習俗在道德上是錯誤的或低劣的。

不過我們也將不再能夠譴責其他一些較為惡劣的行為。例如某個社會為了奪取奴隸而向另一個社會開戰；又如某個社會奉行暴力的反猶太主義，其領袖蓄意執行滅絕猶太人的行動。根據文化相對主義，我們不能指責前述兩個例子的任何一個（我們甚至不能主張，容忍猶太人的社會優於倡行反猶太主義的社會，因為如果可以這樣主張，就意味著跨文化的比較標準是存在的）。事實上，無法批評這些行為，似乎不是什麼開明的象徵；相反的，奴隸制度和反猶太主義不論發生在何處，似乎都是錯誤的。然而如果我們真的接納文化相對主義，就必須承認這些社會的作為不該受到批評。

22

2. 只要參照我們社會的標準，就可判定行為的對錯。 文化相對主義提出一個分辨對錯的簡單驗證方式：要判斷一個行為的對錯，只要斟酌該行為是否合乎社會規範，即可判定。假設1975年時，有個南非人思考著他的國家施行的隔離政策——一種嚴格的種族主義制度——在道德上是否正確的問題。依據文化相對主義，這個疑問的解答，只要看看種族主義制度是否符合這個南非人所處社會的規範，即可判定。假如符合，那麼這套制度就沒有什麼值得擔憂的，至少在道德上是如此。

（眉批：只依社會既有規準，就可判定行為對錯）

文化相對主義的這種意涵令人感到困擾，因為很少有人會主張自己所處社會的規範是完美無缺的——人們可以想到許多值得改善的地方。然而，文化相對主義不僅禁止我們批評**其他**社會的規範，也阻止我們批評自己的社會。畢竟如果對錯的判定具有文化相對性，則文化相對性的原則不僅適用於其他文化，也一樣適用於我們自己的文化。

沒有「道德進步」
的可能性

∟3. **道德進步的觀念將受到懷疑。**　通常我們認為社會上的一些改變，可以使社會變好（當然，有些改變則會使社會變壞）。在西方歷史中，女人的社會地位長期被限制在非常狹窄的範圍裡。她們不能擁有財產；不能投票或任官；而且通常完全受到丈夫的控制。近來許多這類措施已經改變，而人們相信這是一種進步的象徵。

但假如文化相對主義是正確的，我們還能正當地認為這是一種進步嗎？進步代表我們以較好的作為來取代原有作為。但我們依據什麼來判定新的作為是較好的呢？假如舊的作為和舊時代的標準相符合，那麼文化相對主義將會主張，用新的時代標準來判斷舊的作為，是不恰當的。十八世紀的社會和我們現在的社會不同。主張我們的作為是一種進步，意味著判定現在的社會是一個比較好的社會，而這種跨文化的判斷正是文化相對主義認定為不可能的事。

我們的社會**改革**(reform)觀念也要重新思考。馬丁・路德・金恩(Martin Luther King, Jr.)這類改革家，曾經試圖幫助社會往好的方向改變。在文化相對主義的框架之下，只有一個方式可以達到這個目的。假如一個社會沒有達到自己的理想，那麼它的改革者的作為可以看作是在為最高社會理想而奮鬥；而這個社會的理想，即是我們據以認定改革者之計畫，是否具有價值的標準。但這些理想是無法被挑戰的，因為所謂理想，根據定義就是正確的。因此，從文化相對主義的角度出發，社會改革的觀念將只能在這個狹窄的意義下才可理解。

23

　　接納文化相對主義的這三個後果，讓許多思想家一開始就否定它，認為它不可信。這些思想家認為，不論奴隸制度、反猶太主義等等這類事情發生在何地，譴責它們都是合理的。另外，儘管我們的社會還不完美，還有改革的需要，主張我們的社會已經在道德上取得一些進步，也是合理的。因為接納文化相對主義，將意味著前述這些判斷都不合理，因此，文化相對主義不可能正確。

2. 5.　為什麼差異不像表面顯現的那樣多

　　採納文化相對主義的最初動機，源於我們觀察到不同文化的是非觀念差異甚大。但這些文化之間的差異究竟有多大？它們之間確實有一些差異，然而，這些差異卻很容易被高估。通常，當我們進一步去檢視一個很大的文化差異時，會發現差別並不如表面上所顯現的那樣多。

　　想像有個文化認為吃牛肉的行為是錯誤的。這個文化裡的人民也許很窮困，食物不足；雖然如此，他們還是主張不能吃牛肉。表面上這個文化和我們非常不同。但真是如此嗎？我們還沒問一問這些人們**為什麼**不吃牛肉呢！假設他們相信人死了之後，靈魂會寄附在動物的身上，特別是牛的身上，那麼某一隻牛，極有可能是某人的祖母。這時我們還會認為他們的價值和我們的不同嗎？我想不會；不同點發生在別處。不同的是我們的信念體系，而不是價值。我們都同意不能吃自己的祖母；只是對於牛有沒有可能是我們的祖母這件事，抱持不同看法罷了。

　　這邊所強調的是，一個社會的習俗乃是由許多因素

24　共同造成的。社會價值觀只是其中之一。其他的因素，例如社會成員在宗教上和事實層面上的信念，以及物理生存環境，都是重要成因。因此，我們不能看到兩個文化的習俗不同，就判定它們抱持不同的價值。習俗的差異有可能源自價值因素之外的其他社會生活面向，也因此，價值上的差異，往往不如表面上所顯現的那樣多。

再想想愛斯基摩人殺害完全正常的嬰兒（特別是女嬰）這件事。我們並不同意這種作為；在我們的社會中，父母要是這麼做，是要被關起來的。因此表面上看來，兩個文化的價值似乎有很大的差異。但假如我們問愛斯基摩人為什麼要這麼做，將發現這不是因為他們比較不喜愛小孩，或者比較不尊重人的生命。假如環境許可，愛斯基摩人永遠會保護他們的嬰兒。但他們生活在一個食物不足的嚴酷環境中。愛斯基摩人的思想觀念受一個基本條件的影響：「生活艱難，安全的餘裕很少。」他們的家庭可能也很想把嬰兒撫養長大，但是不一定有能力做到。

正如許多「原始」社會一樣，愛斯基摩人的母親照顧嬰兒的時間，遠比我們文化中的母親照顧嬰兒的時間還長。愛斯基摩人的嬰兒靠著母奶生活四年，甚至更久。所以即使在最好的情境下，一個母親所能撫養的嬰兒還是有限的。再者愛斯基摩人是遷徙不定的民族——他們無法耕種，必須四處移動，尋找食物。嬰兒需要人背負，而母親在旅行和戶外工作時所穿的皮外衣，則只能帶著一個嬰兒。別的家庭成員則在他們的能力範圍內盡可能的幫忙。

　　　　女嬰比較容易被拋棄的原因有幾個，首先，在這個
社會中男性是食物的主要提供者——依據傳統的分工方
式，男性負責狩獵——而維持充足數量的食物提供者，顯
然是很重要的。另外還有一個重要的理由：因為獵人的
死傷率很高，所以成年男性早夭者比女性早夭者更多。
假如男嬰和女嬰存活的數量一樣，成年女性的人數將
遠比成年男性的人數多。有位作家檢視了這類參考數據
後，得到這樣的結論：「如果不殺害女嬰……愛斯基摩
人部落裡的女性人數，大約會是提供食物之男性的一倍
半。」

　　　　所以在愛斯基摩人的族群中，殺嬰行為並不代表他們
對幼童態度基本上與我們不同。相反的，它只說明為了確
保家庭生存，有時必須採取激烈的手段。即便在這種情境
中，殺嬰也不是第一選擇。收養的情況很常見；沒有子女
的夫妻，非常樂意領養多產夫妻「過剩」的子嗣。殺嬰乃
是萬不得已的手段。我強調這一點的目的是在說明人類學
家提供的粗糙資料，有產生誤導作用的危險；它有可能使
文化之間的價值差異顯得比實際的差異還來得更大。愛斯
基摩人的價值和我們的價值並沒有那麼大的差異，只是生
活逼迫他們做出我們不必做的選擇。

25

2.6. 不同文化如何擁有相同價值

　　　　如果不執著於表象，我們實在不會訝異於發現，愛
斯基摩人實際上是很保護他們的小孩的。情況怎麼可能
不是如此呢？不珍視年輕一代的族群，如何能夠存活下
來？事實上，我們很容易發現，所有文化族群都會保護

他們的嬰兒。嬰兒是無助的，如果在生下來的最初幾年
內，沒有得到嚴密保護，絕對無法存活。因此，倘使一
個族群不照顧幼童，這些幼童必定無法生存，老一代沒
有新生代可以更替，經過一段時間之後，這個族群自然
會滅絕。這說明持續存活的文化族群一定會照顧它的幼
童。嬰兒不被照顧的情況，一定是例外，而非常態。

　　我們以類似的推理，也可發現其他價值或多或少具
有普遍性。想像一下，一個完全不注重誠實之重要性的
社會，會變成什麼樣子？當一個人對別人說話時，並不
預設自己會講實話，因為社會允許她說假話。在那樣的
社會中，注意別人講的話，完全沒有意義可言（當我問
你現在幾點鐘，你說：「四點。」但因為你說話時並不
預設自己該說實話；你可能只是隨口講出腦中蹦現的東
西。所以我沒有任何理由認真看待你的回答，實際上，
一開始我就沒有問你的必要）。在這種情況下，溝通如
果不是完全不可能，至少也是非常困難。複雜的社會體
系絕不可能在其成員完全不相溝通的狀態下存續，換言
之，複雜的社會體系必定支持誠實的預設。當然這個規
則有時可以接受例外：亦即在若干情況下，撒謊是被允
許的。然而，必須注意的是，在社會之中，這些只是一
個通行規則的例外情況。

　　此處還有一個同樣類型的例子。一個不禁止謀殺的
社會可以存續嗎？這樣的社會將變成什麼模樣？假設人
們可以任意殺人，而且大家也不認為這有什麼錯。在這
樣的社會中，誰也不會覺得安全。每個人勢必要時時警
戒，想活下去的人，一定會盡可能避免與別人接觸。其
結果是，人們竭盡所能地力求自給自足——畢竟和別人

產生聯繫是一件危險的事。如此，任何大規模的社會都
會崩解。當然，人們會組成一些比較小的族群，只和那
些他們相信不會傷害他們的人聚合在一起。值得注意的
是，這代表他們願意組成一個遵從禁止殺人這個規則的
小型社會。換言之，禁止殺人的規則乃是所有社會的必
要特徵。

此處，我們得到一個概括的理論觀點，亦即：**有些
道德規則，必定是所有社會共同遵守的，因為這些規則
是所有社會的生存所必須的**。禁止說謊和謀殺就是其中
兩個例子。事實上，我們發現在所有得以持續發展的文
化中，這些規則都是被遵行的。各文化對於這些規則的
正當例外情形的認定，或有一些差異，但在這種差異背
後較大的議題，各文化是意見一致的。因此，高估各文
化之間的差異，乃是一個錯誤。並不是每一個社會都遵
行不同的道德規則。

2.7. 判定一個文化措施為不可欲

1996年一位叫傅芝雅・卡心潔(Fauziya Kassindja)的
十七歲女孩，抵達紐約國際機場尋求政治庇護。她從西
非的一個小國，也就是她的祖國多哥(Togo)逃了出來，為
的是要逃避人們所說的「割除」(excision)手術。所謂割
除有時也叫「女性割禮」(female circumcision)，是一種永
久變形手術，但和猶太人的割禮很不相同。近來在西方
新聞媒體上，將之稱為「女性外陰部閹割」(female genital
mutilation)。

根據世界衛生組織(World Health Organization)，這種

27

措施在非洲的二十六個國家中廣為流行，每年有兩百萬
個女孩被施以「割除手術」。在有些地方，割除手術是
精緻部落儀式的一部分，這種儀式在傳統的小村莊裡舉
行，女孩們期待這一天的到來，因為它象徵著被成人世
界接納的日子。在另一些地方，住在城裡頭的家庭要求
他們的年輕女孩接受這種手術時，卻遭到堅決抵抗。

傅芝雅生在一個虔誠的回教家庭裡，她是五個女孩
中最小的一位。她的父親經營的貨運生意相當成功，反
對讓女孩接受割除手術，同時因為富有，他才得以抗拒
這個傳統。他的四個較大的女兒都在沒有接受割除手術
的情況下結婚了。但是等到傅芝雅16歲的時候，父親突
然過世。祖父為她安排了婚事，同時準備讓她在結婚前
接受割除手術。這把她嚇壞了，於是在母親和姊姊的協
助下，逃離故鄉。然而母親因為孤立無援，最後只好向
被她冒犯的公公正式道歉，並接受他為傅芝雅所作的安
排。

在此同時，傅芝雅被拘禁在美國兩年，等待有關
當局的處置。最終，她雖然獲得政治庇護，但在她得到
庇護之前，人們為了她的案子，經歷了一場激辯，爭
論著應該怎麼看待其他民族的文化措施。《紐約時報》
(New York Time)發表一系列的文章，鼓吹把割除手術看
作是應該被譴責的野蠻行徑。有的觀察家則不願採取這
麼嚴苛的批判立場，主張應該秉持各自為政，不相干擾
的態度；畢竟，美國人的文化在多哥人的眼裡，可能也
是一樣奇怪。

假如我們把割除手術看作惡劣行徑，會不會只是拿

自己的標準來強制要求別的文化呢？假如文化相對主義是正確的，我們就確實是拿著自己的標準來強求別的文化，因為在文化相對主義的觀點中，文化中立的道德判斷標準根本不存在。但這種見解正確嗎？

文化中立的對錯標準存在嗎？ 對於割除手術，我們當然有許多反對它的理由。割除手術造成肉體痛楚，並且讓人永久失去性的愉悅。就短期影響而言，它可能帶來出血、破傷風和敗血症，甚至死亡；在長期的效應上，則可能遭致慢性感染、妨礙行走的傷疤和持續的疼痛。

然而，究竟是什麼因素使得割除手術成為一種普遍的文化措施呢？這並不容易解釋。因為施行割除手術，絲毫沒有什麼明顯的社會利益可言；和愛斯基摩人的殺嬰作法相比，它並不是維持族群生存的必要措施，也與宗教無關。施行割除手術的族群信奉多種不同宗教，包括回教和基督教，而這兩種宗教並未要求採取這種措施。

雖然如此，有的論者卻提出一些理由來支持割除手術。他們指出，無法感受性愉悅的婦女，比較不會有雜亂的性關係；因此未婚婦女意外懷孕的情況也將隨之降低。至於那些結了婚的婦人，因為性只是一種義務，將比較不會對丈夫不忠，同時因為她們不會去想性，將更專心於滿足丈夫及小孩的需要。對於丈夫們，據稱因為妻子已經施行過割除手術，將更加享受性生活（在丈夫們的心中，女人們有沒有性的愉悅，是無關緊要的）。男人不要沒有接受割除手術的女人，因為那代表著不乾淨和未成熟。最重要的是，這種措施古來即有，我們不該改變這個傳統。

要指出前述論證的謬誤很容易，然而這麼做可能很

28

難免於些許高傲的姿態。無論如何，前述論證的軸線有一個重要特徵：它試圖以割除手術的好處來證成其正當性——據其主張，男人、女人及其他家庭成員，都會因為婦女接受這種手術而得利。因此，對於這種論證以及割除手術本身，我們可以追問真的所有人都因此而獲得好處嗎？大體而言，割除手術究竟是有益的或有害的？

事實上，這個標準可適用於思考任何社會措施：我們可以追究，**對於那些受到這個措施影響的人，其福利究竟因此而得到提升或損害**。同時還可以思考，究竟還有沒有別的替代方案更能提升他們的福祉。假如這種替代方案存在，我們就可以據以判定現存措施是有缺陷的。

但這看來很像是文化相對主義認為根本不可能存在的獨立道德標準。它是一個隨時都可以用來判斷任何一種（包括我們的）文化措施的標準。當然，人們通常不會認為這個原則是「由外引進」(brought in from outside)來判斷他們的，因為就如同禁止欺騙和禁止殺人的規則一般，提升成員福祉乃是所有足以存續之文化的內在價值。

為何考慮過這些因素之後，那些思維慎重的人仍然不願批評別的文化。 雖然有些人對割除手術感到反感震驚，許多思維謹慎的人並不願意批評它的錯誤，其理由至少有三項。

首先，他們對於「干預其他民族的社會習俗」感到焦慮，而這種焦慮是可以理解的。歐洲人和他們在美洲的文化後裔有段不堪的歷史，他們曾假基督和啟蒙之名，摧毀了一些原住民的文化。受到這段往事的影響，有些人拒絕對其他文化做出負面評價，尤其是那些相似

於他們曾經傷害過的文化。可是我們必須注意以下的差別：(a)判定某個文化措施有缺陷，和(b)認為我們應該宣布這個事實，策畫一個運動，給予外交壓力，或派遣大軍壓境。前者只是試圖以道德觀點，看清這世界的狀態，而後者則與此截然不同。有時「訴諸行動」可能是對的，但卻經常是錯的。

人們覺得應該容忍其他文化，這當然有其道理。無疑地，容忍是一項美德——有容忍美德者，願意和意見不同的人和平共處。但容忍並不要求人主張所有信念、所有宗教和所有社會措施都一樣值得讚賞；相反的，假如我們不認為它們有好壞之別，那也就沒有什麼東西是需要容忍的了。

最後，人們不願下判斷的可能原因之一，乃是希望避免對受批評的社會表現出鄙視。但這也是一種偏差的想法：當我們譴責某一特定措施時，並不是說實施這個特定措施的文化，在整體上是應受鄙視的，也不表示該文化不如包括我們在內的其他文化。這個文化可能有許多值得讚賞的特徵；事實上，大多數社會應該都是如此——有些好的措施，也有些不好的措施。而割除手術正是不好的一個。

2.8. 從文化相對主義可以學到什麼

在一開始的時候，我說要同時指出文化相對主義的正確和錯誤，但目前為止，我全把思考焦點放在它的錯誤之處：我指出文化相對主義所依據的是一個無效的論證；其次，採行文化相對主義之後所產生的結果，顯示

30 它的不可靠性;再者道德歧異的現象,也比文化相對主義所主張的少得多。凡此種種所共同構成的,乃是排除這個理論相當徹底而完整的理據,然而,文化相對主義仍然不失為一個很有吸引力的想法,有的讀者甚至會覺得這裡對於它的批評並不盡公道。這個理論一定說中了什麼道理,否則它如何能一直有那麼大的影響力?事實上,我也認為文化相對主義在某些方面是正確的,現在我要就此提出說明。即便我們最後仍將拒斥文化相對主義,但我們應該從它的主張中吸收兩個教訓。

首先,文化相對主義非常正確地警告我們:假定人們的偏好植基於絕對而理性之標準的想法,乃是危險的。人們的偏好並非來自什麼絕對而理性的標準。我們社會上的許多(雖非全部)措施,僅是我們社會特有的,這一點很容易被忽略。就提醒我們關注這一特點而言,這個理論確實有貢獻。

葬禮形式就是一個例子。根據希羅多德的說法,卡樂人是「吃父親的民族」,起碼這對我們而言是駭人聽聞的。可是食用親人遺體上的肉,可以被理解為一種敬意的表達。它可以被看作是一種象徵性的行為,它代表:我們希望親人的靈魂附著在我們的身上。或許這正是卡樂人的想法。在這種觀念中,埋葬遺體可能是一種遺棄的行為,而火葬則無疑是應該受到譴責的。假如我們很難這樣想,那麼這正代表我們的想像力必須努力延展。當然無論在何種情況之下,吃人肉的想法,總會讓人產生反胃的感覺。但這又如何呢?正如相對主義者所言,對某種東西感到嫌惡只不過是特定社會習俗的反應罷了。

　　還有其他很多事情我們也傾向於認為有客觀的對錯，其實它們不過是社會的習俗罷了。這類例子可以列出一長串。比如：女人該不該遮掩乳房？公然裸露乳房在我們的社會是一種醜聞，但在別的文化中，卻可能不足為奇。客觀地說，這件事情並無對錯可言——沒有任何客觀理由足以證明這兩種習俗之中的哪一種是比較好的。文化相對主義的初衷乃在指出一個極具價值的洞察，亦即我們社會之中的許多措施只不過是特定文化的產物，並無客觀對錯。文化相對主義的錯誤在於根據若干措施缺乏客觀對錯的現象，就推論指出一切措施必然無對錯可言。

　　我們感到文化相對主義具有吸引力的第二項理由與希望保持開放心靈的態度息息相關。在成長的過程中，我們每一個人都習得了某種強烈的態度：認定某些類別的行為是可接受的，而有些行為則該拒絕。例如，我們可能被教導說同性戀是不道德的，以致於和同性戀者互動時，可能感覺極不舒服，並將他們看作是「異類」。如今有人指出：把同性戀者視為異類可能完全是一種偏見；同性戀並不是一種邪惡的事；同性戀和常人無異，只是他們愛戀的恰巧是同性罷了，而這並非出於他們自己的抉擇。但因為我們對這件事情懷有強烈的好惡，造成我們不能認真看待前述觀點，所以即便知道它的論證有理，仍然有揮之不去的感覺，認為同性戀者一定是道德敗壞的人。

　　藉由強調道德觀點可能只是社會偏見的反映，文化相對主義為前述那種教條主義提供了解方。希羅多德在講述有關卡樂人和希臘人的故事時，還進一步指出：

31

　　無論哪一個人，假如我們請他從世界上各個國家所抱持的各套信念中，選出他所認為的最好的一套，那麼在深思熟慮各套信念的利弊得失之後，他將無可避免地選擇自己國家所抱持的那套信念。而每一個人也都將認定自己的原生文化以及成長環境中的宗教，是世上最好的。

　　了解這個現象有助於使我們的心胸更為開放。我們將認識到自己的感受並不一定是把握到真理的結果——它們也有可能是文化制約的產物。如此，當我們聽到有人認為我們的規範不是最好的，而我們竟不自覺地抗拒起這樣的主張時，我們也許應當記取前述教訓，並停止那樣的反應。如果能做到這點，不論真理為何，我們或將更易於發現它。

　　經過這樣的討論，我們可以了解文化相對主義雖然有嚴重缺陷，卻有其吸引力。它的吸引力植基於一個了不起的洞見——我們認為天經地義而自然的許多措施和態度，其實不過是文化的產物。如果想要保持開放心胸並避免自傲，牢牢記住這點是極為關鍵的。這些觀點都非常重要，不容輕忽。我們可以接受這些觀點，但不必全盤採納文化相對主義。

第*3*章

倫理主觀主義

選擇任何一個公認為邪惡的行為（例如蓄意謀殺），
從各種角度檢視它，看看是否能找到你所謂邪惡的
事實或東西……你絕對找不到，而當你反思自己的
感受，你將發現，自己會對這個行為產生不自主的
譴責情緒。在這裡你發現了一個事實；但這個事實
所牽涉到的是感受，不是理性。

大衛・休謨，《人性論》(David Hume, *A Treatise of Human Nature*, 1740)

3.1. 倫理主觀主義的基本觀念

2001年紐約市長選舉期間，正好遇到一年一度的同
性戀大遊行(Gay Pride Day)，民主黨和共和黨的每一位

候選人都在遊行中現身。根據「帝國榮譽計畫」(Empire State Pride Agenda)這個同性戀人權組織的執行長梅特·傅爾門(Matt Foreman)的說法：「對於我們所關心的議題，沒有任何一個候選人表現不佳」，他還指出，「要是在這個國家的其他地方，以我們對這議題的立場，雖不致於在民調上發生致命影響，至少也將極度不受歡迎」。共和黨全國大會(the national Republican Party)顯然同意這個看法；在宗教保守團體的壓力之下，共和黨全國大會反對將同性戀者的人權主張列為黨的全國性政策。

全國各地的人民究竟怎麼看待這個問題呢？蓋洛普民調(Gallup Poll)曾經在1982年針對美國人提出調查，請教他們「同性戀是否應當被接納為一種生活形式的選項？」其中有34%的人給予肯定的答案。這個數字正在攀升之中，到了2000年，52%的受訪者認為，社會應當接納同性戀。當然這數字也代表大約有相近數目的人，對此抱持相反意見。對於這個議題正反雙方的感受都很強烈。牧師傑利·伐威爾(the Reverend Jerry Falwell)在電視訪問中說出了很多人的心聲，「同性戀是不道德的，所謂『同性戀者的人權』，根本不是什麼人權，因為不道德的就是不對的」。伐威爾是浸信會的教徒，相對的，天主教在這方面的觀點顯得比較有彈性，可是仍然認為同性戀者的性行為不該被允許。根據天主教的教義，男女同性戀者「並非自願選擇同性戀的傾向」，所以「對於他們，我們應當給予尊重、熱情和同理心，任何一絲一毫的不當歧視都要避免」，不過，「同性性行為，基本上是一種失調現象」，所以「絕對

不能被允許」。總之，同性戀者如果要過合乎道德的生活，就必須守貞。

我們應該採取什麼態度呢？我們可以主張同性戀是不道德的，或者承認它是可以被接受的。此外還有第三個選項，亦即主張：

> 人們有各式各樣不同的意見，而有關於道德議題的意見，並不存在任何「事實」(facts)，也沒有誰是「對的」(right)。在道德上，人們只是感受不同罷了。

這正是倫理主觀主義的基本想法。倫理主觀主義主張道德意見完全植基於個人感受，而依據這種觀點，所謂「客觀的」("objective")對或錯，便不存在。有些人是同性戀，而另外一些人是異性戀，這種現象乃是一個事實；但認為他們之中，有一種人是好的，而另一種人是壞的，就不是有關於事實的意見了。因此如果有人像伐威爾那樣主張同性戀是不道德的，那麼他的主張，根本不涉及有關於同性戀的任何事實，換言之，他不過是在陳述自己對於這件事情的感受罷了。

當然，倫理主觀主義並不是為了評價同性戀而專門提出的觀點；它適用於所有道德議題。舉不同的例子來說，納粹屠殺數百萬的無辜者雖是一個事實；但根據倫理主觀主義，納粹的所作所為是否邪惡，與事實並不相干。當我們說納粹的作為邪惡時，我們不過是表現出對於他們的負面感受。同樣的道理，也可適用於任何道德判斷。

3. 2. 倫理主觀主義的演進

通常一個哲學觀念的發展都會經歷許多階段。觀念最初被提出時，大多以粗略、簡單的形式出現，同時有許多人會因為不同的理由而受到它的吸引。但緊接著，這個觀念將會受到批判性地分析，並現出缺點；而各種反對它的論證也將隨之而來。在此一階段，有些人也許會接納那些反對論證，進而拋棄這個觀念，認為它絕不可能是正確的。然而，另一些人可能持續對這個觀念的基本想法保持信心，並試著修改它，給它一個全新而改良過的形式，使其不易遭受反對意見的攻擊。在一段時間之中，這個改良過的理論也許會讓人覺得已經健全可靠。只是針對這個新的理論，仍然可能產生新的反對論證。新的反對論證，也許會使一些人放棄這個理論所代表的觀念，而有些人則仍然對其保持信心，並為了拯救這個理論而再度建構另一個新的「改良」版本。修改和批判的循環就這樣持續地往復發生。

倫理主觀主義即是以這種形式發展而來的。它的起點是一個相當簡單的觀念——以休謨的話來說，即是：道德所涉及的是情感而非事實。但經過反對論證的批判，以及辯護者對這些反對論證的回應，倫理主觀主義的理論成熟度大為改善。

3. 3. 第一階段：簡單主觀主義

這個理論的最簡單版本，只敘明基本想法而未在改良上多做功夫，其說法如下：當一個人主張某件事在道

德上是善的或是惡的時，只代表他贊成或反對這件事。
換言之：

　　「X 在道德上是可接受的」

　　「X是對的」　　　　　　　　　　左列均代表：
　　　　　　　　　　　　　　　　　　「我（言說者）
　　「X是善的」　　　　　　　　　　贊同X」。

　　「X應該被遵行」

相似地：

　　「X 在道德上是不可接受的」

　　「X是錯的」　　　　　　　　　　左列均代表：
　　　　　　　　　　　　　　　　　　「我（言說者）
　　「X是惡的」　　　　　　　　　　不贊同X」。

　　「X不該被遵行」

　　我們或許可以把這個版本的主觀主義稱為「簡單主
觀主義」(Simple Subjectivism)。它以直接而不複雜的方
式將倫理主觀主義的基本觀念表現出來，而且許多人覺
得它有吸引力。然而，簡單主觀主義會遭致若干反對意
見，因為它的蘊義和我們所了解的道德評價性質相違背
（至少可以說它和我們自認為知道的相違背）。以下是
兩個最主要的反對意見。

簡單主觀主義無法解釋人類的可謬性(fallibility)
沒有人是不犯錯的，有時我們的評價錯誤，而當我們發
現錯誤，可能想要改正。可是如果簡單主觀主義是正確
的，改正錯誤將不可能，因為簡單主觀主義涵蘊著我們
每一個人都不會犯錯。

35

　　再想想伐威爾所謂「同性戀不道德」的觀點。根據
簡單主觀主義的說法，伐威爾的觀點只是表達了他（伐
威爾這個人）不贊成同性戀。就這例子而言，伐威爾當
然有可能是不真誠的——換言之，實際上他可能不反對
同性戀，他的主張只是為了應付保守派的群眾罷了。然
而，如果我們認為他是真誠的——亦即我們假定他真的反
對同性戀——那麼根據簡單主觀主義，他的主張將為真。
只要他真誠表達自己的感受，他便沒有犯錯的可能。

　　可是這樣的結論違反我們都會犯錯的明白事實；有
時我們的判斷會出現差錯。因此，簡單主觀主義絕不可
能是正確的。

簡單主觀主義無法解釋歧見　　簡單主觀主義的第二
個反對意見植基於下述觀點：簡單主觀主義無法解釋人
們對於倫理議題會產生歧見的事實。傅爾門不認為同性
戀不道德；所以，在表面上，傅爾門和伐威爾似乎採取
不同的意見。現在讓我們思考一下，如果我們採取簡單
主觀主義，將要如何面對這樣的現象。

　　根據簡單主觀主義，當傅爾門說同性戀沒有不道德
時，他只是描述了自己的態度——他是在說自己，傅爾門
這個人，不反對同性戀。伐威爾有可能反對這一點嗎？
不可能，伐威爾將會接受傅爾門是不反對同性戀的。同
時，當伐威爾說他認為同性戀不道德時，他也只是主張
自己，伐威爾這個人，不贊成同性戀。對於這個事實，
有誰能反對呢？總之，根據簡單主觀主義，伐威爾和傅
爾門並沒有歧見；他們兩人都必須接受對方所提出的主
張代表著一個事實。當然，這種立場會讓人覺得有缺

失，因為伐威爾和傅爾門對於同性戀是否道德的議題，確實存在歧見。

　　簡單主觀主義蘊涵一種無盡的挫折：伐威爾和傅爾門強烈反對彼此的主張；然而他們卻找不到一個可以用來討論共同問題的陳述方式。傅爾門可能想要否定伐威爾的主張，可是根據簡單主觀主義，他的說法只不過是成功地改變了討論的議題。

　　前述論證可以歸結如下：當某人說「X在道德上是可接受的」，而且另一個人說「X在道德上是不可接受的」時，這兩個人是有歧見的，然而，根據簡單主觀主義，他們之間根本不可能有歧見，因此，簡單主觀主義絕不可能正確。

　　與此類似的種種論證都在顯示簡單主觀主義是個有缺陷的理論，它是無法成立的，至少其粗略形式是如此。面對這些反對論證，有的思想家選擇完全拒斥倫理主觀主義；但有的卻選擇創造更為周延的倫理主觀主義，使其不再那麼容易受到反對論證的抨擊。

3. 4.　第二階段：情緒主義

　　改良的倫理主觀主義，後來以「情緒主義」(Emotivism)著稱，主要是由美國哲學家查爾斯‧史蒂文生(Charles L. Stevenson, 1908-1979)發展而成，乃是二十世紀最有影響力的倫理學理論之一。它遠比簡單主觀主義更為精緻而成熟。

　　情緒主義的起點來自一個觀察：語言的使用方式是

多元的。語言的主要用途之一是陳述事實，或至少可說是在陳述我們所相信的事實。比如我們可能會說：

「亞伯拉罕·林肯(Abraham Lincoln)是美國的總統。」

「我四點鐘的時候有個約會。」

「每加侖汽油1.39美元。」

「莎士比亞是《哈姆雷特》的作者。」

前述每一個陳述的內容若不為真便為假，而且我們提出這些陳述的典型用意是在向聽者傳遞訊息。

然而語言的使用還可能有其他目的。假設我對你說「把門關上！」這句話既非真亦非假。它不是一個陳述句；它是一個命令，性質與陳述句不同。它的目的不在傳遞訊息，而是要使喚你完成某一件事。這時的我並沒有使你改變信念的意圖；我的用意在於影響你的行為。

或者考慮一下如下的語句，這些語句既不在陳述事實，亦不在發出命令：

「亞伯拉罕·林肯萬歲！」

「唉！」

「真希望汽油不要這麼貴！」

「該死的哈姆雷特！」

這些都是我們非常熟悉且可輕易理解的句子，然而它們之中沒有一個「為真」或「為假」（說「『亞伯拉罕·林肯萬歲！』這句話為真」或者「『唉！』的說法為假」乃是不通的）。再者，這些句子並不用來陳述事實，而是用來表達言說者的態度。

　　我們有必要分清楚「表明」(reporting)一個態度，和「表現」(expressing)同一態度之間的區別。假如我說「我喜歡亞伯拉罕‧林肯」，那麼我是在表明我對林肯持有正向態度的這個事實，這是一個有關事實的陳述，可能為真或為假。另一方面，假如我喊「林肯萬歲」，我並不是在陳述任何事實，甚至也不是在陳述任何有關於我的態度的事實，而是在表現一個態度，這時的我，並不是在表明我擁有這個態度。

　　有了這些了解之後，現在讓我們把焦點轉向道德語言。根據情緒主義，道德語言並不是陳述事實的語言；它的典型用法也不在傳遞訊息。道德語言的目的不同，它主要用於影響別人的行為。假如某個人說：「你不應該做那件事！」他的用意是在**阻止你做那件事**。因此他的發言比較像是一種命令，而不像在陳述事實；那句話很像是在說「不要做那件事！」其次，道德語言是用來表現（而非表明）一個人的態度。說「林肯是個好人」和說「我喜歡林肯」不同，它比較像「林肯萬歲！」這類的話。

　　情緒主義和簡單主觀主義之間的差異現在應該很明白了。簡單主觀主義將倫理語句視為一種特別的事實陳述句，亦即是用於表明言說者之態度的語句。根據簡單主觀主義，當伐威爾說，「同性戀是不道德的」，代表他說，「我（伐威爾）不贊成同性戀」——這是一個有關伐威爾之態度的事實陳述句。然而情緒主義認為，伐威爾的話並不是一種事實陳述，甚至也不涉及有關於伐威爾自身的任何事實。對情緒主義而言，伐威爾的話形同：「同性戀——令人作嘔！」或者「千萬不可以有同性

38

戀的行為！」又或者「但願沒有同性戀。」

　　這種看似瑣碎、細微的差異，或許顯得不值一顧，但從理論的角度觀之，這種差異實際上卻有非常重大的意義。要了解這點，我們可以再看看那些反對簡單主觀主義的論證，雖然那些論證讓簡單主觀主義顯得十分困窘，卻對情緒主義毫無影響。

　　1. 第一個論證指出，若簡單主觀主義是正確的，那麼我們絕不可能在道德判斷上出錯；然而我們當然是會犯錯的；因此，簡單主觀主義絕不可能正確。

　　這個論證之所以有效，乃是因為簡單主觀主義將道德判斷的敘述句詮釋為可以判定真假的語句。所謂「不可謬」(infallible)代表一個人的判斷總是為真；而根據簡單主觀主義，只要道德判斷之語句的言說者是真誠的，道德判斷「將會」永遠為真。這即是在簡單主觀主義的體系內，人們的道德判斷會變得不可謬的原因。相對的，情緒主義並不將道德判斷的敘述句視為可以分辨真假的語句；也因為如此，前述論證便無從批駁情緒主義。因為命令或態度的表現並無所謂真假，所以人們在這些行為上，也就不存在是否「不可謬」的問題了。

　　2. 第二個論證牽涉到道德歧見的問題。假如簡單主觀主義是正確的，那麼當一個人說「X在道德上是可以接受的」，且另一個人說「X在道德上是不可接受的」時，這兩個人並非真正有任何歧見。他們事實上是談論著完全不同的東西—他們兩人都在陳述自己的態度，而對於另一方之態度的真確性，彼此都可以輕易肯定。然而，這個論證進一步指出，在前述情形中的兩個人，其實存在意見相左

的現象，所以，簡單主觀主義不可能是正確的。

　　情緒主義強調，人們發生意見歧異的可能方向不只一個。比較下列兩種歧見：

　　第一種歧見：我相信李‧哈維‧奧斯華德(Lee Harvey Oswald)單獨行刺約翰‧甘乃迪(John Kennedy)，而你相信奧斯華德還有共謀。這種歧見牽涉到的是事實──我認為某件事為真，而你認為那件事為假。

　　第二種歧見：我支持立法管制槍枝，而你反對。在此我們的衝突並不在關乎事實的信念，而在願望──我希望某一件事發生，而你不願意如此。（對於有關槍枝管制所可能牽涉的相關事實，你我可能意見一致，然而卻在應不應該管制槍枝的問題上選擇不同立場）。

　　在第一種歧見中，你我相信不同的東西，而且我們的信念不可能全為真。在第二種歧見中，我們分別期望不同的事情，而且這兩個願望不可能同時成真。史蒂文生稱後一種歧異為「*態度上的歧異*」(*disagreement in attitude*)，而且拿這種歧異和「*態度認定的歧異*」(*disagreement about attitude*)相對照。你和我也許都認同彼此對自己態度的認定：我們都同意你是反對槍枝管制的，而我則是支持槍枝管制的。雖然如此，我們仍然對槍枝管制這件事情「**在**態度上」(*in our attitudes*)有所分歧。史蒂文生認為道德歧見與這種歧異相似：它們是一種態度上的分歧。簡單主觀主義無法解釋道德歧見，因為一旦他將道德判斷詮釋為關於態度（之認定）的敘述，歧見就消失無蹤而不可能存在了。

39

簡單主觀主義試圖把握倫理主觀主義的基本觀念，並用一個可以令人接受的方式表達出來。它的問題來自於假定道德判斷是有關於態度之認定的敘述句；情緒主義較為理想，因為它捨棄這個麻煩的假定，並代之以一個較為周延的道德語言使用觀。然而，誠如我們即將發現的，情緒主義也有窒礙難行之處，它的主要問題之一，乃是無法解釋理性在倫理中的地位。

3. 5. 道德事實存在嗎？

一個道德判斷——或者任何價值判斷——必須有良好的理由作為支撐。假如某個人告訴你某種行為是錯的，你可能會問為什麼那種行為是錯的，假如得不到滿意的回答，你可以拒絕他的忠告，並視之為無稽之論。準此，道德判斷實在不同於個人好惡的表現。假如某個人說「我喜歡咖啡」，此時她並不需要為這個宣稱提出任何解釋；她可能只是在表述個人喜好。相對的，道德判斷需要理據的支持，當其缺乏理據，就是武斷之見。

因此，任何能充分說明道德判斷性質的理論，都必須能解釋道德判斷及其支持理據之間的關係。情緒主義正是在這一點上失敗了。

在情緒主義的蘊涵中，理據究竟代表何種意義呢？誠如前述，對情緒主義而言，一個道德判斷就像是一個命令——基本上它是運用言語來影響人的態度和行為的一種作為。在這種觀念之下的理據，自然是指那些能夠達到所欲之效果的任何理由，亦即那些能影響別人的態度和行為，使其轉向吾人所欲之方向的理由。可是想想以下的例

40

子。假如我試圖說服你，要你相信顧德布姆(Goodbloom)
是個壞人（亦即我想影響你對他的態度），可是你不願接
受。因為知道你是一個偏執的人，於是我說：「你知道
嗎？顧德布姆是個猶太人」。這個策略奏效，此後，你對
他的態度產生改變，同意他是個惡棍了。對情緒主義來
說，顧德布姆是個猶太人的事實，似乎至少在某些情境
下可以看做是「他是個壞人」這個判斷的支持理由。事
實上，史蒂文生正是採取這種觀點。在他的經典著作《倫
理學和語言》(*Ethics and Language*, 1944)一書中，他說：
「**任何一個**言說者認為有可能改變他人態度的**任何**事實的
任何敘述，皆可用為支持或反對某一倫理判斷的理由」。

　　顯然前述情緒主義的說法是有偏差的，並不是任
何一個事實都能用於支持任何一個判斷。首先，提出的
事實必須和判斷相關，一個事實對聽者具有心理影響效
果，並不一定代表它和判斷之間具有相關性（猶太人的
血統和惡劣與否並無相關，不論在人們的心理上兩者之
間是否有關聯）。由這個例子我們可以得到一個小的和
一個大的啟示。小的啟示是，情緒主義的道德理論似乎
是有瑕疵的，而由此可知倫理主觀主義的觀念也是值得
懷疑的。大的啟示則是，理性在倫理之中具有重要性。

　　休謨強調，假如我們檢視所謂邪惡的行為——「例如
蓄意謀殺」——將發現該行為之中沒有任何一項「事實」
是與邪惡特質相對應的。除了我們的態度，宇宙間根本找
不到這樣的事實。這項了解曾經使人們感到絕望，因為他
們認為根據這點可知價值觀是沒有「客觀」("objective")
地位的。可是休謨的觀察有什麼好讓人訝異的呢？價值存
在的形式本來就和星辰的存在形式不同。（如果以星辰存

41

在的形式來觀看，我們如何能見出「價值」的樣貌呢？）
許多思考這個議題的人所犯的一個基本錯誤，乃在預先設
定了如下的兩個選項：

1. 道德事實存在，且其存在形式和有關星辰之事實
   的存在形式相同；或者

2. 我們的價值不過是自我主觀感受的反應。

這個錯誤見解忽略了第三種選擇的可能性。人們不
僅具有情緒感受力，也有理性，而這一事實極為重要。
總之，我們還可能有如下選項：

3. 道德事實是一種與理性相關的事實；換言之，假
   如一個道德判斷所提出的理由比其他判斷所能提
   出的理由都更充分，那麼這個道德判斷便為真。

所以如果想了解倫理的特性，就必須把焦點放在理
由的分析。倫理上的真，來自判斷的結論本於充分的理
由：道德問題的正確答案，正是得到理性支持的答案。
這樣的真是有其客觀性的，因為其之為真與否，乃是與
我們的希冀或想法無關的。並不是我們希望某件事是善
的或是惡的，它就成為善的或是惡的，因為希望並不能
指使理性去支持或反對一件事。這個事實也說明了犯錯
的可能性：我們在善惡的判斷上可能會失誤，因為我們
對理性的命令可能認識不清。理性有其獨立觀點，不受
意見或欲望的左右。

3. 6.　倫理證據存在嗎？

假如倫理主觀主義是不正確的，為何有那麼多人受

到它的吸引呢？其中一個可能原因是，科學提供了客觀性的典型，而當我們拿倫理學來和科學相比時，發現倫理學似乎缺乏科學那般使人信服的特徵。例如，倫理學上沒有客觀證據可言，這點似乎是倫理學的一大缺陷。我們可以證明「地球是圓的」、「沒有最大的質數」、「恐龍比人類還早生存在地球上」。可是我們能證明墮胎是對的或是錯的嗎？

認為我們無從證明道德判斷之對錯的想法似乎很有吸引力。任何一個曾經探討過類似墮胎這類問題的人，都了解要「證明」自己的主張正確是多麼困難而令人沮喪的事。可是如果我們更進一步檢視這個想法，將會發現它是令人懷疑的。

假定我們所思考的是比墮胎還簡單許多的問題，例如有個學生指控某位老師的考試不公平。這顯然是一個有關道德的判斷——公平是基本的道德價值。我們可以證明這個判斷成立與否嗎？這個學生可能指出考題涵蓋一些瑣碎的內容，卻忽略老師強調的重點。有一些題目既不在課程用書範圍內，課堂討論也不曾觸及過。另外，考試內容太多，連最傑出的學生都無法在考試時間內完成作答（而老師閱卷、評分時，卻設定學生應該完成作答）。

假設前述學生的各項說法皆為真，同時老師在被要求就這件事提出回應時，也無法做出任何有效辯護。事實上，這位老師是個非常沒有經驗的新手，他把整件事情弄糟了，完全不知道該如何是好。如果這樣，學生認為考試不公的意見是不是就得到證明了？我們還有必要要求更多的證據嗎？而要找到其他例子來說明同樣的道

42

理，也是相當容易的：

瓊斯是個壞人。瓊斯是個習慣說謊的人；愛操控別
人；只要有機可乘就騙人；對人殘酷；還有其他諸如
此類的行為。

史密斯大夫有失職責。史密斯大夫只根據一些膚淺的
考量來診斷病情；執行手術之前喝酒；不聽同事忠
告；還有其他諸如此類的行為。

有個中古車商違反倫理。這個車商對顧客隱匿車輛的
毛病；欺負窮人，迫使他們以高得離譜的價錢買下有
缺陷的車；在報紙廣告上，刊登一些誤導消費者的訊
息；還有其他諸如此類的行為。

　　前述提供理由的過程還可以更加深入。例如，假如
我們認為瓊斯是個壞人，因為他習於說謊，那麼在此我
們還可以更進一步說明為何說謊是不好的。首先，說謊
會傷害人，所以是不好的。假如我提供你錯誤的消息，
而你卻依靠這個消息行事，你可能會犯下各種錯誤。其
次，說謊會破壞人際信任，所以是壞的。信任別人時，
代表我將自己置於脆弱和不設防的狀態。當我信任你，
我會完全相信你所說的話，毫不警戒；而這時如果你對
我說謊，你便是利用了我對你的信任。此可說明為何受
騙是如此令人傷心的切膚之痛。最後，誠實的規範乃是
社會生存的必要條件——假如我們不能確定別人是不是會
說實話，溝通將難以進行，一旦溝通不再可能，社會隨
之瓦解。

　　所以有時我們確實可以為自己的判斷提供良好理
由，同時也可解釋為何這些理由是重要的。假如這些都

做到了，而且確定對立論點無法提出有效反駁，這時，誰還能要求我們提供更進一步的「證據」(proof)呢？認識這個道理之後，就可了解那些認為倫理判斷「只是個人意見」的想法，實在荒謬至極。

然而，認為道德判斷「無法證明」(un-provable)的觀念仍然深入人心。為何人們會有這樣的觀念呢？可能理由有三。

首先，當人們想到提供道德判斷的證據時，經常以不恰當的標準來認定這裡所謂的證據。他們想到的是科學之中的觀察和實驗；一旦發現倫理學之中不存在那樣的實驗和觀察時，便下結論說倫理上沒有證據可言。倫理學之中所謂的理性，乃是由提供理由、分析論證、建構和證成原則等等活動所構成。倫理推理和科學推理確實不同，但這並不會使倫理推理失效。

其次，當我們想到「如何證成道德意見」的問題時，總是傾向拿一些最困難的問題來思考。例如，墮胎就是一個極度複雜而困難的問題。假如我們只探討這類問題，就很容易下結論說，在倫理學之中「證據」是不存在的。然而科學一樣面臨相同的挑戰。在科學領域裡有許多複雜的數學及物理問題難有定論；如果我們全把注意力集中在這些問題上，或許也可得到物理學的主張沒有證據的結論。當然在物理學之中有許多較為簡單的問題，對於這些問題，所有稱職的物理學家都能獲得一致的見解。相似的，倫理學之中也有一些較為簡單的問題，在這些問題上，所有理性的人都能取得共識。

最後，人們很容易將兩個實際上有所差別的事情攪

混在一起：

1. 證明一個意見是對的。

2. 說服人接受某個證明。

你的論證再怎麼無懈可擊，還是可能有人不肯接受。但這並不代表你的論證必定有什麼問題，或者「證據」是不可得的；相反的，這可能只代表有人頑固不堪。而當這種現象發生時，實在無須驚訝。在倫理的議題上，有時人們不肯聽從理性，是可以預期的。畢竟，倫理所要求的，可能違反人們的意願，因此，人們如果對倫理的命令充耳不聞，並不意外。

3. 7. 同性戀的議題

我們現在要回過頭探討同性戀的爭辯，並以此作為總結。假如我們思考相關的事實，會有什麼發現呢？最重要的一個事實在於同性戀者所追求的，乃是唯一可能帶給他們快樂的一種生活形式。性是一種特別強烈的驅力——雖然其原由不易理解——同時很少有人能在缺乏性的滿足的情形下過著快樂的生活。然而我們也不宜把所有的焦點都放在性的需求上。許多同性戀的作家都指出，同性戀並不是跟誰發生性關係的問題；而是和誰一同墜入情網的問題。對男同性戀、女同性戀或者任何其他的人而言，美好生活可能代表著能和所愛的人結合，以及一同參與兩人生活可能會有的一切活動。再者，性傾向並不是個人透過選擇而來的；同性戀和異性戀都是天生傾向，不是自主意願的表現。因此要求人不得顯露出對同性之愛戀，經常會逼使同性戀者過著不快樂的生活。

假如我們可以證明男同性戀者和女同性戀者會對社會上其他人構成威脅，那將是反對同性戀的強而有力的論證。事實上，和伐威爾抱持同樣觀點的人正有類似的主張。但是如果我們平心靜氣的檢視，將發現這類主張總是缺乏事實基礎。除了性關係的形式之外，同性戀者和異性戀者不論在品行上，或者對社會的貢獻上，都沒有差異。認為同性戀者必定品行邪惡的觀念，經證實是個迷思，而這種迷思和認為黑人懶惰或猶太人貪婪之類的迷思並沒有兩樣。

反對同性戀的理由經過批駁之後，最後剩下一個常見的主張，這個主張認為同性戀「不自然」(unnatural)，另外還有宗教保守主義者認為同性戀會威脅「家庭價值」(family values)。對於第一個主張我們很難了解它要表達的是什麼，因為所謂「不自然」，實在是個非常模糊的觀念。它的確實意涵至少有下述三種可能。

45

第一，「不自然」有可能是指統計上的意義。就此意義而言，一個人所具有的某一種特性如果不是大多數人所共有的，便是「不自然」。例如同性戀在此意義之下，就是不自然的，正如左撇子也是不自然一樣。很明顯的是，我們不能根據這一點就認定同性戀是壞的；相反的，稀有特性反而經常被認為是好的。

第二，「不自然」也可能是就著一物之「目的」(purpose)而論的。我們身體各部位似乎都有其存在的目的，例如，眼睛的目的在觀看、心臟的目的在輸送血液。相似地，性器官的目的在繁衍後嗣：性行為是為了製造胎兒。因此，有人可能認為男同性戀者的性行為是不自然

的，因為他們的性活動脫離了性行為的自然目的。

　　許多認為同性戀不自然的人，其心裡的想法似乎就是前述論點所表達的。然而，假如同性戀者的性行為應該因此而受到譴責，那麼許多其他的性行為也應該同受批判：例如手淫、口交，或甚至是停經婦女的性行為。這些性行為和男同性戀者的性行為一樣「不自然」（而且，也因此一樣壞）。但是我們沒有理由接受這樣的結論，因為其論證是有瑕疵的。它所依賴的假設是：以不自然的方式來使用人體是不對的。只是，這樣的假設當然不成立。眼睛的「目的」在觀看；那麼用眼睛來調情或示意，是不對的嗎？手的「目的」若是在抓取物品或刺戳東西；那麼拍手來應和音樂的節拍，是錯的嗎？我們還可以輕易地舉出別種相似的例子。總之，認為「不按一物之自然目的來使用它，就是不對」的想法，缺乏合理依據，故其論證是無效的。

　　第三，因為「不自然」這個說法聽起來有意指邪惡的味道，因此它也有可能被理解為一種評價語詞。或許它所表達的是某件事「違反了作為人的應有分寸」(contrary to what a person ought to be)。然而如果這是「不自然」的意義，那麼「某一件事是不對的，因為它不自然」將變成是空洞的說法。它就像說「某一件事是不對的，因為它是不對的」。這種空洞說法，當然無法作為譴責任何東西的有效理據。

　　認為同性戀不自然以及同性戀一定有不恰當之處的想法，對很多人來說頗有直覺上的吸引力。然而就我們的討論來看，它似乎是個不健全的論證。如果找不到比

46

理解「不自然」這個概念更為恰當的方式，那麼認為同性戀不自然的整個思考方式，就該拋棄。

不過對於宗教上的基本教義派所謂同性戀違反「家庭價值」的說法，又該如何看待呢？伐威爾以及其他那些觀念和他相接近的人，經常說他們之所以譴責同性戀，乃是出於支持「家庭」的普遍立場，正如他們也是出於相同理由而譴責離婚、墮胎、色情刊物和通姦。但是同性戀究竟在哪一方面違背家庭價值呢？同性戀人權運動曾提出一套計畫，希望透過這套計畫能使男女同性戀者更易於組成家庭──例如要求社會承認同性婚姻，並接受同性戀者收養兒童之權利。令男女同性戀者感到諷刺的是，家庭價值的提倡者正是不願他們獲得前述權利的那些人。

還有一個專門涉及宗教方面的論證，必須在這裡提出來討論，這個論證指出聖經是譴責同性戀的。〈舊約‧利未記〉第十八章第二十二節(Leviticus 18:22)說「你不該像和女人睡在一起那樣地和男人共眠；那是令人憎惡的行徑」。有些評論家則認為，與表象相反的是，聖經其實並未對同性戀採取嚴苛的態度；他們還說明了聖經之中與同性戀相關的每個段落（似乎共有九段），應該如何解讀。無論如何，假定聖經確實教導我們說同性戀是一種令人憎惡的行徑，由這個教導我們可以導引出什麼結論呢？雖然聖經在宗教生活裡具有尊榮地位，可是依據表面經文來引導生活，卻有兩個問題。一個是實踐上的問題，另一則是理論上的問題。

就實踐方面而言，聖經（特別是很早以前編寫的

那些文本）所指示的往往踰越我們能遵循的。真正讀過
〈利未記〉的人並不多，若是人們讀了，將會發現它除了
禁止同性戀之外，還巨細靡遺地指示我們該如何處置痲瘋
病人、如何進行燔祭、如何對待月經來潮的婦女。對於牧
師女兒的行為規範之多，也到了令人詫異的地步，其中包
括規定如果牧師女兒賣淫，應該處以火刑（第二十一章第
九節）。〈利未記〉規定信徒不得食用肥肉（第七章第二
十三節）、婦女生育滿四十二天之前不得進入教堂（第十
二章第四、五兩節）、不得裸身拜訪叔父。最後一項禁令
所禁止之行為，恰巧也被稱為一種令人憎惡的行徑（第十
八章第十四及二十六節）。〈利未記〉還規定鬍子必須留
成直角的形狀（第十九章第二十七節）、可以向鄰國購買
奴隸（第二十五章第四十四節）。另外還有其他許多類似
規定，只是前述已經足以說明概況。

　　問題在於你不能因為〈利未記〉說同性戀是一種
令人憎惡的行徑，就認定同性戀確實令人憎惡，除非你
願意接受〈利未記〉所提出的其他指示也都是符合道德
的；在二十一世紀的今日，要求任何人完全依照〈利未
記〉的指示來生活，一定會令他發狂。有的人也許會指
出，像婦女月經來潮之類的規定，有其文化特殊性，只
適用於古代，不適合今日社會。這個說法固然合理，可
是如果這樣主張，是不是也開放了一個類似的可能性，
亦即有關反對同性戀的規定，也只適用於古代，而不適
用於今日。

　　無論如何，**單單**(simply)只是依據權威的說法，並不
能決定一件事在道德上的對錯；如果聖經之中所指示的
規範不是武斷之詞，那麼我們必定能為那些規範找到理

47

由——我們可以探究**為何**聖經譴責同性戀，同時也可以得到解答。這個解答將能真正說明聖經之所以認為同性戀不道德的理由。而這也是我前述所謂的「理論上」的問題：在道德推理的邏輯中，文字主張的出處不再重要，重要的是提出文字主張的背後所根據的理由（如果這理由存在的話）。

話說回來，這裡主要關心的並不是同性戀的問題，而是道德思維的性質。道德思維和道德行為的本質是在衡量理由並依據理由而行動。依據理由而行動和感情用事的作風極為不同；當情感強烈時，我們傾向依從情感，忽視理性，但這麼做便是選擇完全脫離道德思維。這也是把焦點完全放在態度和情感因素的倫理主觀主義，為何讓人覺得走錯方向的理由。

48

第 *4* 章

道德依賴宗教嗎？

永遠依循上帝意旨，善在其中矣。

愛彌爾・布魯納，《神聖旨令》
(Emil Brunner, *The Divine Imperative*, 1947)

我敬重諸神，但不倚靠祂們。

宮本武藏，於一乘寺(Musashi Miyamoto, at
Ichijoji Temple, CA. 1608)

4. 1. 道德和宗教的假定關連

　　1984年紐約州長馬力歐・郭莫(Mario Cuomo)宣布他
將指派一個倫理問題的特別諮詢委員會。他宣稱「我們
越來越常遇見一些關乎生死的議題」。例如，墮胎、殘

障嬰兒、結束生命的權利和人工生殖等等問題。而這個委員會的功能乃在提供州長「專業協助」，幫助州長釐清諸如前述議題的道德意蘊。

但究竟哪些人會被聘任為這個委員會的委員呢？這個問題的解答，將很清楚地告訴我們在這個國家之中，誰被認定為道德的發言人。解答是：宗教團體的代表。根據《**紐約時報**》(*New York Time*)的報導：「郭莫先生在出席布魯克林區聖法蘭西斯學院(St. Francis College in Brooklyn)的一個公開場合裡表示，他已經邀約羅馬天主教、新教和猶太教的領袖加入這個委員會。」

很少有人會對這個結果感到訝異（至少在美國是如此）。在西方民主社會中，美國是一個在宗教上特別虔誠的國家。美國人十個之中，有九個會說他們信仰一個關愛世人而具人格特質的神(a personal God)；在丹麥和瑞典，五個之中，只有一個人如此。在美國，把神父或牧師視為道德專家是件尋常的事。例如，大多數的醫院都有倫理委員會，而這些委員會的成員大多由三類人員組成：醫療人員提供技術層面的建議、律師負責法律問題、宗教代表處理道德議題。當報社需要找人對一些事件的道德面向提供意見時，經常求助於神父，而神父們也很樂意效勞。神父和牧師被認為是明智的顧問，他們在人們需要的時候，總是能夠提供穩當的道德忠告。

為何神職人員會被這樣看待呢？理由並不是因為他們這個群體的人經過驗證，在整體上比其他人更為道德且更有智慧；就表面觀之，比起其他人，他們既非更好，亦非更壞。他們之所以被認為具有獨到道德見解，

乃是有更深一層的理由。在絕大多數人的觀念中，道德和宗教密不可分：人們普遍認為只有在宗教的脈絡裡，道德才可理解。而因為牧師是宗教的代言人，所以，人們理所當然的也就認定他們該是道德的代言人。

人們會有這樣的觀念，其實不難想像。假如以不帶宗教色彩的觀點來看，這個宇宙似乎是個冰冷而空無意義的地方，難以寄託任何價值和目的。1902年柏特南・羅素(Bertrand Russell)在他的論文〈一個自由人的祝禱〉(*A Free Man's Worship*)中，描述了他心中所謂「科學的」("scientific")世界觀：

> 人乃是因果的產物，這些因果對於它們最終將歸結於何，並無先見之明；人的起源、成長、希望、恐懼、愛戀和信仰，不過是原子偶然配置模式下的產物；任何活力、英勇、智慧、深情，皆不足以挽留人的生命；累積多少世紀的耕耘、奉獻、靈思和耀眼天才，注定要隨著太陽系的死滅，而消失無蹤，換言之，由人類的成就所構築而成的聖堂，終將埋沒於宇宙毀滅後的灰燼之下——前述種種，雖非無可爭議，卻幾近定論，任何否定它們的哲學，皆難成立。人類只有在這些事實的架構之內，立於恆久絕望的堅固基礎上，才能安穩地築起靈魂的居所。

然而如果從宗教的角度來看，一切顯得非常不同。根據猶太教和基督教的教義，世界是仁慈、全能的上帝為我們創造的一個家，而我們則是祂依照自己的形象所

50

創，我們是祂的子民。在這個觀點之下，世界就不是空無意義和目的了；相反的，世界乃是上帝實現其計畫和目的之舞台。若是如此，將「道德」視為宗教世界觀的一部分，不就再自然不過了嗎？而無神論者的世界中沒有價值立足之地，不也是理所必然嗎？

4.2. 神諭說

在有神論的幾個主要傳統中，如猶太教、基督教和回教，上帝被視為立法者，祂立下了一些必須遵行的規則。祂並沒有強制我們去遵守這些規則。我們被創造成自由主體，因此可以選擇接受或拒絕祂的聖訓；然而如果我們想要過著適當的生活，就得依循上帝的律法。這個觀念經由一些神學家的精心發展，得出一個關於道德對錯之本質的學說，稱為「神諭說」(the Divine Command Theory)。質言之，這個理論認為所謂「道德上對的」即是「上帝所諭令的」，而「道德上錯的」即是「上帝所禁止的」。

這個理論有一些吸引人的特徵。它即刻解決了倫理客觀性的老問題。其認為倫理並不只是個人感受或社會習俗而已，一件事的對錯是完全客觀的：上帝所諭令的即是對的，上帝所禁止的即是錯的。其次，神諭說對於人們為何必須在乎道德這個恆久的問題，也提出了一個解答。何不完全忘卻「倫理」，而自求多福呢？假如不道德是違反神諭的，那麼前述問題就有了一個簡單的答案：在最後審判日，我們必將要為自己的行為負起責任。

雖然神諭說有前述優點，但也有嚴重的問題。很確

定的是，無神論者不可能接受它，因為他們不相信上帝存在。不過即便是信仰神的人，也會發現神諭說窒礙難行之處。柏拉圖這位出生於耶穌之前四百年的希臘哲學家，即是最早發現神諭說之主要問題的人。

柏拉圖的著作以對話的形式呈現，這些對話所記載的大多數是蘇格拉底和一或多位對話者的談話內容。在柏拉圖所記載的蘇格拉底對話錄中，〈尤西浮羅篇〉(*Euthyphro*)裡有一段討論到是否能將道德上的「對的」，界定為「眾神所諭令的」。蘇格拉底對於這個界定感到懷疑，問道：一個行為之所以為對，是因為神明諭令我們執行它，或者因為這行為是對的，神明才諭令我們執行它呢？這是哲學史上最為著名的問題之一；而依據英國哲學家安東尼‧傅路(Antony Flew)的看法：「想考驗一個人在哲學上是否有天份，有個好辦法，那就是看他能不能理解這個問題的力道和意義。」

51

重點在於如果依據宗教觀來辨別對錯，將會陷入兩難困境。蘇格拉底的提問要求我們澄清為何依從神明諭令即是對的。我們的主張有兩種可能意義，而這兩種意義都會遭遇難題。

1. 首先，我們的意思可能是指**對的行為之所以為對，乃是因為上帝諭令我們執行它**。例如，在〈出埃及記〉裡的第22篇第16章中(Exodus 20:16)，上帝即諭令我們應該誠實。依據這個解釋方式，我們之所以應該誠實，純粹是因為上帝諭令我們如此。如果沒有上帝的聖諭，誠實既非善亦非惡，上帝的聖諭才**使得**誠實成為對的行為。

　　但這樣的主張會遭遇難題。因為在這個主張裡，上帝的諭令顯得武斷，上帝甚至也可輕易發出其他指令，例如要人們作騙子，如此一來，欺騙而非誠實才是對的（你可能會回答說：「上帝絕不會諭令我們欺騙」。然而，為什麼不會呢？假如上帝真的支持欺騙，則其用意絕非希望我們犯錯，因為祂的諭令，已經使欺騙成為對的行為）。謹記，在這主張中，上帝諭令我們誠實之前，誠實並不是對的。換言之，祂諭令誠實或者誠實的相反，在理據上是毫無差異的；因此由道德的角度觀之，其諭令乃是一種武斷。

　　根據這種觀點所產生的另一個問題是，主張上帝良善的教義形同廢言。對於虔信者，上帝不僅全能、全知且全善；然而假若我們接受善惡完全由上帝意志來界定，善惡觀念就毫無意義可言了。說上帝的諭令是善的，能有什麼意義呢？假若「X是善的」代表「X是上帝的諭令，」那麼「上帝的諭令是善的」，所代表的將僅僅是一個空洞的自明之理：「上帝的諭令是上帝所諭令的」。1686年萊布尼茲(Leibniz)在《論形上學》一書中，提出如下的觀察：

　　　　因此說一物之為善，非關乎其與善之規則符合與否，而純然只是上帝意志的結果，這種說法在無意間摧毀了上帝的愛與榮光。我們何必讚美上帝，因為即便祂選擇相反的作為，我們還是會讚美。

　　因此如果選擇蘇格拉底所提出的兩種選擇之中的第一種，似乎會困在一個連虔誠教徒都無法接受的結果裡。

2. 有個辦法可以避免這個麻煩的結果。那就是採取蘇格拉底提供的第二種選項。我們不必主張一個行為之所以為對的，是因為上帝諭令我們執行它，相反的，我們可以主張上帝諭令我們執行某些行為，因為**這些行為是對的**。全知的上帝知道誠實比欺騙好，因此諭令我們誠實；祂知道殺人是錯的，因此諭令我們不得殺人；依此類推，所有道德規則都將因為其是對的，所以上帝諭令我們遵行。

假如採取這個選擇，則可避免第一個選擇的破壞性結果。在這個選擇中，上帝的諭令不再是武斷的，而是運用智慧來見證最佳行為規則。在此選擇中，上帝全善的教義也可維持：所謂上帝所諭令者為善，意指祂只諭令在祂全知的智慧下，判斷為最佳行為規則者。

不幸的是，這種選擇卻會產生別種同樣麻煩的問題。採取這種選擇時，我們已經放棄依據宗教觀來判斷對和錯——當上帝諭令我們誠實，因為誠實是對的，這時即是承認在上帝意志之外，有一個獨立的對錯標準。換言之，行為的正確性，不僅先於且獨立於上帝諭令之外，而其正確性乃上帝諭令我們執行它的理由。如此，假如想知道為什麼要誠實，「因為上帝諭令如此」的回答，並不算真正的答案，因為這時我們仍然會進一步問「可是為什麼上帝諭令如此？」而**這個**問題的具體答案將須說明誠實之所以為善的根本理由。

前述所言可以歸結為下述論證：

(1) 假設上帝諭令我們執行對的行為，則可能(a)那些對的行為之所以對乃是因為上帝諭令我們執行它

們，或者(b)上帝諭令我們執行它們，因為它們是對的。

(2) 假如我們選擇(a)選項，那麼從道德的角度，上帝的諭令將顯得武斷；同時，主張上帝為全善的教義也將變得毫無意義可言。

(3) 如果我們選擇(b)選項，那麼我們必定在上帝意志之外，已經接納了一套對錯的標準。其結果是，我們形同放棄依據宗教觀來判定對錯。

(4) 因此，我們不是視上帝諭令為武斷，並放棄上帝為全善的教義，就是承認在上帝的意志之外，有一獨立的對錯標準，並放棄依據宗教觀來判定對錯。

(5) 從宗教的觀點絕不能接受上帝的諭令為武斷，亦不能放棄上帝為全善的教義。

(6) 因此，即便由宗教的立場出發，也必須接受在上帝意志之外有一獨立的對錯標準。

許多虔誠教徒認為自己必須接受以宗教觀出發的對錯標準，因為不如此是行不通的。他們認為自己若是相信上帝，就應該主張對錯是依據上帝意志而決定的。不過前述論證證明並非如此：該論證指出正好相反的結果，神諭說導致我們必須採取不敬上帝的結論，因此一個虔誠的人不應接受神諭說。事實上，最偉大的那些神學家如聖湯瑪斯‧阿奎納(St. Thomas Aquinas, 1225-1274)就因為這個理由而拒斥神諭說。阿奎納之流的思想家，以別的方式來結合道德與宗教。

4.3. 自然定律說

在基督教的思想史中，神諭說並非倫理學的主流理論，其主流乃自然定律說(the Theory of Natural Law)。此理論有三個主要構成部分。

1. 自然定律說建立在特定的世界觀之上。在此世界觀中，世界具有一個理性的秩序，並在其本質之中含有若干價值和目的。這個觀念源自希臘人，希臘人的世界觀統治西方思想超過1700年以上。這個觀念的核心特徵之一乃是認為**每一樣東西皆有其本然目的**。

亞里斯多德在西元前350年左右，將這個想法融入他的思想體系之中，他認為要認識一樣東西，必須能解答四個問題：它是什麼？它由什麼構成？它如何能夠存在？它的用途為何？（這些問題的可能解答包括：這是一把刀，它由金屬構造而成，它是一個工匠做的，而且它是用來切東西的。）亞里斯多德認為最後一個問題——它的用途為何？——適用於問任何東西。他說：「自然萬物，歸屬於某一特定種類的肇因，這類肇因以服務某物為其行動目的。」

像刀子這樣的人造物有其特定用途或目的，乃至為明顯的事，因為工匠在製造它們時心中都有這個目的。可是那些並非出自人類之手的自然萬物又如何呢？亞里斯多德認為自然萬物也都有目的。他舉的例子之一是指出牙齒的目的乃在咀嚼東西。這類生物上的例子很有說服力；直覺上，我們身體上的任何部位皆有其特定目的——例如眼睛是用來看東西的，心臟則是用來

輸送血液的。不過亞里斯多德所主張的並不限於有機的事物。根據他的說法，**每一樣東西**皆有其目的。比如，他認為雨水降落乃是為了促進植物的生長。儘管這樣的主張對當代人來說，顯得非常怪異，可是亞里斯多德深信不疑。他曾經探討別的觀點是否可行（例如，把雨水降落視為「必然」，同時把雨水對植物的助長作用視為「偶然」的觀點），最後都放棄了。

因此，對亞里斯多德而言，世界乃是一個有序、理性的體系，每樣東西皆有其適當的位置，並有其所要服務的目的。世界存在一個巧妙的體系：雨水為植物而存在，植物為動物而存在，而動物則當然是為人類而存在，人類的幸福乃是這一切設計之目的所在。

> 我們必須相信，先是眾星為了動物而存在，再是其他各種動物皆是為了人類而存在，家畜是供人使用和食用的；野生動物絕大多數（雖然不是全部）也都可以供人食用和利用；例如人類可以利用動物來製作衣物和工具。假如自然正如我們相信的那樣，在生育萬物時有其預定的目的而非盲目無目的，則自然必定是特別為人類而化育萬物。

前述觀點似乎表現出令人訝異的人類中心傾向。然而，如果我們想想史上那些重要思想家，幾乎人人都有過類似的想法，大概就能原諒亞里斯多德。無論如何，人類確實是一種無比虛榮的動物。

後來的基督教思想家認為亞里斯多德這種世界觀和他們的理念完全相合，只是缺了一個元素：整個圖像還

需要一個上帝才算完整（亞里斯多德否認上帝是這個圖像的必要元素，對他來說，前述世界觀並無宗教意涵；它只是針對事實的描述）。因此，根據基督教思想家的想法，雨水的降落是為了幫助植物生長，因為那是**上帝的意旨**；動物是供人利用的，**因為上帝創造動物的目的正是如此**。於是，價值和目的成了自然萬物的內在基本構成元素，因為整個世界都是依照一個神聖計畫創造而來。

2. 這種想法的一個必然結果是認為：「自然定律」不僅描述**事實為何(how things are)**，而且說明**事物應該有的狀態(ought to be)**。當事物能執行它們的自然目的，即是處於應該有的狀態；當事物不執行或不能執行它們的自然目的時，便是出現差錯。眼睛無法觀看事物時，代表有缺陷；而乾旱則是一種自然災禍。對於這兩種惡的認定，是參照自然定律而來。而自然定律對於人類行為也有其蘊義。在此，道德規則被視為導源於自然定律。有的行為模式被認為「自然」(natural)，有的被認為「不自然」(unnatural)；而「不自然」的行為即是道德上錯誤的行為。

例如，想想有關仁愛的道德責任。在道德上我們不僅要關心自己的利益，也必須維護鄰人的福祉。為什麼呢？自然定律說認為，依人之本性，仁慈行為乃是自然。我們天生是一種群居的社會生物，渴望並且需要他人的陪伴，至於我們對他人的關懷，也是出於天性。完全不關心別人——真正徹底不在乎者——會被看作是瘋狂，依現代心理學的稱法則是反社會人格。邪惡人格是一種缺陷，正如無法觀看事物的眼睛是一種缺陷一樣，

而且這種說法之所以為真，乃是因為我們是上帝所創，上帝賦予我們特定的「人」性，這是祂對於世界之整體計畫的一部份。

　　拿自然定律說來印證仁愛的德行，比較沒有爭議，然而自然定律說也被用來支持一些比較富爭議性的道德觀點。宗教思想家長久以來都譴責一些「離經叛道者」("deviant")的性行為，而他們用來支撐自我立場的理論依據，經常源於自然定律說。假如一切皆有目的，那麼性行為的目的為何呢？最明顯的答案是生殖。依此，不以製造胎兒為目的之性行為，就可被看作是一種「不自然」，諸如手淫、口交等等行為都是「不自然」——更遑論同性性交了——這種想法至少可以追溯到西元四世紀的聖奧古斯丁，而在聖湯瑪斯・阿奎納的著作中則明白採取這種立場（有關此一性行為的論證，本書第三章第七節之中，有一些批判性的討論）。天主教會的道德神學立基於自然定律說，而其一切有關性行為的倫理觀，也都潛隱著這種思維路數。

　　今日，除了天主教教會之外，少有人提倡自然定律說。自然定律說受拒斥的理由有二。首先，它似乎把「實然」(is)和「應然」(ought)混在一起。十八世紀的時候休謨指出：**實際如何**(what is the case)和**應該如何**(what ought to be the case)在邏輯上是不同的概念，而且不能由其中一者去推論另一者。我們可以說人有仁愛的自然傾向，但我們不能由此即推論說人應該要仁愛。相似的，性行為雖然可以製造胎兒，但不能以是否製造胎兒作為推定性行為該或不該的根據。事實為何是一回事；價值又是另一回事。自然定律說似乎把兩者混在一起了。

　　其次，自然定律說已經過時（儘管過時並不代表錯誤），因為它所依賴的世界觀無法跟上現代科學的腳步。伽利略(Galileo)、牛頓(Newton)和達爾文(Darwin)所描繪的世界，根本沒有對與錯之「事實」(facts)的容身之處。他們解釋自然現象時，並不涉及價值和目的。所有事件之發生，只是因果定律偶然作用下的結果。假如雨水對植物有利，那是因為在天擇定律下，植物發展出適應多雨氣候的能力。

　　因此，現代科學所描繪的世界，乃是一個純由事實所構成的領域，在這領域中，所謂「自然定律」，乃是指盲無目的地運行著的物理、化學和生物律則。不論價值為何，它們絕非自然秩序的一環；至於所謂「自然專為人類而化育萬物」的觀念，則只代表人類的虛榮。一旦我們接受現代科學的世界觀，就會對自然定律說產生懷疑。也因此，當我們發現自然定律說源自中世紀，而非現代思潮之產物時，將不會感到意外。

57

　　3. 自然定律說的第三部份關注的是道德知識的問題。我們如何決定什麼是對而什麼是錯呢？依據神諭說，我們應該參照神諭。但自然定律說提出不同答案。自然定律說認為我們用於判定對錯的「自然定律」，乃是一些理性律則，由於上帝的緣故，我們才得以了解這些律則，換言之，自然定律的創造者把我們創造成具有理性思考能力的存有，因此我們才有能力把握那些定律。透過這樣的主張，自然定律說附和了一個常見的觀念：對的行為，即是依據最佳理由而行的那種行為。以傳統術語來說，即所謂道德判斷是「理性的命令」(dictates of 　reason)。聖湯瑪斯・阿奎納這位最

偉大的自然定律說的理論家，在其名著《神學大全》(*Summa Theologica*)中寫道：「貶抑理性命令，即是非難神諭。」

這代表教徒並沒有獲得道德真理的特殊管道。教徒和非教徒所處的地位相同，對於兩者，上帝所給予的理性思維能力是一樣的；因此教徒和非教徒都能聽從理性，並依理性之指令而行。兩者作為道德主體的方式是相同的，只不過非教徒因為缺乏信仰的緣故，使他們無法了解，自己參與其中並在道德判斷裡表現出的理性律則，乃是上帝的創造物。

就某個重要的意義而言，前述說法有使道德從宗教中獨立出來的作用。亦即在此說法之中，宗教信仰並不影響最佳行為之思考選擇，而道德探究的結論在宗教上也是「中立的」(neutral)。因此，教徒和非教徒雖然可能在宗教上採取不同意見，卻是同一道德世界的成員。

4. 4.　宗教和具體道德議題

有些宗教人士將會認為前述討論不太令人滿意。對他們來說，那種討論太過抽象，很難據以指導真實道德生活。在他們的觀念中，道德和宗教關係非但緊密，並且貼近以具體道德議題為核心的種種實務。他們主張，對和錯是否依據上帝意旨來「界定」，或者道德律則是否為自然定律，都無關緊要：不論這些理論有何價值，重要的是宗教對具體議題的道德教導。對他們來說，聖經和教會的教導代表權威，並決定了人們應該採取的道德立場。舉例而言，許多基督徒認為他們必須反對墮胎，因為教會和（他

們心目中的）聖經都譴責墮胎的行為。

事實上，有關重大道德議題，真的有明確的宗教立場，且這些立場是教徒們必須採納的嗎？若是如此，這些立場和非教徒們純由理性思考而得的最佳行動方案有所不同嗎？依照牧師們的說法，前述兩個問題的答案都是肯定的。可是，有許多理由反對這種觀點。

首先，在聖經裡通常很難找到有關特定行為的道德指引。我們目前面對的問題，與好幾個世紀之前，猶太人和早期基督徒們所面對的問題並不相同；正因為如此，聖經對於我們遭遇到的種種急迫道德問題未置一辭，也就不足為奇了。聖經裡記載一些通則性的訓示，例如愛護鄰居、待人如己等等這類適用於許多不同情境的訓誡。雖然這些訓示有其價值性，卻不能由它們推論到勞工權利、物種滅絕以及補助醫學研究等等議題上，我們應該明確採取何種立場。

另一個問題是，在很多例子裡，聖經和教會傳統所支持的立場模糊不明。當權威意見分歧，教徒們跟著也陷入困窘境地，他們被迫自行決定究竟該接納哪一種傳統元素，或者究竟該相信哪一個權威。例如，若以字面來解讀，可以發現《新約聖經》譴責財富的追求，而基督教長期以來講究克己、博愛濟眾的傳統，正可印證這個訓示。可是在舊約聖經裡，也有一個較不出名的人物雅貝士(Jabez)請求上帝為他「擴增領土」（詳見《舊約歷代志》上篇，第四章第十節；I Chronicles 4:10），而且上帝也幫他實現願望。最近有一本暢銷書著作，力主基督徒應該師法雅貝士。

因此，如果有人主張自己的道德觀點源於宗教信仰時，他們經常是錯誤的；換言之，實情往往不是這麼一回事。對於道德議題，他們先已有了定見，並以特定方式來詮釋聖經或教會傳統，如此即可確保自己的道德結論得到聖經或教會傳統的支持。當然他們並不是每次都這樣操作；不過如果說他們經常如此，似乎不為過。有關財富的問題即是一個例證；墮胎問題則是另一例證。

在有關墮胎的爭論中，宗教考量總是討論的核心。宗教保守派主張婦女受孕那一刻起，胎兒就算是人了，也因此殺害胎兒，即是對人的謀殺。他們反對婦女有墮胎的選擇權，因為這就像給了婦女謀殺人的自由。

前述保守派論證的核心前提是：從婦女受孕那一刻起，胎兒就算是人。受精卵並不只是一個潛在的人，而是一個真實的人，擁有完整的生命權。自由派人士當然反對這樣的觀點──他們主張，在懷孕前期的數週之內，胎兒還不能算是完整的人。

有關胎兒是否算作人的爭論，涉及無比複雜的問題，不過，這裡我們所關注的僅是這些問題裡的一小部份。保守派基督教徒有時主張，不論世人如何看待胎兒，就基督徒而言，胎兒在其母親受孕之初，即是完完整整的一個人。可是所有基督徒都一定要抱持這種觀點嗎？有什麼證據可以證明基督徒非如此不可嗎？有人也許會訴諸聖經或教會傳統來支持這種主張。

聖經的主張　無論從猶太教或基督教的經文中，都很難找到禁止墮胎的依據。聖經並未對這件事表達明確觀點，然而保守派人士經常引述一些經文的段落，因為他們認為

這些段落似乎暗示胎兒擁有完整的人的地位。最常被引述的一個段落出自〈耶利米書〉(Jeremiah)，在這段落中，上帝說：「我在你的娘胎中將你塑造完成以前，就已經認識你，而且在你出生之前，我便賜予你神性了。」這些話語被當作是上帝認同保守主義立場的明證：根據保守派的詮釋，上帝的話代表：對上帝而言，不論是出生或未出生的胎兒，都「已經被賜予神聖性」(consecrated)。

然而如果由這些話語的原始文脈來看，它們所代表的卻是非常不同的意義。讓我們來閱讀跟著這個引文一同出現的整段文字：

> 上帝的話語傳入我耳裡，祂說：「我在你母親的腹中將你塑造完成以前，就已經認識你，而且在你出生之前，我便賜予你神性了；我指派你作為出使各國的先知。」
>
> 然而我說：「啊，我的主上！請您留意，我口才遲鈍，因為我只是個少年。」可是上帝這麼回答我：「不要說你『只是個少年』，因為無論我派你去見誰，你都得去，而且不論我命令你向他們說什麼，你都得說。不必害怕他們，我與你同在，我會解救你。」

60

在這段文字中，既未提及墮胎或胎兒生命的神性，也未說明其他任何相關的事。相反的，耶利米是在宣稱他的先知地位的權威性；他等於是說：「上帝授權我代言；雖然我抗拒，祂仍然指派我。」只不過耶利米是以比較詩意的方式來表明這些罷了；依耶利米的意思，上

帝對他說，在他出生之前，便已派定他為先知了。

　　當聖經被引述來解決爭議性的道德議題時，經常
發生上述情形。換言之，一些話語被引用者從一段文字
中抽取出來，而這段文字原本討論的問題與引用者所關
心的議題毫不相干，雖然如此，引用者仍然以特定的詮
釋方式，使抽取出的話語可以用來支持自己喜好的道德
立場。當這種事情發生時，我們該認為文字引用者是在
「遵循聖經道德教誨」，或者我們該說，她或他只是在
為自己認為正確的道德觀點尋找聖經的支持，並將自己
所想要的結論套進聖經的文字裡呢？假如是後者的話，
那就是一種極為不虔誠的態度了——這種態度設定上帝的
道德觀點必須和自己相同。對一個公正的讀者而言，耶
利米的話語，即便從絃外之音的角度，也絕看不出和墮
胎議題有何相干。

　　聖經中針對胎兒道德地位的評斷文字，最為明確的
段落出現在〈出埃及記〉(Exodus)的第二十一章，這一章
是聖經說明古以色列法律之細節的一部份。在這章中載
明謀殺者應處以死刑；然而，懷孕婦女如果因故流產，
只會遭受罰款，而且罰金是給付給自己的先生。在古以
色列的法律中，胎兒並未被包括在有關謀殺的法令範圍
裡，顯示其未將胎兒視為完整的人。

教會傳統的主張　雖然在聖經中很難找到反對墮胎的
依據，當代教會仍然強烈堅持這種立場，經常去教堂作
禮拜的人，一定可以聽到牧師、神父或主教們嚴詞譴責
墮胎的言論。正因為如此，許多懷有宗教信仰的人，基
於自己因為信仰必須反對墮胎，也就不足為奇了。

但是，值得注意的是，教會並不是由始至終都採取這種觀點。事實上，認為「受孕那一刻起」，胎兒即是一個完整的人的想法，乃是比較晚近的事，這一點即便是在基督教傳統裡也是如此。聖湯瑪斯‧阿奎納認為胎兒在母親懷孕數週之後，才有靈魂；他接受亞里斯多德的觀點，認為靈魂是人的「實體形式」(substantial form)。在此，我們毋須深入探究這個術語，只需知道其含意之一，乃在主張胎兒發展出明顯的人形時，才具有人的靈魂。阿奎納認為人類胎兒並不是在母親「受孕那一刻起」就具有人的形體，並據此進一步推論指出：當胎兒發展出明顯的人類形體，其靈魂才存在。阿奎納有關這方面的見解，在1932年的維也納宗教法庭裡，得到教會正式採納，至今未被廢棄。

然而，在十七世紀，有關胎兒發展的一個奇特想法也被人們接受，並使教會對墮胎的立場，有了意料之外的改變。當時，有一些科學家透過簡陋的顯微鏡頭來探視受精卵，並宣稱他們看到了身型矮小，但完全成型的人，稱之為「超微小人」(homunculus)，從此人們認定胎兒從母親受孕之初即是一個完全成形的人，只待不斷長大，直到可以出生。

假如胎兒在母親受孕之時就有了人形，那麼依據亞里斯多德和阿奎納的說法，胎兒在母親受孕之時也就具有人的靈魂了。當時的教會正是這樣推論，並且對墮胎採取了保守的立場。教會指出，「超微小人」顯然是人類，因此殺害胎兒在道德上是錯的。

不過，隨著有關人類的生物學知識不斷增進，科學家

們逐漸了解前述胎兒生長的說法是錯誤的。根本沒有超微小人；那是錯誤觀念。如今，我們曉得阿奎納原初的想法是對的—胎兒最初是一個細胞團；「人類形體」是之後才會出現的。儘管生物學上的錯誤被更正了，教會的道德觀卻未隨著回復到那個較為古老的立場。相反的，教會接受胎兒在母親「受孕那一刻起」即是人類的想法之後，一直沒有放棄它，並且堅持保守派的墮胎觀。

　　因為傳統上教會並不把墮胎當作嚴重的道德問題，所以西方法律（在教會影響之下）一向並不把墮胎當作犯罪。依英國的不成文法，即使在懷孕晚期進行墮胎手術仍然是被容許的；而美國，則直到十九世紀末，才有禁止墮胎的法令，因此，當1973年美國最高法院宣布禁止墮胎是違憲之時，並不算是推翻一項長久的道德和法律傳統，它只不過是回應一直以來都存在，但近年才有變化的一個法律狀態。

　　回顧這段歷史的目的並不是在暗示現今教會所採取的立場是錯的，不論我們在此陳述些什麼，教會的觀點仍然可能是對的，而我只是想要說明宗教權威和道德判斷的關聯。如同聖經一般，教會傳統也會被每一世代的人們重新詮釋，以便用來支持自己喜歡的道德觀點，而墮胎正是這樣的一個例子。再者，人們也可能採取相同方式，輕易地改變對奴隸、婦女地位或死刑等議題的道德和宗教立場。在這些例子裡，與其說人們的道德信念源自宗教信仰，不如說他們把自己的道德信念強加在宗教信仰上。

　　本章討論到的各種論證，指向一個共同的結論：對和

錯無法用上帝的意志來界定；宗教思維不能為我們遭遇到的道德問題提供確切解答。要言之，道德和宗教不同。因為這個結論和傳統智慧相左，有些讀者可能感到訝異，並視之為反宗教的言論，所以，在此有必要強調，這個結論並不是從懷疑宗教的立場推導而來。我們提出的各種論證並未預設基督教教義或任何其他宗教思想體系是錯的；這些論證只在顯示，即便一個宗教思想體系是正確的，道德仍然是獨立於這個體系之外的議題。

第5章

心理利己論

俠義的時代已經逝去，代之而起的是詭辯家、經濟
學家和算計者的年代。

愛德蒙・柏克，《法國革命的反思》
(Edmund Burke，*Reflections on the Revolution
in France*, 1790)

5. 1. 無私是可能的嗎？

勞沃・華倫伯格(Raoul Wallenberg)，一個原本可以
安居在家鄉的瑞典生意人，選擇在布達佩斯(Budapest)
度過第二次世界大戰的末期。華倫伯格得知希特勒執行
所謂「猶太問題之終極解決」(final solution to the Jewish
problem)的相關報導後，自願加入瑞典外交使節團，派赴

布達佩斯。抵達布達佩斯後，華倫伯格成功地施壓並阻
止匈牙利政府繼續將猶太人遣送到集中營；但是當匈牙
利政府被納粹傀儡取代後，又恢復遣送猶太人的行動，
為了因應這個變局，華倫伯格授予數千猶太人「瑞典政
府保護狀」(Swedish Protective Passes)，主張這些猶太人
在瑞典有親人，故而受到瑞典政府的保護。他還協助許
多猶太人藏匿，而當他們被逮捕時，華倫伯格總是挺身
而出，告訴德國納粹黨羽除非射殺他，否則他絕不會眼
睜睜看著猶太人被帶走。到了戰爭末期，兵慌馬亂，別
的外交官紛紛逃離，華倫伯格卻堅守崗位；據估計他大
約一共解救了十二萬人。然而，戰爭結束之後，他卻消
失無蹤，隔了很久一段時間，大家仍然不知道華倫伯格
的下落。今日，一般都相信華倫伯格是被殺害了，但殺
人的不是德軍，而是蘇俄佔領軍。華倫伯格的故事，比
起大多數類似事件，顯得更富戲劇性，但絕非獨特，依
以色列政府的統計，在大屠殺期間，非猶太人挺身保護
猶太鄰居的案例高達六千件，而未在統計之列的例子，
必定還有數以千計。

　　道德要求我們不自私，然而究竟應該**多麼**無私才
對，乃是個大難題（道德理論不論要求太高或太低，都
會遭受批評）。或許我們還不至於被要求應如華倫伯格
一樣英勇，然而，在某種程度上，我們仍被期待要關注
別人的需求。

　　人們確實會互助，只是幫助的程度大小不一罷了。
他們相互扶持、建造避難所供無家可歸的人居住、做醫
院的志工、捐贈器官及鮮血。母親們為孩子作出各種犧
牲；消防隊員冒死救人；修女付出畢生青春為窮苦人們

奉獻。除了前述，我們還可以列舉出無數相似的例子。
許多人大可把金錢留著花用，卻捐出來支持一些有意義
的工作。彼得·辛格(Peter Singer)敘述自己的一個經驗，
他說：

> 有一天我收到澳洲環保基金會(Australian
> Conservation Foundation,這個單位也是澳洲環保遊說
> 團體的先鋒)寄來的會訊，會訊中有一篇由基金會募
> 款部門主管寫的文章，該主管報導自己為了感謝一
> 位定期捐贈千元澳幣以上的民眾，決定親自登門道
> 謝，但是當他隨著地址來到捐贈者家門口時，感到
> 必定有什麼地方出了差錯；因為他所面對的只是一
> 棟非常簡陋的鄉村小居。可是一點也沒有錯：捐贈
> 人確實是大衛·歐社普(David Allsop)，他是國家公
> 共工程部門的一個員工，他將自己50%的薪資捐給環
> 保慈善單位。

　　這些都是非常了不起的故事，但是我們應當相信
這些故事的表象嗎？做這些事的人真的如表面那樣無私
嗎？在本章中，我們要檢視若干論證，依據這些論證，
行善的人沒有一個是真正無私的。以我們剛才所列舉出
的那些例子來看，這種主張似乎顯得荒誕，然而，有個
關於人性的理論，曾經是哲學家、心理學家和經濟學家
們所普遍採納的，即便是今日，也還有許多人相信這個
觀點，亦即認為人類沒有不自私的可能。根據這個理
論，或稱「心理利己論」(Psychological Egoism)，每個人
的行動都是出於利己的動機。也許我們相信自己是高貴
且是在犧牲奉獻的，但，那只是幻覺，實際上，我們只

在乎自己。

心理利己論可能是對的嗎？為什麼有那麼多的反例，還是有許多人相信這個理論呢？

65 ## 5.2. 重新詮釋動機的策略

每個人都知道有時人們似乎會採取利他的行動；然而或許對於這些行動的「利他式」(altruistic)詮釋太過膚淺也說不定—表面上人們**似乎**是無私的，但是如果更深入地看，我們或將發現一些別的動機。通常我們不難發現所謂「無私的」行為，跟行為者的某種利益是緊密相連的。

根據華倫伯格的一些朋友的說法，去匈牙利之前，華倫伯格抑鬱寡歡，覺得自己的生命建樹無多，所以，他想採取行動，好使自己成為一位英雄人物，而他追求更有意義之人生的行動，也確實非常成功—君不見華倫伯格逝世超過半個世紀之後的今天，我們還在談論著他的事蹟。德瑞莎修女(Mother Theresa)終其一生為加爾各達(Calcutta)的貧苦大眾服務，也是大家最常引述的無私典範—然而德瑞莎修女相信她在天堂將獲得無比福報（事實上，她不必等到那時就已經獲得了回報；她在1979年獲頒諾貝爾和平獎）。至於大衛‧歐社普，這位樂捐一半薪資用來贊助環保工作的人，依辛格的了解，「曾是一位環境運動工作者，認為現在能夠提供金錢支助，讓其他人繼續推動環保，乃是一件令人深感滿足的事。」

總之，「利他」行為實際上和「擁有更富意義的人生」、「享受個人心理滿足」以及「期待上天酬賞」等欲求密切相關。任何明顯的利他行為，我們都可以找到

某種形式的解釋來否定其中的利他性，並代之以自我中心的動機。這種重新詮釋動機的技巧適用性非常普遍，可以一再重覆使用。

湯瑪斯・霍布斯(Thomas Hobbes, 1588-1679)認為心理利己論有可能為真，可是他並不滿足於這種一件一件重新詮釋動機的策略。個別分開詮釋，在理論上並不優雅，因為這樣，我們一下子要憂慮華倫伯格的例子能不能解釋得通，一下子又要考慮德瑞莎修女的案例是否適當，之後，仍然要面對歐社普等等實例的挑戰。假若心理利己論是正確的，我們就應該能夠提供一個更為全面的動機說明，且這個說明能一勞永逸地證明心理利己論是成立的，而這正是霍布斯想做的。霍布斯將各種普遍的動機類型羅列出來，並將焦點集中在所謂「利他」的動機，他要說明這些動機事實上都可以從自我利益的角度來理解，一旦這項計畫完成，他便系統式地去除掉我們以利他主義來瞭解人性的可能。以下演示霍布斯所探討的兩個例子。

1. **慈善**　當我們認為一個人是出於關懷別人之心而採取某一行動時，我們最常用來稱呼這種動機的普遍用詞，乃是慈善(charity)。《牛津英文字典》(*Oxford English Dictionary*)用了將近四行文字來解釋「慈善」這個概念，並界定它的不同意涵，據其解釋，「慈善」可指「對同胞的基督教式的慈愛」，也可指「對鄰人的愛心」。然而如果這種敦親睦鄰的愛根本不存在，我們就必須以完全不同的方式來理解所謂慈善的行為。霍布斯在〈論人性〉(On Human Nature)這篇文章中，對所謂「慈善」，有如下的描述：

　　　　當一個人不僅能夠實現自己的渴望，還能幫助
別人滿足欲望時，最能使他肯定自我的能力；而這
正是構成慈善的核心觀念。

　　因此，慈善乃是個人展示一己之力量時可感受到的
一種快樂，慈善的人不僅向自我，而且也向全世界顯示
自己比其他人掌握更多的資源：他不只能照顧自己，他
還有餘力去協助那一些無法像他一樣照顧自己的人。換
言之，他只是在表露自己的優越性。

　　當然，霍布斯知道慈善的人可能不**相信**自己的心理
是這樣的，可是，我們並不是自我動機的最佳裁判者，
我們經常以自我諂媚的方式來詮釋自己的行為，這是極
自然的現象（也是心理利己論者所預期的），而認為自
己是「無私的」，即是一種自我諂媚。霍布斯的解釋意
在提供人類行為理由的**真實**說明，而非人們自然會相信
的那種表面的諂媚之詞。

　　2. **憐憫**　憐憫別人的行為又將如何解釋呢？我們也
許會認為那是我們同情別人，對其不幸感到難過，而當
我們的同情心發動，就會有嘗試助人的舉動。霍布斯認
為目前為止的推論，尚稱正確，可是還不夠徹底。事實
上，別人的不幸之所以讓我們感到沮喪，乃是因為那會
使我們想起**自己**可能遭遇同樣的事情。「憐憫」，霍布
斯說：「是由知覺到別人的苦難，進而想像或虛構出自
己將來可能遭遇的災難，從而激發出來的。」

　　如此解釋憐憫，從理論的角度觀之，比表面所顯示
的更為強而有力，它可以非常有效地解釋有關這個現象
的特定事實。舉例而言，它可以說明為何好人受苦時我

們的憐憫較多，而壞人受苦時，我們較不關懷。依霍布斯的理論，憐憫的發動需要憐憫者認同受苦對象──當我能想像自己和你易地而處的狀況時，才能夠產生憐憫。因為我們每個人都自認為是好人，所以不會認同我們認定為邪惡的那些人，也因此，我們不會像同情好人那樣去同情壞人，我們隨著受苦之人的德行好壞，而產生不同的憐憫之情，這是不同的認同程度造成的。

這種重新詮釋動機的策略，是一種頗有說服力的推論方法；它使許多人相信心理利己論是成立的，這種推論方法特別訴諸於我們內心中的犬儒主義(cynicism)，亦即懷疑人們是否如其表面那樣高貴。不過，它還不算是能夠得到定論的推論法，因為它無法證明心理利己論是正確無誤的。問題在於，它只顯示採用利己動機來詮釋行為是**可能的**；但並未證明利己動機的解釋方式，比它所欲取而代之的利他動機的解釋，更為深刻或更加真實。這個推論頂多只顯示心理利己論可能成立，若要證明其為真，尚需更進一步的論證。

5.3. 支持心理利己論的兩個論證

有兩個支持心理利己論的概括性論證經常被提出來。之所以稱它們為「概括性」(general)論證，乃是因為它們都希望一舉證明所有（而非有限而部分）的行動，都是出於利己的動機。而誠如我們即將發現的，這兩個論證都很難禁得起嚴謹的檢視。

論證一：「人們永遠只做自己最想做的事。」 假如我們將一個人的行動稱為自私，並稱另一個人的行動

67

68

不自私，將會忽視一個重要的事實，亦即如果兩者皆在自願的情況下完成，則**當事人一樣都是在做他們最想做的事**。如果華倫伯格選擇到布達佩斯，而且沒有任何人強迫他，那麼他的行動只顯示他比較想去那個地方，而不願意留在瑞典——他也只不過是做了自己最想做的事，為什麼人們要誇讚他「無私」呢？他的行動是由自我欲望或自我最大願望的指示而來，所以並非無私。再者，因為同樣的道理也可用來說明一切被稱為利他的行為，所以我們可以得到心理利己論必然為真的結論。

　　然而，這個論證有兩個主要缺失。首先，它假定人們只在自己想要做某一件事時，才可能自願地行動。然而這顯然是錯誤的，有時我們會做一些自己不願意做的事，因為這些事是達成我們意欲之目的的必要手段——我們並不想去看牙醫，可是我們還是去了，因為只有如此才能免於牙痛。不過這種案例，會被認為合乎這裡所提出的心理利己論的精神，因為在這案例中的行動目的（例如避免牙痛）乃是行動者所意欲的。

　　但我們做某些事，有時並非因為我們想要那麼做，亦非因為那麼做可以達成我們意欲的目的，而是因為我們覺得**應該(ought)**如此。例如，某人之所以做某一件事，可能是因為他答應別人如此，因而，即便不願意，仍然感到有義務去實行。有些評論認為，在這種案例中的當事人之所以採取行動，終極原因乃是想要履行諾言，然而，這並非事實。假如我答應別人要做某件事，而我並不願意去做，那麼這時說我想要實現諾言，根本就是錯誤的講法。在這類情形中，我們會感到內在衝突，因為我們**不想**執行我們應該要執行的。

假若我們的欲望和義務感總是能夠和諧一致，那就沒有什麼問題了，可惜的是，我們並沒有這麼幸運，我們的欲望和義務感背道而馳的現象極為常見。就我們所知，華倫伯格可能遭遇如下的情況：或許他想要留在瑞典，但覺得自己應該去布達佩斯。無論如何，我們不能因為他終究去了布達佩斯，就說那是他的願望。

這個論證還有另一個缺陷。為了論證方便，我們姑且承認自己總是依循最強的欲望而行，即便如此，也不能證明華倫伯格的行為是出於自私或個人利益的考量。因為假若他真是想要幫助別人，並且冒著極大的危險仍然在所不惜，那不正是證明他是**無**私的嗎？假若願意冒險助人不算無私，什麼才算無私？還有另一個說法可以用來說明這點，那就是指出欲求的**對象**(object)決定一行為是否為自私，僅指出一個人是依照欲求而行，並不能確定其行為是自私的；自私與否在於行為者所欲求的目標為何。假如你只在乎自己的福祉，而無視於別人的利益，那就是自私；但假如你也希望別人快樂，而且依照**這個**欲求而行，那麼你就不自私。

總之，這個論證幾乎在各個方面都出了差錯：它的前提為假，而即便其前提為真，其結論也不必然為真。

論證二：「人們只做讓自己感到愉快的事。」 支持心理利己論的第二個論證訴求的是一個事實：無私的行為使其行為者產生一種自我滿足感，「無私」的行為讓人喜愛自己，而這是重點所在。

根據十九世紀的一份報紙的記載，亞伯拉罕‧林肯曾經提出上述論證。據伊利諾州春田市(Springfield,

Illinois)《觀察家報》(*Monitor*)曾報導：

> 　　據稱林肯先生曾在一部老式公共馬車上，對
> 一位同車的旅客提出一個觀點：所有人在行善時，
> 都是基於自私的念頭。車子走到一座泥濘溼地上的
> 橋樑時，這位旅客仍不停跟林肯爭論，拒絕接受林
> 肯的觀點。正當他們要越過橋樑時，湊巧瞥見一頭
> 母野豬在岸上發出驚人的叫聲，因為牠的小豬陷在
> 溼地裡，有溺斃的危險。老馬車越過橋樑，開始爬
> 坡，林肯卻高聲叫道：「司機先生，請暫停一下好
> 嗎？」隨即跳下車，往後跑去，將陷在泥濘的小豬
> 們救了起來，放到岸上去。當林肯回到車上，他的
> 同伴對著他說：「亞伯，在剛剛那一段小插曲裡，
> 自私之情何在呢？」「艾德，你怎麼會這樣問呢？
> 我剛剛的行為正表現出自私的本質，假如我撇下那
> 隻受苦的母豬，任憑牠繼續擔憂那些小豬，我將整
> 天心神不寧。我是為了心安才那麼做的，難道你看
> 不出來嗎？」

　　林肯是位偉人，但至少在這個例子中，他並不是一位傑出的哲學家。他的論證容易落入前述那個論證所遭遇的批判。為什麼一個人在助人時感到滿足，他就是出於自私之情而助人的呢？無私的人，不正是**能夠**從助人的舉動中得到滿足，但自私的人則無法如此，不是嗎？假如林肯從解救小豬的行動中「得到心安」，這是顯示他的自私或者正相反呢？難道那顯示的不是他的熱情和良善本性嗎？（假如一個人真是自私，他為何要在乎別人受苦，更別說是豬仔了，對吧？）同理，因為某些人

在助人之中得到滿足，就說他們自私，不過是一種詭辯罷了。假如我們心不在焉地這麼說，或許聽起來還可以接受；但如果我們慢慢說並且仔細思考自己講的話，就可感受到這種說法非常糊塗。

再者，假若我們探問**為何**人們可從助人的過程中得到滿足？為何他們可以把錢留給自己花用，卻捐出來為無家可歸的人建造庇護所，並因此感到快樂？這類問題的答案必然有一部分是：**因為他們是那種關心別人遭遇的人**。假如他們不關心別人的遭遇，捐錢形同浪費，而非滿足感的來源，他們會覺得自己像蠢貨而非聖人。

在此我們對欲求的特質及其對象，得到一個普遍的了解。我們欲求各式各樣的事物——錢財、新車、下棋、結婚等等——同時因為我們欲求這些事物，所以得到這些東西的時候能為我們帶來滿足。但我們欲求的對象並不是滿足本身——那可不是我們所追求的，我們追求的東西純粹是錢財、新車、下棋或婚姻。當我們幫助別人的時候，情況也是如此，換言之，我們必須先有助人的欲求，而後在助人時才能感到滿足。好的感受是副產品，不是我們追求的對象，所以，助人時所產生的好的感受，並不能作為行為者自私的證明。

5. 4.　一些混淆的澄清

建構理論的最強動機之一乃在追求簡單化。當我們試圖解釋某件事情的時候，我們會盡量尋找簡單的解答。這種說法絕對適用於科學的領域——愈簡單的科學理論，吸引力愈大。想想星體運動、潮汐、物體從高處落

71

下等等這些紛雜的現象，表面上看來似乎非常不同，並且需要許多不同原則才能解釋。誰能料到這些現象用一個簡單的原則就可以通通加以解釋呢？重力理論正是這個理論；能將各種紛雜現象用一個簡單的解釋原則來說明，乃是重力理論的重大優點之一，它能在混沌失序中尋得秩序。

相同的，當我們思考人類行為時，也想用一個原則來解釋一切。我們追求一個簡單的公式，假如找得到，就可統一解釋人類行為的種種現象，正如物理學中的簡單公式可以將看似紛雜的現象貫串起來一樣。因為自我關心顯然是人類行為非常重要的動機，所以試圖以自我關心的角度來解釋所有動機，乃是極自然的事，這也是心理利己論的觀念深植人心的原因。

可是當我們探索心理利己論的觀念基礎，發現其無可避免地會陷入混淆；一旦把這些混淆分析清楚，這個理論就不再顯得合理。

首先，人們傾向於把**自私**(selfishness)和**自我利益**(self-interest)混在一起，若仔細思考，會發現這兩者顯然並不相同。當我感到身體不適，而去看醫生，我的作為是為了自我利益，可是沒有人會因此說我「自私」。相似的，我刷牙、努力工作或遵守法律等等，都符合我個人的利益，但卻不是自私的行為。自私行為是不應忽視別人利益時，卻忽視。因此你在正常情況下，吃一頓正常的飯，不算自私（卻絕對符合你的自我利益）；但如果別人正在挨餓，而你卻囤積食物，你就是自私。

第二種混淆是沒有分清符合自我利益的行為和追求

快樂的行為。我們因為樂趣而做許多事情，但這些事情不見得符合我們的自我利益。明知吸菸和罹患癌症密切相關，卻仍繼續吸煙的人，絕非採取符合自我利益的行動（即便這裡所謂自我利益是依照其自我界定的標準，也是一樣）——若欲顧全自我利益，他必定要戒菸——同時，他繼續吸菸也說不上是什麼利他的行為。這時他無疑是為了樂趣而吸菸，但這正顯示追求樂趣而無紀律的行為和符合自我利益的行為不同。約瑟·巴特勒(Joseph Butler)這位十八世紀批評利己主義的先鋒，評論道：「令人悲嘆的是，世人並非對自我福祉或利益關注過度，而是根本關注不足。」

72

總之，前兩個段落的申論顯示(a)主張所有行為都是自私之舉，乃是錯誤的，而且(b)主張一切行為都是出於自我利益的動機，也是錯的。刷牙的行為，至少在常態下，絕非自私之舉；因此，並非所有行動都是自私的。此外當我們抽菸時，動機並不在自我利益；因此，並非所有行動都是出於自我利益的維護。值得注意的是，這兩個論點並不依賴利他主義的例證；換言之，即便利他行為不存在，心理利己論仍然是錯的。

第三個混淆是一個常見而錯誤的假設，這個假設認定關懷自身福祉，與真心關懷別人是不能相容的。因為每個人（或者說幾乎每個人）明顯追求自身福祉，所以人們可能認為沒有人能真心關注別人福祉，然而，這樣的二分法是錯誤的。希望每個人，包括自己**和**別人，都能快樂，並無不一致。當然，我們的利益有時可能和別人產生衝突，這時或許必須作出困難的抉擇，可是即便在這類案例中，我們還是可能選擇維護別人的利益，

特別當這些人是我們的親友時。無論如何，我們不能忽略一個更重要的事實，那就是生活中的案例並非總是如此，有時助人所需付出的代價極小，甚至不必付出任何代價，在那些情況中，即便是最強烈的自我關懷也不會阻止我們採取慷慨寬大的行動。

　　一旦澄清這些混淆，就很難認定心理利己論是合理的，換言之，心理利己論似乎明顯不合理。假如我們以開闊的眼光來觀察人們的行為，將發現其中有許多是出於自我關注的動機，但絕非所有行為都是如此。也許有一個簡單的公式可以用來解釋人類的一切行為，只是目前尚未發現，而且無論這個公式為何，也絕不可能是心理利己論。

5. 5.　心理利己論最根本的錯誤

　　前述討論似乎總是由反面的角度來探討，假如心理利己論真是如此明顯地將許多觀念混淆在一起，同時心理利己論的說法全然不通，為什麼還有那麼多聰明的人受它吸引？這是個合理的問題，而這個問題的答案，有一部份乃是人們對理論簡單性有種難以抗拒的驅力，另一部分則是人們樂於偏執地相信人類是虛偽的。但還有一個更深層的理由：許多人之所以接受心理利己論，乃是因為他們認為心理利己論是**不可駁倒的**(irrefutable)，而且就某個角度而言，心理利己論是正確的，可是如果換個角度來看，這個理論的不可駁倒性正是它的最大缺陷。

　　為了說明這點，容我講述一個看來和這個主題毫不相關的（真實）故事。幾年前，由史丹佛大學(Stanford

University)心理學及法律學教授大衛・羅森翰(David
Rosenham)博士所帶領的一個研究團隊，設法使團隊的每
一成員都被當成精神病人，並住進了不同的心理醫院。
醫院的醫護人員不知道他們有什麼不同，當他們是一般病
患。研究團隊的目的是要看醫護人員會怎麼對待他們。

　　研究團隊的研究員們完全正常（無論這裡所謂正
常的意義為何），但是他們來到醫院的時候，醫療人員
卻假設他們有精神困擾。雖然研究員們在醫院裡行為正
常——他們不裝病——但他們很快就發現無論他們有什麼
行為，都會被詮釋成診斷表之中所列的某種心理問題。
例如，當研究成員有人在做筆記時，他們的病歷上就會
被記上如「病人陷入偏執的書寫行為中。」在某次面談
中，一位被當作「病人」的研究人員坦承雖然自己還是
個小孩時，跟母親比較親近，但是年紀較長時，卻跟父
親較為親近——這種轉變其實很常見，卻被當作「童年
關係不穩定」的證據，甚至研究人員們向醫護人員明言
自己是正常的時，也被列為精神不正常的證據。有位醫
院裡真正的病人提醒研究人員們：「絕不要告訴醫生你沒
病，他不會相信，你那樣做是叫『逃入健康』("flight into
health")，你要告訴他你有病，但感覺現在已經好多了，
這樣的話就叫覺醒。」

　　醫護人員沒有任何人發現這個騙局，反倒是真正的
病人看了出來。有位病人告訴某位研究人員，「你沒有
瘋，你在欺騙醫院。」而事實確是如此。

　　為什麼醫生們沒有發現呢？這個實驗揭露了控制性
假設(controlling assumption)的力量：**一旦一個假設被接受**

之後，每一樣東西都能被詮釋成支持這個假設的模樣。
醫護人員一旦假定那些研究人員所偽裝的病人有精神困擾，並使這個假定成為控制性的假設之後，不論研究人員的行為如何，都起不了作用，他們的任何行為，都會被設想成是符合這個假設的。只是，解釋策略的「成功」，並不能證明這個假設為真，如果這一切能證明什麼，應該是它顯示了有些地方出了差錯。

醫護人員假設偽裝的病人有精神困擾，但此種假設是有瑕疵的，因為其正確與否永遠**無法考驗**(untestable)。如果一個假設意在說明有關這世界的某件事實，則必須存在一些可想像的條件，同時依據這些條件，可以證明或拒斥假設所描述的事實，否則這個假設就毫無意義可言。例如，如果這個假設是「所有天鵝都是白的」，我們可能會觀察天鵝，看看是不是有綠色、藍色或其他顏色的天鵝，即便我們沒有發現綠色或藍色的天鵝，我們知道如果發現時，那天鵝會是什麼模樣。總之，我們的結論應該基於這類觀察的結果（事實上有些天鵝是黑的，所以這個假設是錯的）。又例如，假設有個人說：「俠客‧歐尼爾(Shaquille O'Neal)無法坐進我的福斯車(Volkswagen)。」我們知道這話的意思，因為我們可以想像使這句話為真或為假的情形各為如何，而我們若想驗證這句話，可以把車子開去歐尼爾先生那裡，邀請他坐坐看，試試結果會如何，如果坐不進，則前述的敘述為真；若坐得進，則該敘述為假。

醫生們應該可以測驗那些偽裝的病人，檢視結果，並告訴自己：「等等，這些人並沒有什麼問題啊。」（要記得，那些偽裝的病人行為正常；他們並不假裝

任何心理病徵。）可是醫生們並沒有這麼做，對他們來說，**任何事情都不足以反對這些「病人」有病的假設。**

心理利己論也犯了相同的錯誤，一旦「所有人類行為都在利己」成了心理利己論的控制性假設後，每樣事情都被詮釋成合乎這個假設。但這又能如何？假如我們想像不出任何足以反駁這個理論的行為或動機模式——假如我們想像不出任何無私的行為——那將證明心理利己論是空洞的。

當然，對醫生和心理利己論而言，有一個方式可以避免這個問題。醫生可以辨明心理健康和心理疾病的恰當分辨方式；然後據以觀察偽裝的病人，便可了解應將他們如何歸類。類似的，如果有人相信心理利己論是對的，便應建立辨明利己行為和無私行為的恰當分辨方式，並且據以觀察人們的真實行為，分析應該將他們的行為放入哪一個範疇。當然如果有人真的這麼做，他將發現人們的行為動機是多樣的。人們的行為可能出於貪、怒、色、愛、恨，也可能源自恐懼、嫉妒、好奇、快樂、憂慮和靈感。人們有時自私，有時慷慨，而有時則像勞沃·華倫伯格那樣英勇。有了這樣的了解之後，認為人類行為僅出於單一動機的想法，就站不住腳了。假如心理利己論是依一種可被檢驗的方式提出的，那麼檢驗的結果將顯示這個理論是錯誤的。

75

第6章

倫理利己論

> 人類最高道德目的，乃在成就自身幸福。一
>
> 艾恩·蘭德，《自私的美德》(Ayn Rand，
> *The Virtue of Selfishness*, 1961)

6.1. 我們有義務救助飢餓的人嗎？

　　每一年都有數百萬人因為營養不良或者其他相關健康問題而喪生。貧窮國家的小孩因為營養不良，而導致腹瀉，最後脫水而死，這種情形頗為普遍。依據聯合國兒童基金會(United Nations Children's Fund) 執行長的估計，每天大約有一萬五千名的兒童因為這類病症而死亡，而一年下來，就有五百四十七萬五千名兒童因此喪生，假如再把其他由於可預防而未預防之原因而失去生

命的兒童人數加進來，就會有超過一千萬人。即使這個
數字高估，確實的死亡人數也已經足以令人大感吃驚。

對於我們這些生活在富裕國家的人來說，這是一個
敏感的問題。我們把錢花在自己身上，不僅用來購買生
活必需品，還有無數的奢侈品——例如高級汽車、名牌
服裝、音響、觀賞球賽和電影等等。在我們的國家裡，
即便是收入平平的人，也能享受這些東西。問題在於，
我們大可割捨這些奢侈品，並把省下來的錢用來救助陷
入饑荒的人；而且實際上，我們也不認為那些奢侈品能
和生命相提並論。

可是為什麼我們有能力解救饑荒的人，却坐視他們
挨餓而死呢？假如別人直接問我們這個問題，我們之中
大多數人可能會覺得困窘，並承認自己也許應該多盡一
些力量。而我們之所以沒有盡力幫忙，至少有一部分是
因為我們很少想到這個問題。在舒適的生活裡，我們和
這個問題完全隔絕開來。飢餓的人們，在遙遠的地方漸
漸死去；我們看不見他們，因此可以避免去想這問題。
即便我們想到這些飢餓的人們，他們也只代表抽象的統
計數字。而很不幸地，統計數字並不太能激發我們採取
任何援助行動。

當「緊急危機」發生時，我們的反應則有不同。
像1984年的衣索匹亞(Ethiopia)或1992年的索馬利亞
(Somalia)爆發大規模飢荒時，立刻成了頭條新聞，救助
工作也快速展開。可是一旦需要幫助的人散處各地，情
況就不顯得那麼急迫了。每年因為飢餓而喪生的五百四
十七萬五千名兒童，其不幸就在於他們並不集中居住在

某個地方（比如芝加哥）。

拋開我們為何沒有盡力救助飢餓者的問題，現在先思考一下人的責任究竟為何？我們「應該」怎麼做呢？有人或許認為，這牽涉到如何在個人利益和他人利益之間求取平衡的道德「常識」(commonsense)。誠然人們關心自己利益是無可厚非的，而且任何一個人都不應該因為關心自己的基本需求而受到指責。可是別人的需求也是重要的，當我們有能力協助別人——特別是所費無多時——便應該出手相助。所以，假設你有多餘的十塊美金，而且把這十塊美金捐給飢餓援助單位可以解救一個小孩的生命，那麼道德常識將告訴你應該把錢捐出來。

這種思維涉及我們所抱持的一個有關道德義務的普遍假定：我們對他人負有道德義務，而這種義務並不限於我們自身行為（例如許諾或負債）所帶來的責任。我們對別人有「自然」(natural)責任，因為**我們的作為能助人，也能傷人**。假如某個行為能助人（或傷人），那麼這就是我們應該（或不該）有那個行為的理由。總之，這個常識性假設認為，從道德立場而言，別人的利益不僅重要，而且自為目的。

不過一個人的常識，對另一個人而言，却可能是天真的陳腐觀念。有些思想家主張，我們對於別人實在沒有什麼「自然」責任。倫理利己論(ethical egoism)認為每個人都應該全心追求自己的利益。倫理利己論和心理利己論不同，心理利己論是一種人性論，關心的是「實際情況中人們如何行動」(how people do behave)的問題。心理利己論認為人們「確實總是」追求自身利益，相對

地，倫理利己論則是個規範性理論(normative theory)——關心人們「應該」如何作為的一種理論。不論我們在實際生活中如何行動，倫理利己論主張，我們的唯一責任乃在執行對自身最有利的行動。

78

這是一個挑戰意味濃厚的理論，它和我們最相信的一些道德信念相違背——而這些信念是我們大多數人不計代價堅守的——同時它也無法輕易被駁倒。接下來我們將檢視支持和反對它的最重要論證，假如檢視後發現它的主張為真，此自然象徵無比重要的意義；然而如果發現其所論為假，則我們透過檢視它的歷程，仍然可以學到很多東西，因為如此將能得到一些啟示，了解我們為何對別人「確實」是負有義務的。

但在探討這些論證之前，我們有必要更明確地了解，這個理論究竟主張什麼，以及不主張什麼。首先，倫理利己論並不是主張一個人在提昇自己的利益之外，也要同時提昇別人的利益，若是那樣，將只是個普通的常識性見解。倫理利己論是一極端的觀點，認為提昇自我利益乃是人的「唯一」(only)責任。根據倫理利己論，行為的最高準則只有一個，亦即利己原則，同時這原則也總括了一個人的所有自然責任與義務。

值得注意的是，倫理利己論並不是主張我們應該避免幫助別人。在很多情況下，你的利益和別人的利益可能是一致的，此時，無論有意或無意，你在助己的歷程中，必然也是在幫助別人。或者有時你幫助別人，實則是為自己創造某些利益的有效途徑。倫理利己論並不禁止這些行為；事實上，它還可能採取鼓勵的態度。倫理

利己論堅持的只是，在這些情境之中，別人的利益並不是使助人者的行動成為正確行為的理由；相反地，使行為正確的，乃在它符合了助人者自身的利益。

最後，倫理利己論並不意味追求自身利益時，人們應該總是為所欲為，或者追求在短暫時間內得到最大快樂。有些人或許想飲酒、猛抽煙、吸毒品或虛擲時光在賽馬上，這些行為不論能帶來什麼短暫的快樂，倫理利己論都是反對的。倫理利己論主張，一個人必須做那些長遠而論，真正能符合自身最佳利益的事。它支持利己，但反對愚昧。

6.2. 支持倫理利己論的三個論證

有什麼論證可以用來支撐這樣的信條呢？不幸的是，這個理論的提倡者多，而論證者少—這理論的許多支持者，顯然認為它的正確性是自明的，因此也就不需要論證。至於為其提出的論證，最常採用三種推論方式。

利他主義（Altruism）內蘊自我駁倒性　此一論證有許多不同的說法，但每種說法的論點大體相同，敘述如下：

- 我們每個人對於自己的期望和需求，都有最切身的了解；同時，我們每個人，因其獨特立足點，也能有效追求這些期望和需求的滿足。至於別人的期望和需求，我們了解得並不完整，也因此無法站在有效為他們去追求那些東西的立場上。所以，我們可以合理地主張，假如我們擔任起「我們兄弟的利益保護人」，結果將是搞得一團糟，

落得傷害多於造福的下場。

- 「關照別人」的行為會侵犯他人隱私；它基本上是一種多管閒事的習氣。

- 把別人視為「慈善救助」的對象，是一種不敬；這剝奪了他們身為人的尊嚴與自尊。提供救助，實則等於向救助對象聲明，他們沒有照顧自己的能力；而這個宣稱，具有自我應驗(self-fulfilling)的力量。受救助者從此不再依靠自我，並成為別人的消極倚賴者。這也是接受「救助」的人，通常滿懷恨意，而非心存感激的原因。

總之，「關照別人」被認為是自我駁倒(self-defeating)的行為。假如我們真為別人的最佳利益著想，我們就不該有利他行為。相反的，假如每個人各謀其利，則每個人都將更有可能過得更好。正如羅伯特・歐森(Robert G. Olson)在他的《利己道德》(*The Morality of Self-interest,* 1965)一書所言，「個體藉由理性追求個人最佳長遠利益時，最有可能對社會的改良作出貢獻。」或如亞歷山大・波普(Alexander Pope)的說法，

　　　上帝和自然塑造了普遍格局

　　　並讓自愛和社會之愛為同一

我們可以站在若干立場來反駁這個論證。很明顯的是，助人者沒有人會樂於將事情弄得更加不可收拾，也不是要無端介入別人的生活，或者剝奪別人的自尊。問題在於，這真是我們提供飢餓幼童食物時，會產生的

80

後果嗎？索馬利亞的飢餓幼童，會因為我們提供食物「介入」了「他的問題」，而受到傷害嗎？這似乎不太可能。然而我們大可不必追究這點，因為以這種思維方式來證成倫理利己論，有一個更為嚴重的缺陷。

這個缺陷就是它根本不能算作是倫理利己論的一個論證。這個論證的結論主張我們應當採取若干行動原則；而且表面上那些原則也似乎是利己傾向的，然而它為採行那些原則所提出的「理由」，却絕對不是利己傾向的。它說我們必須奉行那些原則，因為如此才能有助於「社會的改良」──但根據倫理利己論，這根本不該是我們關心的議題。明白而完整地說，這個論證的推論如下：

(1) 凡是最能提升個人利益的事，即是我們應該做的事。

(2) 最能提升每個人利益的途徑，乃是人人都採行一心追求自我利益而不管其他的原則。

(3) 因此，每個人都應該採行一心追求自我利益而不管其他的原則。

假如我們接受這套推論，我們就不能算是倫理利己論者。即便最終我們的行徑像是個利己論者，但我們所持有的最高原則仍有利他色彩──我們所做所為，是我們認為會對人人都有利的事，而不只是利己而已。換言之，我們非但不是利己論者，甚至還是個主張以特定方式來促進大眾福祉的利他論者了。

艾恩・蘭德的論證　對於艾恩・蘭德(Ayn Rand)的著

作，哲學家們較少關注，大體上這是因為蘭德的幾個主要觀念，在其他作家的著作中，得到更為深入而嚴謹的探索，這些觀念包括「資本主義是道德上較為優越的經濟體系」、「道德要求絕對尊重個人權利」等。不過，蘭德是個富有精神感召力的人，其在世時，吸引了一批熱衷的支持者，即便到了她逝世二十年之後的今天，「蘭德企業」(Ayn Rand industry)仍然強大。在二十世紀的作者中，蘭德的名字可能最常和倫理利己論的觀念連結在一起。

81

　　蘭德認為「利他主義」倫理學完全是一種破壞性的概念，不論就整體社會，或者受其影響而被吞噬的個人生命而言，皆為如此。利他主義告訴人說：你的生命不過是可以任意被犧牲的東西。她寫道：他的首要關懷，將不是如何過自己的生活，而是如何犧牲自己的生活。那些提倡利他主義倫理學的人，尚且不值得鄙視——他們是寄生蟲，不靠努力來建設和維護自己的生命，反而去剝削這麼做的人。她寫道：

　　　　對一個人來說，寄生蟲、乞丐、劫掠者、暴徒和兇手，沒有什麼價值可言——他也不可能從專為他們的需求、要求及保護而設想的社會中，得到任何好處，這樣的社會把他當作獻祭的牲口，處罰他的美德以酬賞他們的惡。換言之，這是個唯利他主義是從的社會。

　　蘭德在此所謂「犧牲自己的生活」並不是指犧牲生命這樣的激烈行為。一個人的生命，部分由其執行的計

畫、勞動所得或創造出的有價值事物而構成，因此要求
人放棄他的計畫或有價值的事物，即是要求他「犧牲自
己的生活」。

蘭德指出，利己主義倫理學有其形上學基礎，同時
也是唯一認真看待個人之「實在」(reality)的一種倫理
學。她悲嘆「利他主義腐蝕個人把握生命價值的能力，
其影響已到了至深且遠的地步；它所顯示的是，完全漠
視人之實在的心靈。」

可是，對於飢餓的小孩，我們該怎麼辦呢？有的論
者或許會認為倫理利己論自己正顯示「完全漠視人之實在
的心靈」——亦即忽視正陷入饑荒中的人們。可是對於這
種批評，蘭德引述且同意她的一個追隨者的說法，蘭德說
「有個學生曾經問芭芭拉・布蘭登(Barbara Brandon)：
『如果我們不幫忙，窮人要怎麼辦……？』她回答：『假
如你想幫忙，沒有人能阻止你。』」

我想這些說法，都是某個後續論證的一部分，關於
這個後續論證可概括如下：

(1) 每個人都只有一生可活。假如我們重視個體的價
值——換言之，假如個體具有道德價值——那麼
我們必須承認此生是最重要的。畢竟，這是人能
擁有的一切，而且一切也都寄存在這一生之中。

(2) 利他主義倫理學認為個體生命必須隨時準備為別
人的利益而犧牲，因此利他主義倫理學並未認真
看待人類的個體價值。

(3) 倫理利己論容許每個人將自我生命視為最高價

82

值，確實認真看待人類個體——事實上，它是唯一做到這點的倫理學說。

(4) 因此，倫理利己論乃是我們應該接受的哲學。

正如你可能已經發現的，這個論證有一個問題，亦即它假定我們只有二種選擇：接受「利他主義倫理學」或者接受「倫理利己論」。在這兩個選項中，利他主義倫理學被描繪成神智失常的信條，而且只有愚痴的人才會採納這種倫理——利他主義倫理學被認為是主張人的自我利益「毫無」價值，同時人必須隨時準備向「每一個」要求他付出的人，作出「完全」的犧牲。假如這就是倫理利己論之外的另一個選擇，那麼任何其他觀點（包括倫理利己論），都會顯得更為優越。

但這絕對不是對道德選項的適切描述，我們的常識觀點處於前述兩個極端之間。常識認為個人利益和他人利益「兩者」都重要，而且這兩種利益之間必須取得平衡。有時，權衡之後，我們發覺應當維護別人的利益；有時，我們則應需維護自己的利益。因此，雖然我們必須拒斥極端的利他主義倫理學，並不代表我們應該接受另一個極端——倫理利己論，因為還有另一個中庸之道可供依循。

倫理利己論作為一種和常識道德相容的觀點　第三種思考方式採取的是不同的取向。倫理利己論通常以道德哲學的「修正主義者」(revisionist)的姿態出現，換言之，其哲學認為常識道德觀念錯誤，需要改變。然而，以大幅降低極端立場的方式來詮釋倫理利己論是可能的，我們可以主張倫理利己論接納常識道德觀，甚且為

常識道德的基礎提供了一個出人意表的解釋。

　　接著，就讓我們來看看這個較不極端的詮釋。日常道德包含一些規則的遵行，例如我們必須避免傷害別人、誠實、守信等等。乍看之下，這些義務似乎相同之處不多——它們只不過是一些分立的規則。然而從理論的角度出發，我們不免好奇這一大群分立的規則的背後，是否隱藏著共通性，或許存在少數基本原則，且這些原則可以用來解釋別的所有規則，就如物理學也有一些基本原則，這些原則將紛雜的現象統合起來並加以解釋。從理論的觀點出發，基本原則的數量越少越好。最佳的情況是，只有一個基本原則，而其他一切皆源自於這個原則。就此而論，所謂倫理利己論就是主張：一切道德責任的終極根源，即是利己的基本原則。

　　以這種方式來理解的倫理利己論，不再顯得那麼極端。它並不挑戰常識道德；而只是解釋常識道德，並將之系統化。倫理利己論的這個嘗試出奇地成功，它不但可以合理解釋前述道德責任，而且還能說明其他更多的責任：

- 不傷害別人的責任：假如我們養成傷害人的習性，別人一樣會毫不猶豫地傷害我們，並因此而閃避和輕視我們；他們不會把我們當朋友，我們需要協助時，他們也不會幫忙。再者，如果我們嚴重傷害別人，將會因此身陷囹圄。所以，避免傷害別人對我們是有利的。

- 不說謊的責任：假如我們說謊，將會聲名狼藉，並遭受隨之而來的惡果，別人將不再信任我們，

並且避免和我們打交道。我們一定會遇到需要別
人誠實的時候，假如我們一直不誠實，這時別人
將不會覺得有對我們誠實的必要。所以，誠實對
我們是有利的。

84

• 信守承諾的責任：和別人訂立互惠的約定對我們
  是有利的。可是我們若要從這些約定中得利，必
  須確定別人會信守交換條件──我們要能倚靠別
  人兌現他們的承諾。如果我們不能信守承諾，將
  難期待別人會兌現諾言。因此，從利己的角度出
  發，我們應當信守承諾。

湯瑪斯・霍布斯(Thomas Hobbes)也進行過類似這樣的
思考，他認為倫理利己論的原則基本上無異於聖經中的
「金科玉律」(the Golden Rule)，亦即我們應該「善待別
人」(do unto others)，因為假如我們能夠如此，別人比較
有「善待我們」(do unto us) 的可能。

這個論證是否成功地證明倫理利己論也能成為一
種合理可行的道德理論呢？依我的看法，這已經是最佳
的一個嘗試了。但這個論證有兩個嚴重的問題。首先，
它並未完全證成所有該證成的部分。它頂多只證成「大
多數情況下」避免傷害別人是對自己有利的，而未證成
這樣做「永遠」對自己有利。無法證成後者的原因，乃
在避免傷害別人雖然通常都對自己有利，但有時却不是
如此。惡待別人，有時也能夠使自己得利；在這種情況
下，不傷害別人的義務，就無法從倫理利己論的原則中
導出。這個結果顯示，我們的道德義務似乎並不完全根
源於利己的興趣。

跳開這點不論，也還有一個更為基本的問題。舉例而言，即便「捐款救助飢荒對自己有利」的主張為真，然而，「對自己有利」並不是使「捐款救助飢荒」成為善行的唯一甚或最基本的理由。最基本的理由，有可能是「為了幫助飢餓的人們」；而這麼做也對自己有利的事實，則只是次要的考量。因此，雖然倫理利己論主張利己乃是你之所以應該幫助別人的「唯一」理由，可是目前的論證，並未能支持這樣的立場。

6.3. 反對倫理利己論的三個論證

倫理利己論長期困擾著道德哲學。它並不是一個普遍流行的學說；而且最重要的哲學家們也都明確反對它。可是它從未和這些哲學家的心靈相隔遙遠，儘管重要的思想家未曾有人為它辯護，但每個人都覺得有必要說明自己拒斥它的理由，彷彿它為真的可能性隨時存在，而如果它為真，將有摧毀哲學家們之觀念的危險。拒斥倫理利己論的各種論證，各有何長處早已經過多次論辯，然而哲學家們仍然不斷回頭討論這個議題。

奇怪的是，哲學家們對於一般人最常用於反駁倫理利己論的說法，却未多加注意。一般人覺得倫理利己論會助長邪惡行為，因為只要這些行為對行為者有利，而倫理利己論又以利己為尚，則這些惡行將受到鼓舞。試從報刊所載，舉些例證來說明：一位藥劑師為了增加自己的利潤，竟然將加水稀釋過的藥物拿來賣給癌症病患。一位護士在兩位病患失去知覺的情況下強暴了他們。有個麻醉師給急診病患施打消毒水而非嗎啡，為

的是拿嗎啡去賣錢。一對父母餵食幼兒酸水，好讓自己能提出訴訟，偽告醫療單位開給自己小孩的藥品是壞了的。一位13歲的女孩被鄰居綁架，囚禁、鎖銬在地下防空洞裡長達181天，並遭到性侵。

　　假定一個人因為做了前述那些事而得利，並且得以脫身而不被識破，這時，倫理利己論是不是應該說這種行為是可以允許的？這一點似乎就足以顯示倫理利己論不可信。我認為這個批判是成立的；然而，有人可能認為這個反對倫理利己論的說法，犯了先定結論(begs the question)的問題，因為當這個批判主張那些行為是邪惡的時候，對何謂「邪惡」所採取的並非利己論的觀點。除了這個批判，還有什麼說法沒有先定結論，而且足以用來反對倫理利己論？

　　有些哲學家試著證明倫理利己論蘊含更為深層的邏輯問題，以下是他們提出來反對倫理利己論的典型論證。

「倫理利己論無法解決利益衝突」的論證　　在《道德觀點》(*The Moral Point of View*,1958)一書中，科特‧貝爾(Kurt Baier)指出倫理利己論不可能是正確的，因為它無法解決利益衝突。他指出，我們之所以需要道德規則，乃是因為我們彼此之間的利益有時會產生衝突──假如人們的利益從來不會衝突，那麼就不會有任何待解決的問題，如此一來，人們也就不需要道德方面的指引了。總之，人們的利益會有衝突的時候，但倫理利己論不能解決這類問題；不僅如此，還會使問題加劇。貝爾提出一個假想的例子來支持這個立論：

假設B和K兩人同時競選某個國家的總統，又假設當選對他們兩人而言都是有利的，然而他們只有一個人能當選。如此一來，假如B當選將符合B的利益但卻違背K的利益，反之亦然。再者，劃除K將符合B的利益而有違K的利益，且反之亦然。由此可知，B應該劃除K，若B不這麼做將是錯的，B劃除K之後才算「實現義務」（"done his duty"）；反之亦然。類似地，K知道自己被劃除將有利於B，因此在預料B會設法達到這個目的情況下，K應當採取行動阻止B。如果K不這麼做，將是錯的。當K採取行動確保B無法得逞時，他才算實現義務。

這個結果顯然是荒謬的。因為道德的目的不正是在解決這類利益衝突的情況嗎？如果從利己的角度來看待何謂道德，利益衝突的情況永遠得不到道德上的解答。

這個論證是不是證明了倫理利己論是不可接受的呢？假如這個論證所訴求的道德觀念被接納的話，那麼它就確實證明了倫理利己論應當被拒斥。這個論證主張所謂「充分的道德理論」，必須能夠提供解決利益衝突的方案，且此方案必須使所有利益相關人都能和諧地生活在一起。例如，為B和K兩人的衝突所提出的解決方案，必須使他們不再與對方為敵（一個人有義務要做的事，不應當同時是另一個人有義務要阻止其發生的）。倫理利己論無法達到這個要求，而你如果認為倫理理論應該做到這點，那麼你就不可能接受倫理利己論。

可是倫理利己論的辯護者可能回應指出他們不能接

受前述論證的道德觀。對倫理利己論者而言，生活主要是由一長串的衝突貫串而成，在衝突中，每個人都想佔得上風；而倫理利己論的原則給予人們竭盡所能去贏得鬥爭的權利。依據這個觀點，道德家不像法庭上解決紛爭的法官，反而像激勵選手奮戰到底的拳賽主辦人。所以B和K的衝突不是靠著倫理原則的運用來「解決」，而是要看誰在競爭中勝出。利己論者不以這樣的解決方法為恥，相反的，他們認為這是一種較為務實的觀點。

「倫理利己論邏輯矛盾」的論證　包括貝爾在內的一些哲學家，還對倫理利己論提出一個更為嚴重的批判，他們主張倫理利己論會導向邏輯矛盾。若是這個批評為真，倫理利己論便確定是一個錯誤的理論，因為任何自相矛盾的理論，絕對不可能成立。

再思考一下B和K的例子。誠如貝爾對B和K之困境的描述，刺殺K符合B的利益，但明顯地，防止這個刺殺的發生則是符合K的利益。貝爾指出：

> 假如K阻止B剷除自己，他的行為將既可以說是錯的，也可說是沒有錯的——錯在於這個行為阻止B實現其應該達成的義務，而B未能執行其義務也是錯的；沒有錯的原因在於這是K實現其義務所應為，而且K如果不這麼做將是錯的。可是依邏輯而論，同一行為不可能在道德上既是錯的，又是沒有錯的。

依據前述這個論證，是否可證明倫理利己論是不可接受的？乍看之下，這個論證顯得很有說服力。然而，這是個複雜的論證，有必要將它的每個論證步驟辨識出

來，如此才能有一個較為理想的衡斷立場。將這論證完全展開，可得如下步驟：

(1) 假設依照一己之最佳利益而行動是每個人的義務。

(2) B的最佳利益是剷除K。

(3) 對K而言，防止B剷除自己，符合最佳利益。

(4) 因此，剷除K乃是B的義務，而K的義務是阻止B的行動。

(5) 可是阻止別人執行義務是錯的。

(6) 因此K阻止B剷除自己是錯的。

(7) 因此阻止B剷除自己，對K而言，既是錯的，也是沒有錯的。

(8) 但是任何行為不可能既是錯的，又是沒有錯的；那是自相矛盾。

(9) 因此，我們最初的假設——依照一己之最佳利益而行動乃是每個人的義務——不可能為真。

以這種方式將貝爾的論證展開，可以見到它潛藏的缺陷。論證所指出的那個邏輯矛盾——亦即認為「阻止B剷除自己，對K而言，既是錯的，又是沒有錯的」——並不單是由倫理利己論的原則而來，它是這個原則「加上」第五步驟之中的那個前提（亦即「阻止別人執行義務是錯的」），才會產生的結果。因此，貝爾論證中的邏輯推論，並不足以迫使人拒斥倫理利己論；相反地，人們只要拒斥那個外加的前提，便可避免矛盾。誠然那

88

正是倫理利己論者所會採取的策略，因為倫理利己論者
絕不會毫不保留地主張說：阻止別人執行義務永遠是錯
的，相反地他會主張，一個人是否應當阻止別人執行義
務，端視這麼做是否有利。無論我們認為這種主張是不
是正確，不可否認的是它是邏輯一貫的，因此，前述論
證試圖證明利己論者自相矛盾的努力，是失敗的。

「倫理利己論過於武斷」的論證　最後我們來到最
直接拒斥倫理利己論的一個論證，此一論證也是最有趣
的一個，因為它提供一些洞見，說明為何別人的利益「
應該」受我們重視。不過，說明這個論證之前，有必要
先行檢視一下有關道德價值的論點大要。因此，讓我們
暫且拋下倫理利己論，轉而考慮這個相關的議題。

　　有一類道德觀點採取下列立場：應該將人分為不同
的組群，而且某些組群的利益，比別的組群的利益更為
重要。種族主義(racism)即是採取這種立場最為鮮明的例
子；種族主義依種族將人分為不同組群，並重視某一種
族的利益，更甚於其他種族。結果是，某一種族的成員
所得到的待遇，優於其他種族的成員所得之待遇。「反
猶太主義」(Anti-Semitism)就是以這種方式運作的，而
「國族主義」(nationalism)也有可能採取這種運作方式。
抱持這種觀點的人形同認為：「我的種族比較有價值」、
「那些宗教信仰和我一樣的人比較有價值」，或者「我
的國家比較有價值」等等。

　　這些觀點可以被成功地辯護嗎？接受這些觀點的人
通常並不熱衷於論證——例如，種族主義者便很少為他
們的信念提出理性的根據。但假若他們願意提出理據，

他們能說些什麼呢？

要成功為種族主義辯護，須先通過一個原則的考驗，**亦即當我們能證明人們之間存在實際差異，而且這些差異足以證明對他們採取差別待遇是正當的時候，我們給予他們不同待遇才算合理**。例如，假如某人被法學院錄取，而另一人申請入學的要求卻被拒絕了，為了證明這個差別待遇的合理性，法學院可以指出，第一位學生大學畢業時取得榮譽學位，而且在法學院的入學考試裡，考得高分，然而第二位學生不但大學輟學，也未參加法學院的入學考試。可是假如兩個人都取得榮譽學位，入學考試也考得一樣好，而且其他相關方面的資格也都相當，那麼錄取其中一人並拒絕另一人，就是武斷的作法。

所以，我們必須問：種族主義者能指出白人和黑人的差異，並證明這些差異足以說明給予兩者差別待遇是正當的嗎？過去，種族主義者曾經試圖做到這點，他們將黑人描繪成愚笨、缺乏進取精神等等諸如此類之特性的族群。假如這個主張成立，那麼至少證明在若干情況下，給予黑人差別待遇是正當的（這是懷抱種族主義意識型態者的深沉目的，亦即藉由提出「相關重要差異」，來證明差別待遇是正當的）。可是這個主張當然不正確，黑人和白人實際上並不存在那些普遍的差異。所以種族主義實為一種武斷的教條，它在沒有合理證據足以證明人們之間存在差異，且此差異使他們應當接受差別對待時，就主張任意給予人們不同待遇。

倫理利己論也是這類道德理論。它主張人們應將

世界分為兩個範疇——我們自己，以及我們之外的一切——而且主張第一範疇的利益，比第二個範疇的利益還重要。可是，我們每個人可以思考，我和別人有什麼不同，以致於我可以正當地將自己放在這個特殊的範疇呢？我更聰明嗎？我更能享受人生嗎？我的成就較高嗎？我的需求或能力和別人不同嗎？簡言之，我有何特別之處？倫理利己論如果無法合理回答前述問題，將顯示它只是一種獨斷的教條，而其獨斷和種族主義沒有什麼不同。這一點除了說明倫理利己論是不可接受的之外，也提示我們為什麼應該關懷別人。

90

我們應該關心別人的利益，正如同和我們應該關心自己的利益一般；這是因為別人的需求和欲求，與我們的需求和欲求相通。最後，讓我們再一次想想那些挨餓的兒童們，對我們來說，只要我們願意割捨一些奢侈生活，就能解救這些兒童，使他們免於挨餓。為什麼我們應該在乎他們呢？我們必然在乎自己——假如我們自己挨餓，必然千方百計要獲取食物。我們和那些兒童有什麼差異呢？他們比較不容易感受挨餓的痛苦嗎？他們比我們沒有價值嗎？假如我們找不到自己和他們有什麼重要差異，那麼就必須承認他們的需求應該得到滿足，正如我們的需求應該得到滿足一樣。正因為體認到我們的地位和別人相同，我們才找到在道德行為中應當承認別人需求之正當性的最深刻理由，同時也了解到為什麼倫理利己論是一種失敗的道德理論。

第7章

效益論

依今日的觀點，數個世紀以來，基督教倫理竟能近
乎毫無異議地接受「目的不能證成手段」這個格言
式的教條，實在令人訝異。我們必須問的是，「如
果目的不能證成手段，那什麼能呢？」很明顯地，
答案是「什麼都不能！」

> 約瑟夫·弗雷契爾，《道德責任》(Joseph
> Fletcher, *Moral Responsibility*, 1967)

7.1. 倫理學的革命

哲學家自許可以用觀念改變世界，但通常這是個
虛榮的想法。他們寫的書，只有一些想法類似的思想家
會去閱讀，別的人則依舊各行其是，完全不受影響。

然而，偶爾也會出現改變人類思想的哲學理論。由大衛·休謨(David Hume, 1711-1776)提議，並由傑洛米·邊沁(Jeremy Bentham, 1784-1832)及約翰·史都亞特·彌爾(John Stuart Mill, 1806-1873)給予明確界定的效益論(Utilitarianism)，即是一個改變人類思想的理論。

十八世紀末葉和十九世紀人類歷史出現一連串驚人的劇變。法國大革命之後，近代民族國家興起，拿破崙帝國傾頹；1848年的革命顯示，「自由、平等、博愛」等新觀念的力量持續不墜；在美洲，一個制定了新憲法的新國家創生，而這個國家的慘烈內戰，則終結了西方文明的奴隸制度；另外，工業革命則帶來社會的全面改造。

在這個劇變的過程中，人們的倫理觀念會開始產生轉變，是一點也不令人意外的。老式思維逐漸動搖，處處受到挑戰。邊沁鼓吹的全新道德觀，就在這樣的時代背景下，產生了巨大的影響力。邊沁認為，道德不在取悅上帝，亦不在忠實遵循一些抽象的規範，而在為人間帶來最大的幸福和快樂。

邊沁指出，道德有其最高原則，亦即「效益原則」(the Principle of Utility)，這個原則要求我們在行動或社會政策的抉擇上，永遠選擇整體上能對所有利益關係人，產生最好結果的選項。或者，如他在法國大革命那年出版的《道德和立法原理》(*The Principle of Morals and Legislation*)一書裡所說的：

> 所謂效益原則意指支持或反對任何行動時，皆依據其增加或減損所有當事人之利益的傾向而定；

換言之，取決於其提升或阻礙快樂的能力。

邊沁是一個哲學激進團體的領導人，他的目標乃在依據效益論來改革英格蘭的法律和制度。詹姆士·彌爾(James Mill)是邊沁的追隨者，也是蘇格蘭一位非常優越的哲學家、史學家和經濟學家，而他的兒子約翰·史都亞特·彌爾則是下一代效益論之道德學說的旗手，因為約翰·史都亞特·彌爾，效益論的運動在其創始人邊沁過世之後，仍然得以維持不墜。

邊沁能得到這些信徒是無比幸運的。約翰·史都亞特·彌爾倡議效益論的方式，比其宗師更為優雅而又具有說服力，在其《效益論》(*Utilitarianism*, 1861)這本小書中，彌爾以下述方式來呈現這個理論的主要觀念。首先，人們都能看清這生存狀態，且希望此一狀態能夠到來──亦即希望所有人都能獲得最大的快樂和富裕：

> 根據「最大快樂原則」(Greatest Happiness Principle)……至高目的乃是創造一種痛苦最少、愉快最多的存在狀態，只要是有關於或有助於這個目的之一切事物都是可欲的（這一點不論是在考慮我們自己或別人的利益時都成立）。

如此，道德的首要規則便可簡要予以陳述，亦即在盡一切所能地創造出上述存在狀態：

> 根據效益論者的觀點，這是人類行為的目的，也理當是道德的標準，因此可界定為人類行為的規則和準繩；遵循之，人類全體最有可能創造前述那

93

種生存狀態，而這造福的不僅是人類自己，也將最
能庇蔭具有感知能力的一切生物。

據此，在做行為決定時，我們應該選擇那種能為所
有利益關係人創造最大快樂的行為。道德要求我們站在
這個立足點全力以赴。

乍看之下，這似乎不是什麼激進的觀點；事實上，
感覺上它像是個溫和的利他主義。畢竟，誰能反對減低苦
痛和提高快樂的主張呢？然而邊沁和彌爾卻以獨特的形式
引領出一個革命風潮，這個革命的激進程度就如同馬克思
(Marx)和達爾文(Darwin)在十九世紀引發的其他兩大智識
革命一樣。想理解「效益原則」的激進性，我們須先知道
其構成的道德圖像「省略」了什麼：再也不必訴諸上帝或
者「天條式」(written in the heavens)的抽象道德規則。道
德不再被看作是神諭或恆久規則的奉行。道德與否端在行
為對世間諸存有物(beings in this world)的造福能力；而且
為了提昇這種幸福或快樂，我們可以（甚至應該）採取任
何必要的行動。在當時，這是個革命性的觀點。

誠如前面我所說的，效益論者既是社會改革者，又
是哲學家，他們希望自己的信條在思想上及實踐上，都
能改變現況。為了說明這點，我們將簡短審視他們的哲
學對兩個極為不同的實際案例各代表著什麼意涵，這兩
個例子分別是安樂死，以及我們如何對待人類以外之動
物的問題。這些例子絕無法道盡效益論在實際面上的意
義，也不一定是效益論者認為最為迫切的問題，雖然如
此，對於效益論所提供的獨特方法，它們確實有不錯的
說明效果。

7.2. 案例一：安樂死

馬修・唐納理(Marthew Donnelly)是個物理學家，使用X光工作長達三十年，或許是太常暴露在X光的環境裡，他得了癌症，切除部分下巴、上嘴唇、鼻子、左手還有右手的兩根手指頭，眼睛也瞎了。唐納理的醫生告訴他還可以存活一年，但他決定不要在這種狀態下繼續生活。他隨時都在痛楚中，有位報導他的故事的作者寫道：「陷入最糟糕的狀態時，他躺在床上，咬緊牙，汗珠不斷從額頭湧出。」知道自己最終難免一死，也想逃脫這種悲慘處境，於是唐納理乞求他的三個兄弟殺了他，其中兩位拒絕，但有一位接受了。那是他三十六歲的弟弟哈洛德・唐納理(Harold Donnelly)，他拿了一把點三〇口徑手槍到醫院槍殺了馬修。

很不幸地，這是個真實的故事，而人們很自然地會思考哈洛德這樣做是不是錯的。一方面我們可能認為哈洛德的行為是出於高貴的情感；他愛他的哥哥，因而希望解除他的悲慘處境；另外，是馬修自己想要結束生命的。所有這些條件都讓人傾向於主張，法律應該對哈洛德從輕發落。然而，從我們社會的主流道德傳統觀之，哈洛德的行為還是令人無法接受。

所謂我們社會的主流道德傳統，指的當然是基督教傳統。基督教教義主張人的生命是上帝的恩賜，因此只有上帝才能決定生命何時終止。早期教會禁止各種殺戮行為，並深信耶穌在這方面的教導，應該毫無例外地被遵循。稍後，這個禁令開始容許一些例外，主要是承認死刑和戰場上的殺人行為有時是正當的，然而其他殺害

94

人命的作法（包括自殺和安樂死），仍然是基督教所禁止的。為了簡潔陳述教會在這方面的立場，神學家們構想出一個規則：蓄意殺害無辜者永遠都是錯的。這個立場大大影響西方對於殺人行為的道德判斷，同時也是人們即便知道哈洛德的行為是出於高貴動機，仍然不願認定其無罪的原因。哈洛德蓄意殺害一個無辜的人，而根據西方道德傳統，這是錯的。

對於這個問題，效益論採取非常不同的看待方法，效益論會要求我們思考：哈洛德的各種可能選擇之中，哪一個選擇在大體上能得到最好的結果？哪一個行動所製造的幸與不幸，在加總考量後，所得結果最好？受到最大影響的，當然是馬修本人。如果哈洛德不殺他，他大概還要存活一年，過著失明、截肢和不斷感到痛楚的生活。若是如此將會何等不幸呢？這實在很難論斷；可是依據馬修本人的說法，在這種狀態下生活，非常不舒服，寧可結束生命。而殺了馬修，正可讓他脫離這種慘狀。據此，效益論者將斷定，就這個案例而言，選擇安樂死在道德上可能是對的。

雖然這個論證方式和基督教傳統大為不同——誠如前述，效益論不依賴神學觀念，也不使用任何恆久不變的「規則」——典型的效益論者並不認為自己所提倡的是一種無神論或反宗教的哲學。邊沁指出，如果教徒們認真看待他們自己所謂上帝是「仁慈」創造者的主張，將發現宗教支持而非譴責效益論的觀點。

假如宗教所崇拜的神，普遍被認為是仁慈的，且其仁心如其智慧和力量一樣強大，則宗教在各種

情況所下的指令，將和效益的指示完全相符。……
無奈宗教的信徒（基督教各種教派的信徒，只不過
是這裡所說的教徒中的一小部分而已），只有極少
數（我不明說究竟有多麼少）真正相信神是仁慈
的。他們在口頭上稱神仁慈，卻不認為神在實際生
活裡，也是仁慈的。

有關安樂死在道德上是否被允許，大概就是考
驗這種宗教觀的一個案例。針對這個案例，邊沁可能會
問，仁慈的上帝怎會禁止人殺了馬修·唐納理呢？假設
有人回答說，上帝的確是仁慈的，只不過祂要唐納理先
生再忍受一年痛苦才死去罷了，深究之，這種態度不正
反映邊沁所謂：「在口頭上稱神仁慈，卻不認為神在實
際生活裡，也是仁慈的。」

只是大多數有宗教信仰的人，在道德觀上不會同
意邊沁的想法。我們的道德傳統和法律傳統都是在基督
教信仰的影響之下發展而成的。就西方國家而言，安
樂死只有在荷蘭是合法的；在美國，安樂死被當作是
謀殺，所以哈洛德槍殺哥哥後，才會遭到逮捕並起訴
（我並不清楚法庭究竟如何審理這個案子，只是在這類案
子中，被告通常被以較輕的罪名起訴和判刑）。效益論會
怎麼看待這件事呢？假如效益論者認為安樂死是道德的，
他們是否也會主張在法律上將安樂死合法化呢？

這個問題和「法律的目的為何」這個更為廣泛的
問題有關。邊沁在法律領域受過專業訓練，他認為「
效益原則」不僅可以作為立法者的導引，也是一般大
眾道德判斷的指南。法律和道德的目的無異，都在提

96

升全體公民的一般福祉。邊沁堅決認為，法律如果要
為這個目的服務，則不該在無必要的情況下限制公民自
由。除非一個活動會對別人造成傷害，否則，就不該限
制人從事該項活動。邊沁反對法律限制「自願的成人」
(consenting adult)之間的性行為，因為這種行為並不傷
害其他人，而且立法限制這種行為只會減少而非增加人
們的快樂。無論如何，這項原則在彌爾的《論自由》
(*On Liberty*, 1859)一書裡，得到最有說服力的表述：

> 個人或群體，只有為了某個目的才能干預別人
> （無論人數多寡）的行動自由，而這個目的即是自我
> 防衛。使用強制力來壓制別人（無論其人數佔一個文
> 明社群之多寡）的意志，只有為了達成某一個目的時
> 才算正當，此即為了防止他傷害別人。如果只是為了
> 他本人好（不論是身體上或道德上的好），而壓制他
> 的行動，理由是不充足的……一個人對於自身，對於
> 一己的身體和心靈，享有絕對的管轄權。

因此，對古典效益論者而言，禁止安樂死的法律，
不僅違反大眾的普遍福祉，對個人的自我生命管轄權，
也是一種不當的限制。當哈洛德殺死哥哥時，是要協助
哥哥依其意願結束生命，並未傷及其他人，因此這件事
和其他人是毫不相干的。大多數美國人同意這個觀點，
至少在涉及自己的實際事物上，他們會採取這個立場。
國家衛生研究所(National Institutes of Health)在西元二千年
進行一項調查，發現生命到了末期的病患裡，有60%的人
認為，如果病患提出要求，應該允許病患接受安樂死或
在醫生的協助下自殺。據傳邊沁本人在晚年也曾要求安

樂死,這符合他的哲學,只不過這個請求是否被接受,
就不得而知了。

7. 3. 案例二：人類以外的動物

　　傳統上,人類以外的動物所受的待遇,並不被看作
是道德上的重要議題。基督教傳統認為只有人才是依上
帝的形貌被創生的,其他動物甚至連靈魂都沒有,因此
依照自然萬物的等級,人類可以隨其目的,隨興利用動
物。聖湯瑪斯‧阿奎納(St. Thomas Aquinas)如下的說法,
可視為這個傳統的撮要:

　　　　有些人認為殺害不懂言語的動物是一種罪惡,
這種想法是錯誤的:依據神的旨意,在自然萬物的
等級劃分中,動物本是提供人類使用的,因此人類
利用動物便無錯誤可言,無論這種利用會涉及殺害
動物或者任何其他可能用途皆然。

　　然而「殘酷」對待動物難道沒有錯嗎?阿奎納承認這
是錯的,但是理由在於其違反人類福利,而非動物福祉:

　　　　儘管聖經裡有些段落似乎表露出禁止我們虐
待不識語言的動物(例如殺害撫育幼鳥的成鳥),
那是為了移除人們對人類殘酷的念頭,避免由對動
物的殘酷,轉而對人類殘酷;或者是因為傷害動物
時,可能造成行為者本人受傷,也可能傷及其他無
辜的人。

　　依此說法，人類和動物分處不同道德範疇。嚴格地說，動物完全沒有道德地位，我們可以隨自身利益，任意對待動物。

　　以如此直接的方式呈現這個傳統信條，或許會讓人感到焦慮不安，因為它對動物完全缺乏關懷的立場似乎太過極端；畢竟，許多動物都是有智慧而敏感的生物。然而，只要稍作反思就可理解人類有太多行為實際上是依循這個信條的。我們吃動物；使用動物作為實驗對象；拿動物的皮革製造衣服；還用牠們的頭顱來裝飾牆面；把牠們放在動物園裡或騎術競技場裡供人娛樂；甚且還有一種熱門運動，這種運動純粹為了樂趣而追逐並殺害動物。

　　假如有人對這些行為的宗教性「證成」感到不滿，西方哲學家還提供了許多世俗性的解釋。這些說法有很多，包括「動物不是理性生物」、「動物沒有說話能力」，或者只是指出「動物不是人類」──所有這些理由都被用來解釋人類為何把動物利益排除在道德關懷的對象之外。

　　然而，效益論的觀點與前述說法截然不同。依其觀點，重點不在個體是否有靈魂、是否有理性或者是否有前文說的其他那些能力；重點在於個體是否能體驗幸與不幸，以及是否能感受愉快與痛楚。假若一個個體具有感受痛楚的能力，那麼我們在決定行動時，必須將此考慮在內，即便這個個體不是人類也一樣。事實上邊沁主張，受我們行為影響的個體是否為人類，與這個行為是否道德並不相干，就如同當事人究竟是黑人或白人，也

和道德問題的決定無關一樣。邊沁寫道；

> 有一天人類以外的動物，「或許」能夠得到若干權利，而這些權利只有暴虐的人才會不給牠們。法國人已經瞭解，我們不能因為一個人的膚色是黑的，就坐視他任人凌虐。或許將來人們也會認識到，一個有知覺能力的存在體，不論身上有幾條腿，皮膚有沒有絨毛，尾巴是否退化完成，都不能構成他應該任人凌虐的充足理由。還有什麼別的理由，可以形成人類和其他動物之間不可跨越的界線呢？是理性能力，或者是對話能力嗎？在理性能力或是對話能力上，一隻成年的馬或者一隻成年的狗，比起降生才一天、一週或一個月的嬰兒，都明顯強過許多。假定牠們在這兩方面沒有比較強，還有什麼因素可以作為動物權力的訴求依據呢？這時該訴求不是牠們能不能「推理」，也不是牠們能不能「言語」，而是牠們「能不能感受痛楚」。

因為人類和非人類的其他動物同樣有感受痛楚的能力，所以不可惡待兩者的理由是相同的。假設一個人被虐待，我們會認為那是錯的，因為被虐待的人會感到痛苦。類似的，如果非人類的動物被虐待，一樣會感到痛苦，所以依據相同理由，這也是錯的。對邊沁和彌爾而言，這個論證所得到的結論是有效的，亦即人類以外的動物和人類一樣有資格得到道德關懷。

然而，從對立面來看，這個觀點卻顯得過於極端，例如依據傳統觀念，動物根本沒有獨立的道德地位。我

們真的應該把動物和人類看作地位相等嗎？就某些角度而言，邊沁和彌爾確實認為如此，但他們也非常謹慎地指出，我們並不是永遠要以相同的方式來對待動物和人類。他們之間有一些實質的差異，而這些差異通常可以作為差別對待兩者的充分理由。例如，人類的若干智能是動物所沒有的，這使得人類可以在許多事物上，得到動物所無法得到的樂趣——人類會演算、能欣賞文學等等。相似地，人類較為高級的能力，可能使他們更容易感受挫折和失望，因而吾人提昇人類幸福或快樂的義務中，應該包含提升那些只有他們才能享受的樂趣，並且應該避免使他們陷入那些只有他們才能感受的不幸。然而當其他動物的福祉也會受到吾人行為影響時，將這些動物的福祉考慮在內乃是吾人必須做到的一個嚴格道德義務，而且動物的苦楚和人類類似的苦楚也應該被同等看待。

當代效益論者有時會抗拒古典效益論的前述主張，而這並不令人感到訝異。屠殺動物、拿動物來實驗，以及其他任意利用動物的作法，對我們絕大多數人來說，乃是人類的明顯「權利」(right)。因此，我們很難想像自己有如邊沁和彌爾所說的那麼壞。不過，有的當代效益論者曾提出一些有力論證，說明邊沁和彌爾的觀點是正確的。彼得‧辛格(Peter Singer)這位哲學家，在《動物解放》(*Animal Liberation,* 1975)這本書名奇特的著作裡力陳，如果依據邊沁和彌爾所立下的原則，我們將發現自己對待動物的方式，非常令人反對。

辛格質問我們如何能夠為下列這類實驗找到合理的理由：

　　索羅門(R. Solomon)、凱民(L. Kamin)和韋恩
(L. Wynne)在哈佛大學試驗電擊對狗的行為會產生
何種影響。他們把四十隻狗放在一個叫「穿梭箱」
(shuttle box)的裝置裡，這個箱子被用柵欄分隔成兩
邊。最先柵欄的高度和狗的背部一樣高，而無數強
烈電擊則透過電路地板傳到狗的腳上。起初狗兒如
果學會跳到柵欄的另一端就能躲避電擊。為了「抑
制」(discourage)狗跳離的行為，實驗者用電擊逼使
狗產生跳離行為，但跳過去的另一邊卻有百倍的電
擊強度。據實驗者的描述，當狗起跳的時候，會發
出一個「好像預知什麼事將要發生的輕聲尖叫，然
而跳落到另一邊的通電地板上時，卻發出慘叫聲。
」之後，實驗者把兩邊之間的通路用一片玻璃板完
全隔離，並再度用同樣模式試驗狗。這時狗「往前
跳，並用頭撞擊玻璃板。」剛開始的時候，狗會
出現一些徵候，例如「排泄、哀嚎、顫抖、攻擊穿
梭箱裡的器具」等，但經過十或十二天的試驗，
這些被阻止跳離的狗，就不再抗拒了。實驗者說他
們對狗兒的這種表現「印象深刻」(impressed)，並
且結論指出，玻璃隔板和強大電擊「非常有效地」
(very effective)消除了狗的跳離行為。

100

　　效益論者的論證至為簡單明瞭，他們認為，我們應該
依照行為製造的快樂或不快樂的量，來判定其對錯。在前
述實驗中的狗，明顯承受了極度的痛楚，有什麼快樂足以
彌補這種痛楚，從而證明這種試驗是合理的嗎？別的動物
或人類，是否因為這個實驗，而得以免除更大的不幸呢？
假如沒有，這個實驗在道德上就是不可接受的。

　　值得注意的是，這種論證形式並不意指所有這類型的實驗都是不道德的——它認為每個案例都應依其優缺點，個別予以判定。例如前述實驗是「習得無助感」(learned helplessness)之研究的一部份，而根據心理學家們的看法，這是一個非常重要的研究主題，其研究發現，長期而言將有助於改善心理病患的病情。效益原則本身並不告訴我們有關這類特定實驗的任何事實；它只是主張對動物的傷害，必須提出合理解釋。我們不能因為動物不是人類，就認定自己可以對動物為所欲為。

　　對我們而言，要批評這類動物研究，是極輕鬆而毫無負擔的，因為我們並不需要做這種研究，甚至還因此而感到自豪或正義凜然。但就辛格看來，在這件事情上，沒有任何一個人可以逃避責難，因為我們全部（或者絕大多數）都是肉食族，所以我們所涉及的殘酷行徑，和實驗室裡充斥的那些作為，至少是一樣殘忍的。肉品產製過程所帶給動物的苦楚，比起動物實驗，實在有過之而無不及。

　　我們大多暗自相信：屠宰場雖然是個不愉快的場所，但肉食用動物在畜養場裡所得的待遇卻是不錯的。辛格認為這種想法毫無根據。例如專供人類食用的小牛，終其一生活在無法轉身的欄子裡，甚至連舒適地躺下身來都有困難。就豢養者的角度來看，這樣是好的，因為運動會使小牛的肌肉緊實，降低牛肉的「質地」；再者，給小牛充裕的活動空間也會帶來難以擔負的成本。在圍欄裡，小牛無法滿足舔梳自己身體這類天生的渴求，因為欄子裡根本沒有轉頭的空間。顯然小牛會想念母牛，而且和嬰兒一樣有吸吮東西的衝動，所以常見

牠們枉然地吸吮著圍欄的邊緣。為了使小牛的肉質保持較淡的顏色和較好的味道，牧農餵養小牛流質食物，不給牠們富含鐵質的飼料和粗食，這使得小牛強烈渴望這些食物。有時因為太渴望鐵質，以致小牛一有機會轉身，就會舔食自己的尿液，即使牠們通常覺得尿液的味道不好，也不會停止這種行為，所幸圍欄窄小，使得小牛難以轉身，算是解決了這個「問題」。小牛對粗食的渴望特別強烈，沒有粗食，就沒有可以用來滿足咀嚼欲望的反芻食物。所以，也不能拿乾草作小牛的睡墊，因為小牛會禁不住抓乾草來吃，這樣會影響肉質。總之，小牛的生存處境雖然比屠宰場好一些，但屠宰場對小牛來說，實在不算是生命的悲傷終點。屠宰過程儘管令人膽顫心寒，卻是小牛安樂的解脫。

依據前述事實，效益論所提出的論證極為簡單明瞭。肉品生產系統給動物帶來極度痛楚，而我們並沒有吃肉的必要（素食也很好吃、很營養），是以，肉品生產系統所創造的好處不如其所產生的壞處，故而這個系統是錯的。辛格的結論是，我們應該成為素食者。

在前述論證中，最具革命性色彩的觀念是認為動物的利益也「算數」。一如社會主流傳統所教導的，我們通常假定只有人類才值得成為道德考量的對象。效益論挑戰這個假定，並且主張道德社群的成員應該擴及受人類行為影響的一切生物。人類在許多方面都很特別；而一個完善的道德，必須考量到這點。可是，我們只是居住在這個星球上無數種類的生物之中的一種，這也是個不爭的事實；一個完善的道德也應該顧及於此。

第 *8* 章

效益論的論爭

效益論者的信條認為快樂是可欲的，且是唯一可欲
的目的；其他所有事物之所以為可欲，乃在它們是
達到這個目的的工具。

> 約翰・史都亞特・彌爾，《效益論》
> (John Stuart Mill, *Utilitarianism*, 1861)

人們並不追求快樂；只有英格蘭人才那麼做。

> 弗雷德里奇・尼采，《偶像的黃昏》
> (Friedrich Nietzsche, *Twilight of the Idols*,
> 1889)

8. 1.　古典效益論

　　古典效益論（亦即邊沁和彌爾的理論），可以用三個命題來予以歸納：首先，行為對錯之判定，端視其產生的結果，其他一切，皆無足輕重。其次，在行為結果的衡量上，唯一的考量乃在其創造的快樂和不快樂的量，其餘一切，皆無關緊要。第三，每一個人的快樂都一樣重要。誠如彌爾所言，

　　　　效益論者判斷行為對錯時，所依據的快樂標準，並非行為主體自身的快樂，而是所有利害關係人的快樂。因為效益論要求行為主體在自我利益和他人利益之間，作個絕對公正、無私而仁厚的觀察者。

所以對的行為乃是權衡苦樂因素之後，能產生最大快樂的那些行為，而且對每個人的快樂都一視同仁。

　　對哲學家、經濟學家和一些探討人類行為決定理論的思想家而言，這個理論的吸引力極為強大，即使遭到若干明顯而具有毀滅力量的論證挑戰，仍然能廣被接納。反效益論的論證極多，同時非常有說服力，因而也有許多人認為應該放棄效益論；可是令人訝異的是，還是有無數的人信守它。儘管效益論在論證上有些缺陷，許多思想家仍不願放棄這個理論。根據當代效益論者的觀點，反對效益論的諸多論證，只顯示效益論的古典學說需要改良；他們認為效益論的基本觀念是健全的，必須加以保留，並將之融入一個較為令人滿意的理論形式中。

接下來，我們將檢視這些反對效益論的論證，並思考效益論的古典學說是否能修正以滿足這些反對論證的要求。這些反對論證不僅對效益論的檢視有其重要性，即使它們自身也是值得注意的，因為它們觸及了道德哲學的一些基本問題。

8. 2.　快樂是唯一重要的東西嗎？

「什麼事物是好的(good)？」這個問題，不同於「什麼行為是對的(right)？」這個問題，而效益論者回答第二個問題時，所參照的是回答第一個問題的方式。根據效益論，所謂對的行為是指能夠產生最大好處的行為。然而什麼是好的呢？古典效益論者回答說：有一樣東西，而且只有這樣東西是好的，那就是快樂。誠如彌爾所言，「效益論者的信條認為快樂是可欲的，且是唯一可欲的目的；其他所有事物之所以為可欲，乃在它們是達到這個目的的工具。」

認定快樂是最高價值（以及不快樂是最大的惡）的觀念，被稱作「享樂主義」(Hedonism)。至少從古希臘開始，享樂主義即是一個廣受歡迎的理論。它長期受歡迎的原因，乃在其具有簡明之美，且表達了一個直覺上很合理的觀念，亦即事物的好壞，端視其帶給人們的「感受」為何。然而，稍作反思，就可發現這個理論的嚴重缺陷。當我們思考類似下述的問題時，這些缺陷會很快顯現出來：

一位前途似錦的鋼琴家，在一次車禍中雙手嚴重受傷，再也無法演奏。這對她來說，為什麼是壞的呢？享

104

樂主義會說，這件事情之所以不好，乃在它使鋼琴家感到不快樂，每當她想到原來可以做的那些事，就會覺得挫折、不快，而「那個狀態」正是她的不幸之所在。這樣解釋這位鋼琴家的不幸，似乎把前因後果錯置了。事情的狀態並不是因為鋼琴家感到不快樂，才由一個本是中性的情況，一變而為不好的局面。相反的，她的不快樂，乃是對一個「事實」的理性反應；她原本可以成為職業鋼琴演奏家，而如今卻不可能了。那才是悲劇之所在。我們並不是藉由幫助她快樂起來就可以免除這個悲劇。

再比如你認為某人是你的朋友，可是他卻在你背後嘲笑你。沒有人告訴你這件事，所以你從來不知道。對你而言，這是不幸的嗎？享樂主義認為不是，因為你沒有受這件事情影響而變得不快樂。雖然如此，我們還是覺得有件不好的事情正在進行著。換句話說，你把他當作朋友，可是卻被「愚弄」了，儘管對於被愚弄的事，你渾然不覺，所以也就沒有引起任何不快。

這兩個例子都指出一個基本要點。我們珍視許多事物，例如藝術創造和友誼，而且是為這些事情的內在價值而珍視它們。擁有這些東西使我們感到快樂，可是這種快樂之所以會產生，是因為我們原本已經認為這些東西是好的（我們並不是因為這些東西可以使我們快樂，所以認為它們是好的──這是享樂主義「錯置前因後果」的方式）。因此，失去這些東西，本身就是一種不幸，不論這種損失是不是會帶來不快樂。

前述就是享樂主義誤解快樂之性質的方式。我們不把快樂當作某種特定的好的事物，並把它視為目的本

身來追求；至於我們欲求其他事物時，也不只是為了拿它們來做為達到快樂的工具。相反的，快樂是我們取得自己認定為好的那些事物之後，所引發的反應，而這些事物之所以被認為好，是因為其本質，與其他事物並無關聯。我們認為友誼是好的，所以擁有朋友讓人感到快樂，這不同於以追求快樂為起點，而後再以交友為工具，以便達到快樂之目的。

　　因為這個問題，使得當代哲學家之中，很少有人抱持享樂主義。那些同情效益論的思想家，也因此必須在不倚賴享樂主義之好、壞觀點的情形下，另尋一個建構理論的切入點，像英國哲學家莫爾(G. E. Moore, 1973-1958)，就曾試圖列出一些在本質上被認為是好的事物。莫爾指出有三樣東西，在本質上明顯是好的——愉快、友誼和美感享受——而對的行為，就是增加這些事物的行為。有的效益論者跳過究竟有「哪些東西在本質上是好的」這個問題，視之為懸而未決的議題，主張所謂對的行為，即是能產生最好結果的行為，不論這種結果是透過何種方式測量而得的。另外，還有一些人以別的方式來閃避「哪些東西在本質上是好的」這個問題，這些人主張，人們應當以最能滿足「喜好」(preferences)的方式來行動。如果要一一討論這些效益論的優缺點，恐怕會超出本書的旨趣，我在此提起它們的目的乃在指出，雖然古典效益論的享樂主義預設已經大致被拋棄，但是，當代效益論者繼續發展效益論的工作並未遭到太大困難。而他們繼續發展效益論的方法，即是開宗明義地指出享樂主義並非效益論的必要構成元素。

105

8. 3.　只有結果是重要的嗎?

無論如何,認定只有結果才是重要的,乃是效益論的必要元素。這個理論的最基本觀念認為,要決定一個行為是不是對的,必須**了解採取這個行為之後將會產生什麼結果**,如果我們發現還有別的元素也是決定行為對錯時所必須考量的項目,效益論的根基將被削弱。

若干最重要的反效益論的論證正是以這一點來攻擊效益論:這些理論指出除了效益之外,還有別的考量,是我們思考某一行為之對錯時,相當重要的元素。下列即是三個這樣的論證。

正義　1965年,麥克科勞斯基(H. T. McCloskey)在《探索》(*Inquiry*)這本學術刊物發表的一篇文章中,要求我們思考下述案例:

> 假設有一位效益論者來到一個種族紛爭嚴重的地區,在他停留時間,這個地區的一個黑人強暴了一個白人婦女,此一犯行引起種族暴動,白人暴亂群眾在警察的縱容之下,四處憤怒地毆打、殺害黑人。假設強暴發生時,這位效益論者正好也在犯罪現場附近,只要他作證,就可以將某個黑人定罪。又假設他知道快速拘捕某個人,將可平息暴動和私刑,那麼做為一位效益論者的他,必然會得到的一個結論是:他有義務作偽證,好讓某個無辜的人接受處罰。

當然,這是一個虛構的例子,而其靈感顯然來自美國

某些地區，曾經盛行過的私刑。無論如何，這個論證指出，假如某人處於這樣的情境，則依據效益論的立場，他應該作偽證，使那個無辜的人入罪。這樣做可能會產生一些不好的結果——比如，那個無辜的人可能被處決——不過好的結果將足以彌補這類缺陷：暴動和私刑將因而停止。最好的結果是要透過撒謊才能達成；所以，根據效益論，撒謊是應該的。可是，爭議仍然沒有解決，因為使無辜的人被處決是不對的，所以自認為正確的效益論，一定有錯誤。

效益論的批評者認為，前述論證顯示出效益論最嚴重的缺陷之一：亦即與正義的理念不相容。正義要求我們公正待人，依據每個人的需求和價值，適當地對待每個人。麥克科勞斯基的例子說明正義的要求和效益的要求可能發生衝突，所以認為效益原則可以代表所有重要道德元素的倫理學說，不可能是對的。

權利　這裡有一個真實案例；此一案例引自美國第九巡迴上訴法庭（位於南加州）1963年的「約克控告史多瑞案件」：

> 1958年10月，案主安卓琳・約克小姐(Ms. Ange-lynn York)來到齊諾警察局(the police department of Chino)，為自己遭遇的一件侵害案提出控告。承辦警官（也是這個上訴案的被告人）朗恩・史多瑞(Ron Story)，挾其權威，向控方（譯者注：即約克小姐）說明有拍照存證之必要。史多瑞於是帶領控方到警察局裡的一個房間，將門反鎖，並且指示她脫去衣服，她依指示而行。之後，史多瑞指示控方採

取各種不雅的姿勢供其拍照。然而拍攝這些照片並不是為了滿足任何法律上的目的。

　　控方曾反對脫除衣物，她向史多瑞說，拍攝她裸露的樣子是不必要的，要求她擺出那些姿態也是多餘的，因為那樣拍根本無法顯示瘀青部位。

　　當月稍後，史多瑞通知控方照片洗不出來，而且他已經把底片銷毀了。其實，史多瑞把那些照片拿到齊諾警局裡流傳。1960年4月的時候，另外兩位被告，即路易士‧莫雷諾(Louis Moreno)和亨利‧葛羅特(Henry Grote)，假藉職權，使用警察局裡的照相設備，沖洗了多份史多瑞拍攝的這些照片。莫雷諾和葛羅特並將照片拿到齊諾警察局裡大肆流傳。

約克小姐控告了這些警官，並且勝訴。她的法律權利被明顯地侵犯了。可是這些警官們的行為在「道德」上又該如何評斷呢?效益論者認為一個行為所產生的結果，如果是快樂多於不快樂，在道德上就站得住腳。在這案例，這種看法代表我們該考慮約克小姐所產生的不快樂，並拿這種不快樂和史多瑞警官及其同僚們所得的快樂相比較，比較後，這行為所帶來的快樂多於不快樂的可能性是存在的。而若是如此，效益論者依照效益論之原則，顯然要判定這些警官的行為在道德上是可允許的。然而，這似乎是個變態的思考方式。為什麼要考慮史多瑞和他的同僚們所得到的快樂？為什麼要重視這種快樂？他們沒有權利這樣對待約克小姐，而他們從這個行為獲得的快樂，根本不能用來作為有效辯護的理由。

　　以下是一個想像的相關案例。假設一個偷窺者湯姆，在約克小姐的臥室窗外偷窺她，並且偷偷拍下她寬衣解帶的照片。又假設湯姆的行為沒有被發現，而且他也只是把照片留做自己欣賞之用，沒有拿給其他人觀賞。依這些條件，似乎很清楚的一點是，湯姆的行為所產生的唯一結果是他本人的快樂因而增加了。包括約克小姐在內，沒有任何其他人因為湯姆的行為而產生不快樂。如此，效益論將如何否定偷窺者湯姆的行為是對的呢？可是，依據道德常識，湯姆的行為顯然不對。所以，效益論看來是無法令人接受的。由前述論證可以得到一個了解：效益論的原則，和「人們不能只預期某行為會產生好的結果，就無視於別人的權利受踐踏」此一觀念相互牴觸。在前述案例中，約克小姐的隱私權被侵犯了；要想像其他權利被侵犯的類似案例並不困難——例如宗教自由權、言論自由權、或甚至生命權。有時侵犯這些權利會達到一些好的目的，但是我們仍然覺得，權利不該輕易被忽視。有關個人權利的觀念，並不是一種效益論的觀念。相反的，它是有關人們應該如何被對待的規範，而且不考慮行為結果好壞的問題。

回顧式理由(Backward-Looking Reasons)　假如你答應某人某件事情——例如，你答應今天下午要和朋友在市中心見面。可是，時間一到，你卻不想去；你有別的事要做，想留在家裡。這時該怎麼辦？如果經過判斷，你覺得完成工作所得到的好處，稍微超過不赴約造成朋友不便的壞處，那麼根據效益論的標準，你得到的結論或許會是：「留在家裡是對的」。然而，這種觀點似乎不對，因為你曾經答應

108

朋友要赴約，這使你有了責任，不能輕易逃避。當
然，如果遇到非常重大的事情——例如，倘若你的母
親突然心臟病發作，而你必須立即送她到醫院——那
麼，你的爽約就有合理的理由。不過，若只是為了
「些微」的利益，則不能免除許諾後應負的責任。因
此，效益論所謂只有結果才是重要的觀點，似乎再度被
證明是錯的。

由這個論證，可以得到一個普遍的啟示。為什麼
效益論容易遭受前述的批評呢？那是因為效益論主張，
判斷行為對錯時，唯一重要的考量，乃是那些涉及未來
利益的元素。因為效益論關注的焦點完全在結果，這使
我們將注意力集中在行為之後「即將會發生什麼」。然
而，我們通常認為有關過去的因素也是重要的（你曾答
應朋友的約會，即是一個有關過去的事實）。因此，效
益論的缺失似乎在排除回顧式的考量因素。

一旦了解這點，就可以很容易地想出其他回顧式考
量因素的例子。某人並未犯罪的事實，即是他不應該被
懲罰的良好理由；某人曾幫助過你，即是你現在應該幫
助他的原因；你曾經傷害某人的事實，也許是你現在應
該由她作主，決定如何善了的一個理由。前述這些過去
發生的事，皆為決定我們責任的重要因素，然而效益論
卻使過去變得無關緊要，單就這點，就可見出效益論是
有缺陷的。

8. 4. 我們應該平等關心每個人嗎?

效益論之道德的最後一個構成元素，是認為我們應該

平等看待每一個人的福祉——誠如彌爾所言，我們必須「作一個完全公正、無私而仁慈的觀察者。」這個說法若是抽象地加以思考，似乎顯得合理，可是在實際面上，卻會產生一些令人困擾的結果。其中一個問題是「平等關心」(equal concern)的規定，它對我們來說，是個太高的要求；另一個問題是「平等關心」的規定也會妨礙人際關係。

認為效益論要求過高的批評　假設你正要去劇院看戲，有人卻告訴你，你看戲的錢，可以用來為飢餓的人買食物或幫助第三世界的兒童接受疫苗注射。而很確定的是，那些人對食物和醫藥的需要，遠超過你看戲的需要，於是你割捨了這個娛樂，並把錢捐給一個慈善機構。可是事情並不就這樣結束，因為依相同的思考方式，也可以得到你不該買新衣、車子、電腦或相機的結論。另外，或許你也該搬到一個較為廉價的公寓，畢竟，你的享受和貧窮兒童的食物，哪一個較為重要呢?

實際上如果要忠實遵守效益論的標準，你將必須捨棄你所擁有的資源，直到你的生活水準下降到受你幫助的那群人之中最窮苦的標準。對於能夠這樣做的人，或許令人感到欽佩，但我們並不認為他們只是在執行自己的義務罷了。相反的，我們會將他們視為聖人，換句話說，他們的寬大、慷慨已經超過義務的要求。我們將「道德應然的行為」和「值得讚許而非道德嚴格要求的行為」分別開來。後一種行為在哲學上稱為「超義務行為」(supererogatory actions)，但效益論似乎完全排除這個分別的重要性。

110

可是問題並不只是效益論會逼使我們獻出絕大多數的物質資源，一樣重要的問題是，遵循效益論的箴規，將使我們無法維持原有的個人生活。每一個人的生活都包含一些計畫和活動，這些計畫和活動使我們的生命具有特色和意義；而這些也是我們覺得生命值得的理由。但是要求我們一切都以大眾福祉之無私奉獻為優先的倫理學，將會迫使我們放棄前述計畫和活動。假設你是一個木匠，雖然不富有，但過得還算舒適；你有兩個小孩，你愛他們；週末的時候，你喜歡和一個業餘劇團從事表演活動。另外，你對歷史很感興趣，而且你經常閱讀。這樣的生活，怎麼可能會有錯呢？不過依照效益論的標準，你的生活形式在道德上是令人無法接受的，畢竟，如果你以別的方式生活，將可對大眾福祉貢獻更多。

人際關係 在實際生活裡，沒有一個人願意同等對待每一個人，因為這形同要求我們放棄和朋友及家人之間的特殊關係。我們在涉及朋友和家人的事情上，都極為偏私；我們深愛他們，願意竭盡所能幫助他們。對我們來說，他們並不只是廣大人類裡的幾個成員而已——他們是特別的。不過，這和公平是不一致的，當你採取公正態度時，親密、愛、感情和友誼就消逝無蹤了。

對許多批評家來說，效益論會損害人際關係的事實，似乎是個最大的缺陷。確實，在這一點上，效益論似乎完全與現實脫節。對自己的先生或太太的關心，和對陌生人的關心一樣多，這樣的生活會落入什麼境地呢?這種觀念是荒謬的；它不僅深深違反人類正常情感，也不重視婚姻制度的存在有賴特殊責任和義務的執行。

再者，愛自己的小孩，和愛陌生人一樣多，這又會是什
麼狀態呢？誠如約翰・哥廷翰(John Cottingham)所言，
「為人父母，如果坐視自己的孩子身陷火海，而跑去救
別人的小孩，且理由又是這棟建築內有別的孩子將對社
會貢獻更大，那麼這種人絕不是英雄；他是道德鄙視的
對象，一個該在道德上受輕蔑的人。」

8. 5. 效益論的辯護

111

　　這些論證累積起來，成了對效益論的強力控訴。原
本看起來如此進步和合乎常情的效益論，現在顯得無法辯
護：它和正義及個人權利等等基本道德觀念相牴觸，而且
似乎也沒有考慮到回顧式理由對行為合理性的證明，具有
重要性。它會使我們放棄正常生活，並損害我們最珍視的
人際關係。無怪乎哲學家們在看到這些反對論證加總起來
的力量之後，許多人選擇完全拋棄效益論。

　　不過，也有許多思想家持續相信某種形式的效益論
是正確無誤的。為了回應前述論證，支持效益論的思想
家們提出三個一般的辯護說法。

第一種辯護：想像的例子不具意義　第一種辯護方式
主張，反效益論的論證對於世界的運作方式，提出一些不
切實際的假設。權利、正義、和回顧式理由等等論證，都
採用了相同的策略，它們描述一個案例，然後主張若是
根據效益論，我們在這案例必須採取某項作為—亦即作偽
證、侵害人權，或者毀約，接著指出這些作為是不對的，
最後下結論說，效益論的對錯觀念不可能為真。

　　但是這個策略的成功，有賴我們同意其所謂效益

論會要求我們採取的作為，的確能產生最好的結果。可
是，為什麼我們要同意這點呢？在真實世界中，作偽證
並「不會」產生好的結果。假設，在麥克科勞斯基所舉
的例子中，「效益論者」試圖構陷那個無辜的人入罪，
以便阻止暴動。可是這樣做不一定能成功；他的謊言可
能被揭穿，這麼一來，情況會變得更糟。即使他的謊言
成功了，逍遙在外的罪犯，可能繼續犯案。另外，犯案
者如果稍後被捕（這是極可能的事），說謊構陷無辜者
的人，將陷入極大麻煩，人們對司法正義系統的信心，
也會因此受到打擊。總之，說謊者可能「以為」這種行
為可以產生最好結果，但是否如此，根本難以確定。實
際上，經驗告訴我們的，正是相反的道理：構陷無辜
者，不能帶來效益。

112

　　同樣的道理，也適用於前述反效益論的論證中所
舉述的其他案例。侵害人們的權利、爽約以及說謊都會
產生不好的結果，只有在哲學家們的想像之中，才會
以為這些不好的結果不會發生。在真實世界裡，偷窺者
湯姆會被發覺，就像史多瑞警官和他的同僚最後會被揭
穿一樣；而遭受他們惡行侵犯的人，所受的痛苦也是真
實的。在日常生活中，一旦有人說謊，別人就要受到傷
害，而說謊者自己的名聲也將受損；至於爽約以及不能
和朋友禮尚往來的人，終將失去友誼。

　　因此，效益論和不侵犯人們權利、不說謊、不爽
約等等原則，不僅沒有衝突，反而可以用它來解釋我們
為何不應該犯這些錯。更進一步說，如果沒有效益論
的解釋方式，這些道德義務將停留在神秘而不可理解的
狀態。試想如果認為有些行為「本身」(in themselves)

即是正確的，不論其產生之結果為何，這樣的觀念實在無比神秘，也不可理解。另外，如果認為人們擁有若干「權利」，而且這些權利的授予，與其所可產生的利益毫不相干，這個想法不也令人無法理解嗎？總之，效益論與常識並不是矛盾的；相反的，效益論是很合乎常識的理論。

以上乃是效益論的第一種辯護方式，它的效力如何呢？非常不幸的，它誇大的成份多於實質。雖然我們可以合理地主張，在現實世界中「大多數」類似作偽證的行為，都會得到不好的結果，可是卻不能順理成章地主張，「所有」這樣的行為都會產生不良結果。可以確定的是，有些時候做了道德常識所譴責的事，卻會帶來好的結果。所以，至少在若干真實生活案例中，效益論確實和道德常識相衝突。另外，即使反效益論的論證必須完全依賴想像出來的案例，那些論證還是有效的；因為指出效益論在假設案例中會產生令人不可接受的結果，乃是指出其理論瑕疵的一個有效方式。所以，第一種辯護的效力是微弱的。

第二種辯護：效益原則是選擇規則的指南，而非個別行為的規範　第二種辯護方式是承認古典效益論與道德常識確實不一致，並建議一個新的效益論公式，以便能夠和常識判斷相符合。而修改理論時，關鍵在辨識那些使理論產生問題的特徵，並修改之，至於理論的其餘部分，則維持不變。那麼古典效益論的什麼因素導致了那些令人不可接受的結果呢？

論者指出，古典效益論令人困擾的部份，乃在其

113

預設「每個行為」都要以效益原則來評斷之。假如在某
個情境中，你因為某種因素的吸引而做了偽證，根據古
典效益論，這樣做是否有錯，取決於「那個謊言」會產
生什麼結果；前此討論過的每一個例子，都可依照這個
方式來思考。正是這個預設使效益論產生困難：這個預
設，使人得出一個結論，只要能得到最好結果，任何有
問題的行為都可以被允許。

　　因此，新的效益論提出修正，使個別行為不再以效
益論原則來判定其對錯。相反的，我們最先問的是，依
效益論者的觀點，哪「一套規則」(set of rules)是最有利於
社會的。假如人們要在社會中得到好的生活，該選擇哪些
規則來依循呢？先選定了這些規則，再依這些規則是否能
接受某個個別行為，來判定該行為的對錯。這個新的理論
稱作「規則效益論」(Rule-Utilitarianism)，以便和舊的理
論有所區分，舊的理論目前通稱為「行為效益論」(Act-
Utilitarianism)。理查‧布蘭德(Richard Brandt)大概是規則
效益論最重要的辯護者了；他指出，所謂「**在道德上是
錯的**」(morally wrong)，代表

　　　　完全理性的人傾向於支持道德規則所禁止的，
　　　相較於其他規則（或許根本不該有別種規則），這
　　　些規則乃是完全理性的人想終其一生生活在某個社會
　　　時，必然會希望那個社會的所有行為主體都遵守的。

　　規則效益論可以輕易應付前述反效益論的論證。在
麥克科勞斯基所描述的那種例子裡，一個行為效益論者
傾向於做偽證來構陷那個無辜的人，因為「那個行為」

的結果將是好的。可是規則效益論不會這樣思考，他會
先問，「何種行為普遍規則傾向於產生最大快樂？」假
設有兩個社會，其中一個社會的成員忠誠遵守「不以偽
證構陷無辜」的規則，而另一個社會的成員不遵守。那
麼，哪一個社會的成員比較能得到較好的生活呢？從效
益的觀點來看，第一個社會是比較好的。因此，應該要
遵守不構陷無辜的規則，而且依據這個規則，我們可以
下結論指出，麥克柯勞斯基所舉案例裡的主人翁，不該
作偽證構陷無辜。

相似的推理方式，可以用來證明「不侵犯別人權
利」、「不爽約」、「不說謊」以及其他種種規則的合
理性。規範人際關係的規則──例如「對朋友忠誠」、
「關愛子女」等等──也可以透過這種方式建立起來，我
們應該接受這些規則，因為時時遵循它們，能夠提昇人
類普遍的福祉。不過，一旦依據效益原則建立起行為規
則之後，我們將不再需要依賴效益原則來判定特定個別
行為的正確性。要證成個別行為，只要訴諸既已確立的
規則即可。

我們無法指控規則效益論違反道德常識。當這個理
論把證成的對象，由個別行為轉到道德規則之後，它跟
人們直覺判斷相合的程度，達到非常顯著的地步。

第三種辯護：「常識」不可信　最後，當代效益論
者有一小群人對反效益論的論證，採取非常不一樣的反
應方式。那些反效益論的論證指出，古典效益論和常識
觀念（如正義和個人權利等等）互為牴觸；對於這種批
評，這群效益論者的回應是：「那又如何？」1961年澳

洲哲學家史馬特(J. J. G. Smart)出版了一本名為《一個效
益論倫理學體系綱要》(*An Outline of a System of Utilitarian
Ethics*)的專著；在該書中史馬特反省自己的立場，說道：

> 無可諱言的，採取效益論的結果，確實會和一
> 般道德良知相牴觸，但遇到這種情況時，我傾向於認
> 為那顯示「一般道德良知是錯誤的」。換言之，我反
> 對用一般人對特定案例的情感反應作標準，並用它來
> 檢視普遍倫理原則是否與之相合的通用作法。

畢竟我們的道德常識並不一定可靠，它有可能包含一些
不理性的因素，例如從我們的父母、宗教和一般文化之
中習得的偏見。為什麼我們可以直接假定自己的情感反
應總是正確的呢？為什麼跟這些情感反應相左的合理倫
理學說，都該被拒斥？或許該被拒斥的是這些情感，而
不是那個與之對立的理論。

　　有了這個了解之後，再回頭來想想麥克科勞斯基
所舉的例子當中那個作偽證的人。麥克科勞斯基認為讓
一個沒有犯罪的人遭到判刑是不對的，因為這不符合正
義。可是，讓我們再深入地思考：這樣主張對「那個被
無辜判刑的人」，當然是不好的，可是假如暴動和私刑
持續下去，那些會受傷害的「其他」無辜人士要怎麼辦
呢？當然我們希望永遠都不要面臨這樣的處境。在這種
處境裡，所有選擇都有不好的一面。可是假如我們要在
下列兩個選項中抉擇，第一是構陷一個無辜者使其入
罪，第二是讓許多無辜的人喪生，那麼選擇第一個選項
（即便它是不好的）而非第二選項，難道不合理嗎？

　　此外也再思考一下所謂「效益論要求太高」的批評，這種批評的來由是因為效益論要求我們把資源拿來濟助挨餓的小孩，而放棄看電影、買車或買照相機等消費。難道「繼續過著寬裕生活，不如幫助那些小孩」的決定是不合理的嗎？

　　在這個案例中，行為效益論完全可以自我辯護，不必更改。相對而言，若是採取規則效益論，將會不必要地淡化理論，因為在這情況下，對於規則的重視會過高。規則效益論有一個嚴重的問題，這個問題在我們追問規則效益論的規則是不是允許「例外」時，就會浮現出來。當規則效益論建立起「理想社會規則」之後，是不是必須不計代價地遵守呢？不可避免的是，有些時候，有的行為雖然是這些規則所禁止的，卻會帶來最大效益，甚至效益會比其他選項大出很多。若是這樣，我們該怎麼辦呢？假如規則效益論者主張在這種情況下，規則可以打破，那麼就是退回到行為效益論了。另一方面，如果認為我們不能做那些規則所「禁止」的行為，則如史馬特所言，效益論者關注福祉之提升的初衷，就被不理性的「規則崇拜」(rule worship)取代了。哪一種效益論者願意為了一個規則，而承受天塌下來的結果呢？

　　行為效益論並沒有這樣的規則崇拜。然而，它卻是種激進的信條，接受這種信條，代表承認了我們日常的道德情感有許多可能是錯誤的。就此而論，它發揮了好的哲學總會發揮的作用──它挑戰我們，讓我們重新反省那些視之為理所當然的事情。

116

　　假如我們依循史馬特所謂「一般道德良知」

(common moral consciousness)，將會發現除了效益的考量之外，似乎還有許多因素在道德考量上具有重要性。可是史馬特非常正確地提醒我們「常識」不可靠，而這一點正是效益論的最大貢獻。道德常識的缺點，只要稍加思考，就可以了解。有許多白人曾經認為白人和黑人有重要差異，並因此以為白人的利益較為重要。那時的白人，由於相信他們的「常識」，可能會認為一個妥當的道德理論應當將這個「事實」考慮在內。如今，稍有智識的人，絕不會抱持這樣的觀點，只是天曉得我們的道德常識之中，還有多少其他不理性的偏見呢？格納・米爾達(Gunnar Myrdal)這位著名瑞典社會學家，在《美國的兩難困境》(*An American Dilemma*,1994)這本探索種族關係之經典著作的末尾，米爾達提醒我們：

> 我們一定還有其他無數類似的錯誤，這些錯誤沒有任何人能發覺，因為我們生活浸淫的西方文化型態，像團迷霧包圍著我們，文化影響建構起我們對心靈、身體和宇宙的最高預設；決定我們會問哪些問題；影響我們尋找事實的方式；左右我們事實的詮釋；並指引我們對這些詮釋和結論採取特定反應。

未來世代的人回顧歷史，如果發現二十一世紀生活寬裕的人，只顧著享受舒適生活，竟坐視第三世界的兒童因為那些可以輕易預防的疾病而夭折，會不會感到厭惡？他們會不會對我們宰食無助動物的作風感到痛心？假若會，他們或許還將吃驚地發現，今日效益論哲學家的道德主張明白地譴責這些行為時，竟然被批評為思慮過度單純。

第9章

絕對的道德規則存在嗎？

為了得善果，你不可以行惡。

聖保羅，《給羅馬人的信》(St. Paul, *Letter
to the Romans*, CA. A.D. 50)

9. 1. 杜魯門和安絲孔

美國第三十三任總統哈利・杜魯門(Harry Truman)決
定在廣島和長崎投擲原子彈這件事，將被永世記憶。隨
著富蘭克林・羅斯福(Franklin D. Roosevelt)的過世，杜
魯門於1945年繼任為總統，當時杜魯門對於發展原子彈
的事一無所知；他得諮詢總統顧問才能了解一些內情。
顧問們告訴他，聯軍在太平洋戰區處於上風，但損失慘
重。聯軍計劃入侵日本國土，只是執行這個計劃，將比

諾曼地登陸更加慘烈，要是在日本的一、兩個城市投擲原
子彈，也許可以提早結束戰役，並消除入侵的必要性。

最初的時候，杜魯門並不願意使用這種新武器，
因為每顆原子彈都足以消滅一整個城市——不只是軍事
目標，包括醫院、學校、民宅都會被剷除。儘管聯軍曾
經轟炸過城市，但杜魯門感覺這種武器，使非戰鬥人員
的死傷情勢顯得更加嚴峻。此外，美國自己曾經譴責對
民間目標的攻擊行為。在美國參戰之前，羅斯福總統於
1939年曾經發文通告法國、德國、義大利、波蘭和英國
等國家，嚴詞譴責轟炸城市，稱之為「不人道的野蠻行
為」(inhuman barbarism)：

> 任意從空中轟炸百姓……造成數以千計毫無防
> 衛能力的男人、女人和兒童傷殘，甚至死亡，這種
> 情形讓所有文明的人感到痛心，也重重打擊了人類
> 的良心。假如我們在世人所面對的這場悲劇性動亂
> 中，採取如此不人道的野蠻行為，那些和這場突發
> 敵對關係毫不相干而且絕未參與其中的無數百姓，
> 將要喪失他們的生命。

當他決定授權執行轟炸行動的時候，杜魯門仍然表達出
類似的想法，他在日記中寫道：「我告訴國防部長史汀
森(Stimson)先生，轟炸的時候要針對軍事目標和軍人，
不能針對婦女和小孩……，他和我的意見是相同的，轟
炸對象將完全集中在軍事目標。」對於這樣的說法，我
們很難判讀，因為杜魯門早已知道炸彈勢必會將整個城
市摧毀，不過很明顯的是，他對非作戰人員的處境感到

憂心，然而另一方面卻也明顯滿意於自己做了正確的決定，簽署了命令之後，他告訴一位助理，自己「像嬰兒一樣睡得香甜。」

伊麗莎白·安絲孔(Elizabeth Anscombe)，2001年過世，享年81歲，二次世界大戰爆發時，她是牛津大學一位20歲的學生。那年，她和人合著出版了一本頗具爭議性的小冊子，主張英國不應參戰，因為她認為到了最後，英國一定會被迫採取一些不公不義的手段，例如攻擊老百姓。安絲孔小姐（大家都這麼稱呼她，即便她結婚50年，育有7名子女）後來成為二十世紀最偉大的哲學家之一，也是有史以來最偉大的女哲學家。

安絲孔小姐是個天主教徒，而且宗教是她的生命重心。她的倫理學觀點特別反應出傳統天主教的教義。1968年的時候，她讚揚教宗保羅六世(Pope Paul VI)確立教會禁止節育的立場，並且寫了一個小冊子，說明為何人工節育是錯的。稍後，她還因為在英國一家墮胎診所前示威而被捕。她也接納教會有關戰爭的倫理信條，這使得她和杜魯門的立場產生衝突。

杜魯門在1956年接受牛津大學頒授榮譽學位時，和安絲孔有了交集，這個學位是感謝杜魯門和美國人在戰爭時對英國的協助。那些提議頒授學位的人，認為這件事不會有爭議，可是安絲孔和其他兩位同事反對這件事，後來他們的反對雖然失敗，至少逼使原本是橡皮圖章的委員會，進行實質投票來表決這個提議。頒授學位當天，安絲孔不願到場，留在典禮會場外哀悼、祈禱。

安絲孔為此也寫了一個小冊子，將杜魯門說成追殺

119

者，因為杜魯門下令轟炸廣島和長崎。當然，杜魯門認為轟炸是有理由的——轟炸可以縮短戰爭，解救人命。對安絲孔來說，這樣還不夠。她寫道，「為達目的而殺害無辜者，永遠是一種追殺」。有的人認為，投擲原子彈所解救的人，多過其殺死的。對於這種看法，她反駁道：「試想，如果你必須在燙死一個嬰兒，或讓一千個人（或者一百萬人，假如一千人不夠的話）遭受可怕災難這兩個選項間抉擇，你會怎麼辦？」

根據安絲孔的觀點，重點在於：**有些事，無論如何，都不能做**。無論你燙死一個嬰兒可以得到多大的好處，都不重要；重點在於你絕對不能那樣做。（想想廣島嬰兒的遭遇，換言之，「燙死嬰兒」的事件並非幻想。）「不可蓄意殺害無辜」乃是一個不可違逆的規則。另外，還有其他規則也是不可違背的，安絲孔說：

> 「希伯來基督教」(the Hebrew-Christian)倫理的一個典型特徵，乃在教導人們若干事情是要絕對禁止的，不論面臨何種**結果**的威脅。這些事情包括：為求目的（不論多好的目的）而殺害無辜；找人頂替罪刑；不忠（在此我的意思是指某人因為與人建立穩固友誼，而在重要的事情上得到朋友的信任，但卻將朋友出賣給他的敵人）；偶像崇拜；雞姦；通姦；偽裝信仰。

當然有許多哲學家並不同意這種看法；他們認為如果情況需要，任何規則都有可能被打破。對於這種看法，安絲孔有如下的評論：

很明顯的這些哲學家們完全沒有知覺到這種倫理的存在，所以不覺得自己牴觸了它：他們十分理所當然地認為，任何禁令（如不可殺人）都不該違逆結果的考量。可是禁令的嚴格性正顯現在「你不能因為害怕或渴望某些結果而變節」。

安絲孔和她的先生彼得·葛曲(Peter Geach，也是位傑出的哲學家），可說是二十世紀的哲學家中最堅信道德規則具有絕對性的兩個人。

9. 2. 定言令式

認為道德規則的遵循不能有例外的觀念，很難自我辯護。而要說明為何規則的遵循**應該**要有例外，則是非常容易的一件事——我們只要指出，在某些情況下，遵循規則會產生可怕的結果即可。在這種情況之下，如何才能說明我們**不**應該接受例外呢？這是個艱難的任務。有一個可能的說法指出，道德規則代表著上帝不可違逆的命令。除了這個說法，還有其它可能的解釋嗎？

在二十世紀之前，有一位大哲學家相信道德規則是絕對的，而且他為這個觀點提出一個非常著名的論證。伊曼紐·康德(Immanuel Kant, 1724-1804)是創造近代思潮的菁英之一。他主張無論在何種情況，說謊都是不對的。他並不訴諸神學思考；反而主張「理性」(reason)要求我們絕對不可以說謊。為了理解他如何得到這個不可思議的結論，我們先來簡要陳述他的倫理學說。

康德觀察到人們使用「**應該（然）**」(ought)一詞

時，經常不帶任何道德意義。例如，

1. 假如你想成為一個更好的棋手，應該研究蓋瑞·卡斯帕洛夫(Garry Kasparov)的棋法。

2. 假如你想讀法學院，應該報名參加入學考試。

我們的行為有很多都受前述這類「應該」的規範。其模式是：我們有某一種欲望（例如希望變成更好的棋手，或是想上法學院）；我們了解某一行動有助我們達成該欲望（例如研究卡斯帕洛的棋法，或報名參加入學考試）；因此我們得到結論：應該採取可以達成欲望的必要行動。

康德將這些「應該」，稱為「假言令式」("hypothetical imperatives")，因為它們告訴我們，「假如」我們有某種欲求，則應該採取某種相應的行動。不想改進棋藝的人，沒有學習卡斯帕洛夫棋法的必要；不想就讀法學院的人，沒有參加入學考試的理由。因為這類「應該」的約束力，來自我們具有某種相應的欲求，所以只要放棄這個欲求，就可以不受約束。所以，如果你不想就讀法學院，你就沒有參加考試的義務。

相對的，道德義務並不倚賴我們具有特定的欲求。道德義務的形式並不是採取「假如你想如此這般，應該如此那般」。相對的，道德要求採取**定言形式**(categorical)：它們的形式如下，「你應該如此作為，這是**定論**」。("**You ought to do such-and-such, period.**")道德規則並不採取如下形式：你應該幫助別人，「假如」你關心他們，或者「假如」你幫助他們，你可以達到其他別的目的。相對的，道德規則要求我們在**不考慮**自身期

望和欲求的情況下，去幫助別人。這是道德不同於假設性的「應該」，且其要求的義務不能用諸如「我不在乎那件事」等理由，來逃避的原因。

「假言形式的應該（然）」(hypothetical ought)是容易理解的。這種應該只要求我們採取達到目的的必要手段。相對的，「定言形式的應該（然）」(categorical ought)較為神秘而難以理解。我們怎會有不計目的而一定要以特定形式來執行某個行動的義務呢？康德道德哲學的一大部分內容，即在說明這是可能的。

康德指出，正如假言形式的「應該」之所以可能，是因為我們有**欲求**(desires)，定言形式的「應該」之所以可能，則是因為我們有**理性**(reason)。定言形式的「應該」對理性行動主體具有約束作用的原因，乃在它們是理性的。但這是如何可能的呢？康德主張，這之所以可能，是因為一切定言形式的「應該」皆源自理性者必然會接受的一個原則，他將這個原則稱為**定言令式**(Categorical Imperative)。在《道德的形上學基礎》(*Foundations of the Metaphysics of Morals*, 1785)一書中，他如此表述定言令式：它是一個規則，這規則要求，

> 你的行為所依循的，只能是你願意它成為普遍法則的那種格律。

這個原則替行為的道德判定，統整出一個程序。當你思考該不該採取一個行為時，你應當考慮如果你採取那個行為，你所依循的規則將是什麼（也就是要思考你的行為所依據的**格律**為何）。接著，你必須想想，你是否願意這個規則，被每一個人永遠地遵循（這樣做的目的是要

考驗你依循的規則是不是能成為一個「普遍法則」）。如果是的話，這個規則就是可以依循的，且那個行為也是被允許的。可是，如果你不願意這個規則成為每個人遵循的格律，那麼你自己也不可以依循，而那個行為也是不被允許的。

　　康德提出許多例子來解釋前述程序如何執行。他說，假如一個人需要借貸，而且他知道除非答應償還借款，否則沒有人會把錢借給他。可是，另一方面他也曉得自己根本無力償還。於是，他面臨如下處境：雖然知道自己無力還錢，他是否仍然應該許諾償還，以便說服別人借錢給他？假如他這麼做，「行為格律」（亦即他所依循的規則）將是：每當需要借貸，你應許諾償還，不論你是否相信自己有償還的能力。試想，這個規則可以成為一個普遍法則嗎？顯然不能，因為它會產生自我擊敗(self-defeating)的結果。一旦這個規則成了普遍的作法，將沒有人願意借錢給別人。誠如康德所言：「再也沒有人肯採信這類諾言，人們只會嘲笑這類聲稱，視之為空洞的偽裝。」

　　康德所舉的另一個例子是助人的行為。他說，假設某人拒絕幫助那些陷入困境的人，這個人想：「那與我何干？我願人人都如上蒼所賜的，或者如其自己努力所得的那樣地快樂，我不會佔取他的任何快樂，或者妒嫉他；我也無意促進他的福祉，或者在他窮困時，提供協助。」然而這個人絕不會願意這個規則成為普遍法則，因為在將來的某個時刻，他也可能需要別人的援助，那時的他，將不願見到別人對他如此冷漠。

9.3. 絕對規則和不說謊的義務

總之，作為一個道德主體，代表行事得依循「普遍法則」──在各種情況之下都毫無例外地適用的道德規則。康德認為，「不說謊」就是這種規則的一個例子。當然「不說謊」並不是康德所主張的唯一絕對規則──他認為還有其他許多絕對規則；換言之，道德之中充滿了這樣的規則。只是把焦點放在禁止說謊的規則，有其討論上的方便性。康德用了許多篇幅來討論這個規則，而且很明顯地，他對這個規則的堅持特別強烈。他主張不論在何種情況下說謊，都是「人格尊嚴的抹煞」。

康德就此觀點，提出兩個主要論證：

1. 康德認為說謊永遠不對，因為禁止說謊的規則，可以直接由定言令式推論得出。我們不可能希望「我們應該說謊」的規則，成為一個普通法則，因為這將是自我擊敗的；人們很快就會知道別人的許諾不可靠，如此一來，謊言也就沒有人會相信了。這個論證確實說中了一些道理：謊言的成功，在於人們普遍相信別人會說實話；換言之，說謊的成功要件，在於准許說謊的「普遍法則」不存在。

雖然如此，這個論證存在一個問題，當我們將康德的思路更加完整地鋪陳開來之後，這個問題就會跟著清楚地顯露出來。假設我們必須說謊才能解救某個人的生命，則我們應該說謊嗎？依照康德的觀點，他會要求我們這樣思考：

(1) 唯有一個行為所依循的規則，是我們願意普遍採

用的，該行為才是我們應該做的。

(2) 假如我們說謊，我們就是依循了「可以說謊」的
規則。

(3) 這個規則無法被普遍採用，因為那將導致自我擊
敗的結果；人們將因此不再相信別人，如此，說
謊也就得不到任何好處了。

(4) 所以，我們不應該說謊。

安絲孔把這種思考方式潛藏的問題，做了一個相
當貼切的總結，這個總結是安絲孔1958年於《哲學》
(*Philosophy*)這本學術期刊，發表一篇有關康德的文章中
提出的：

> 他對說謊這件事的信念如此強烈而執著，以致
> 從未想過一個謊言有時只是權宜的謊言（亦即「在
> 特定情境之下才要說的謊言」）。他理論中有關普
> 遍格律的規則，如果不先界定待建構之行為格律所
> 指涉的行為，究竟應當如何描述才算恰當的話，根
> 本派不上用場。

就這議題而言，安絲孔可說是學術正直的楷模：
雖然她同意康德的結論，但是對於康德思考推論上的錯
誤，卻也能明快指出。困難點出在論證的第二步驟。假
如你說謊，你究竟依循的是什麼規則呢？關鍵在於，建
構規則的方式有許多；有的方式從康德理論的角度觀之
或許不是「可普遍化的」(universalizable)，可是有些卻是
可以。假設我們說你依循的是(R)這個規則：「當說謊能

解救人命的時候，說謊是可以的。」我們也願意(R)成為「普遍法則」，同時不產生自我擊敗的結果。

2. 許多和康德同時代的人認為，康德對絕對規則的堅持令人訝異，而且他們也把這樣的觀點表達出來。有位評論家用下列這個例子來挑戰康德：設想有個人正在躲避追殺，他向你說他要回家躲起來，過不久，追殺者來了，一副若無其事的樣子，問你前述那個逃命者的行蹤。你相信自己如果說實話，追殺者將找到那個人，並且殺了他。另外，又假設追殺者已經開始朝正確的方向追趕過去，你相信自己如果保持沉默，追殺者終將發現那個逃命者，並且殺了他。這時你會怎麼做？或許我們可以把這個例子稱為「問路的追殺者案例」，在這樣的案例中，絕大部分人會認為自己應該說謊。我們可能指出，救人畢竟比說實話來得重要吧。

對於這個批判，康德以一篇論文來回應，這篇文章有個吸引人的古典標題：〈論為利他而說謊的假定權利〉(On a Supposed Right to Lie from Altruistic Motives)，在這篇文章中，康德討論了這個問路的追殺者案例，並且為自己有關說謊的論點，提出第二個論證，他寫道：

　　當那個追殺者問你被追殺的人是否在家，而你誠實地回答他之後，或許那個被追殺的人已經逃出家門了，所以他不會和追殺者碰面，而謀殺案也就不會發生。可是，如果你說謊，說他不在家，而他在不知道這件事的情況下，逃離家門，不幸地，他在逃離的路上遇見追殺者並被殺害，這時你應該為他的死而受譴責。因為如果你誠實回答，或許追殺

125

者在房子那裡搜尋被追殺者時，會被鄰居制伏，如
此就可避免兇案發生。總之，說謊者不論動機如何
良善，都必須為結果（不論此結果如何不可預期）
負責，承擔處罰……。

所以，完全深思熟慮之後，可知說實話（誠
實）乃是理性之神聖而絕對的命令，不受偶然因素
限制。

也許可以用一個較為普遍的形式來敘述這個論證：對於不
說謊的規則，我們傾向於開放一些例外，因為我們認為，
在若干情境中，說實話的結果將是不好的，而說謊則會得
到好的結果。然而，我們永遠無法確定行為的結果將是
什麼—我們不可能「確知」說謊能帶來好的結果。說謊也
可能產生預料不到的壞結局。因此，最好還是避免採行撒
謊這個確知的惡，並坦然面對隨著誠實而來的任何可能後
果。即便最後得到的結果不好，那也不是我們的錯所引起
的，因為我們已經盡了應當盡的義務。

有人或許覺得，杜魯門決定在廣島和長崎投擲原子
彈這件事，也有類似前述這個論證所指的問題。投擲原
子彈的決定是希望戰爭能夠迅速結束，可是杜魯門並不
確定結果會如何，日本人有可能堅持下去，並使得入侵
日本成為必要。總之，杜魯門只是期待可能產生好的結
果，便把數以萬計的人命作為賭注。

這個論證的問題非常明顯，事實上其鮮明程度，以
康德在哲學上的地位，竟然沒有更敏銳地察覺到，實在
令人訝異。首先，這個論證對於人類所可知道的事物，

抱持不合理的悲觀看法。有些時候，我們對於自己的行
為將造成什麼結果，感到相當有信心，在這種情況下，
我們不必因為不確定因素而猶豫不決。再者，還有個從
哲學上看起來更為有趣的事實，亦即康德似乎假定我
們要為說謊所產生的任何惡果，負起道德上的責任，可
是卻不認為我們應該為誠實所造成的惡果負責。假設我
們說了實話，使得追殺者發現被害人，並把他殺了，這
時，康德似乎認為我們不必因此遭受譴責。可是我們能
夠輕易這樣避開責任嗎？畢竟，我們幫了兇手。總之，
這個論證不太具有說服力。

9. 4. 規則之間的衝突

126

　　認為道德規則是絕對而不容例外的觀點，在「問路的
追殺者案例」中，似乎顯得不太可信，而且康德為其提出
的論證無法令人滿意。可是，除了說明這個觀點不可信，
有沒有令人信服的論證，足以「反對」這個觀點呢？

　　反對絕對道德規則的主要論證，訴求的是衝突案例
的可能性。假設人們主張任何一種情況下，A行為都絕對
是錯的，又主張任何情況下，B行為也都是錯的，那麼當
一個人面臨必須在A行為和B行為之間抉擇，而別無其他
選項時，該怎麼辦？這種衝突案例，顯示主張道德規則
具有絕對性，在邏輯上似乎不能成立。

　　有沒有什麼方法可以應付這種反對意見呢？方法
之一是主張這種衝突案例從未真實存在過。彼得・葛曲
(Peter Geach)即是採取這種看法，並訴諸「上帝的眷顧」
(God's providence)。他指出，我們可以描述一些假想情

境，而在這些情境中，我們無法避免違反絕對規則，可是在真實生活裡，上帝不會允許這類情況發生。在《上帝與靈魂》(*God and the Soul*, 1969)這本書裡，葛曲寫道：

> 「假設在若干情況下，遵守神聖法則（例如禁止說謊）涉及違反其他絕對而神聖的禁令時，該怎麼辦呢？」——如果上帝是理性的，絕不會諭令不可能的事；假如上帝以眷顧的心來掌理一切，祂將確保人們必須在種種被禁止的行為之間作出抉擇的無辜情境不會發生。當然這種情境（在其描述裡必然包含著認定其「無解」的語句）是可以邏輯一致地加以敘述的；可是在上帝的眷顧之下，這種情形絕不會真的發生。相信上帝存在，確實能改變人的遭遇，而這一點，和那些無信仰者經常有的說法正好相反。

這種情形是不是會真實發生呢？無疑的，重要道德規則確實有相衝突的時候。二次世界大戰期間，荷蘭漁夫協助猶太難民偷渡到英國，裝載難民的漁船有時會被納粹巡邏船艦攔檢，納粹船長會大聲叫喊，詢問荷蘭船長要開去哪裡？誰在船上？等等之類的問題。漁夫們總是說謊，以求通關。很明顯地，漁夫們只有兩個選擇：說謊，或者讓他們的旅客（還有他們自己）被捕並被殺害。並不存在第三種可能性（例如保持沉默，或者快速逃逸躲過納粹的追捕）。

如果「說謊是錯的」和「助人追殺無辜者是錯的」這兩個規則都是絕對的，為何荷蘭漁夫必須在這兩種行

為之中，擇一而行；可見認為這兩種行為都應該絕對禁
止的道德觀點是不融貫的。當然，如果主張這兩個規則
之中，至少有一個不是絕對的，就可以避免這個難題。
可是，能不能每次都用這種方式來解決規則衝突的情
況，頗有疑問。另外，從最基本的角度來看，也很難理
解為何有些重要的道德規則是絕對的，但另一些卻不
是。

9. 5. 再次檢視康德的基本觀點

在《倫理學簡史》(*A Short History of Ethics*, 1966)一
書中，亞雷斯戴爾‧麥金泰(Alasdair MacIntyre)指出，
「許多人從來沒聽說過哲學是什麼，更別說是康德學
說，對這些人來說，道德大約和康德所描述的沒有什麼
兩樣」──換言之，道德是不論個人期望或欲求為何，
皆必須基於義務感而去執行的一套規則系統。然而在另
一方面，現代哲學家卻少有人願意為康德倫理學的核心
觀念（即定言令式）辯護。誠如我們所見，定言令式面
臨嚴重問題，而且這個問題或許是無法克服的。雖然如
此，輕易而快速地放棄康德的原則，卻可能是錯的。即
使我們不能接受康德對定言令式的描述方式，可是定言
令式的基本觀念中有些是不是可以接受的呢？我相信
有，而且這個觀念的力量，至少是構成康德哲學之強大
影響力的一部份。

前已指出，康德認為定言令式對理性主體的約束力
完全來自理性特質──換言之，不接受這個原則的人，
不僅不道德，也不理性。這是一個很能激起人注意的觀

念，它認為一個道德良善的人在其思想行為上，既要受道德也要受理性的約束。可是這究竟代表什麼意義呢？拒絕定言令式有什麼不理性的呢？

這個觀念的基本想法是，道德判斷必須根據良好理由——假如你應該（或不應該）如此這般的判斷為真，則你應該（或不應該）如此這般必定有其理由。例如，你可能認為自己不應該在森林縱火，因為這樣會摧毀別人的性命財產。就此案例而言，康德式的解釋將透過下述原則來進行：**假如你在某一案例中，接納若干考量，並以之為行為判斷的理由，那麼在別的案例中，你也必須接受這些理由。**假如在別的案例中，也會出現毀人性命財產的情形，那麼你也必須以此考量作為決定的理由。如果你說自己只是有時接受某些理由，但不是所有時候都接受，這樣是行不通的；又或是你認為別人必須尊重這些理由，而你不必，如此也不能言之成理。道德理由如果是有效的，就應該對所有人、在所有時間都具有約束力。這是邏輯一致的要求；而康德認為理性的人不能否認這個原則，乃是正確的。

前述即是影響力強大的「康德觀念」(the Kantian idea)——或者我應該說它是影響力強大的康德觀念之一。這個觀念有幾個重要的蘊義。它意味從道德的角度觀之，任何人都不能將自己看作是特例：如果一個人認為，自己可以做別人不准做的事，或者自己的利益比別人的利益重要，這些都是邏輯不一致的想法。誠如某位評論家所言，一個人不能認為自己可以喝別人的啤酒，可是當別人喝他的啤酒時，他卻抱怨起來。其次，這個觀念意味著我們的行為，必須接受一些理性規範：或

許我們想要做某件事，例如喝某人的啤酒，但也同時意
會到在這件事情上，自己不可能保持邏輯一致，因為如
果我們這樣做，將代表我們接受這個人可以喝我們的啤
酒，可是這並不是我們願意的。即使康德不是第一個理
解這個觀念的人，他至少也是使這個觀念成為一套縝密
道德系統之基石的第一人。而這正是康德的偉大貢獻。

可是康德更進一步主張，邏輯一致性要求我們遵循
毫無例外的規則。他的基本觀念會將他推往這個方向，
實在不難理解；只是這額外的一步是不必要的，踏出這
一步，使他的理論從此陷入麻煩。即使在康德式的理論
架構下，也沒有必要將規則當作是絕對的。依照康德的
原始基本觀念，我們只要在違反一個規則時，提出理
由，同時我們也願意任何人處在我們的情境下時，都採
用這個理由即可。以「問路的追殺者案例」而言，上述
說法意味著我們可以違反不說謊的規則，只要我們願意
任何人處在相同情境時，都採取相同做法。而這是我們
絕大多數人都會願意的。

無疑地，杜魯門想必認為，任何人處在他的情境
下，都有理由決定投擲原子彈。所以，如果杜魯門是錯
的，依據康德的論證，將無法證明。相對的，有的人之
所以認為杜魯門是錯的，乃是因為除了投擲原子彈，還
有其他可用選項，而且這些選項可以產生更好的結果——
例如，許多人主張，杜魯門應該經由談判，提出日本人
可以接受的條件，如此就可達到結束戰爭的目的。雖然
如此，我們仍然必須分清，認為「談判比較好，因為談
判能產生較好結果」，和認為「杜魯門的作為違反絕對
規則」，這兩種主張在性質上是非常不同的。

129

第*10*章

康德與敬人

有誰能不讚頌人類呢?

> 喬凡尼・米蘭杜拉,〈論人類尊嚴〉
> (Giovanni P. D. **Mirandola**, *Oration on Dignity*
> *of Man*, 1486)

10. 1. 人類尊嚴觀

　　康德認為人類在萬物之中,具有特殊地位。當然
這樣想的,並不是只有康德一人,事實上這是個古老的
想法:從遠古時代,人類就自認為和其他物種有著本質
上的不同——而且不僅不同,還更優越。人類一向自命
不凡,而康德當然也認為人類是了不起的。依康德的觀
點,人類具有「內在價值,亦即尊嚴」,而這使得人類

的價值「無可估量」(above all price)。相對的，其他動物
的價值只顯現在服務人類目的之上。在《倫理學演說集》
(*Lectures on Ethics*, 1779)裡，康德寫道：

> 對於動物，我們並無直接義務(direct duties)。
> 動物……的存在只是作為達成目的之工具。而那目
> 的，即是人類。

所以，我們可以任意利用動物。我們甚至沒有避免虐待
動物的「直接義務」。康德承認虐待動物可能是錯的，
但是錯誤的理由，不在動物會受到傷害，而在人類可
能間接受害，因為「對動物殘忍者，對人類也會鐵石心
腸」。因此，依康德之見，一般動物毫無道德重要性。
不過，人類就完全不同了。康德主張，我們永遠不可
以「利用」人來作為達成目的之工具，他甚至認為這是
道德的最高法則。

131　　　和若干其他哲學家類似的是，康德也相信道德可以
歸結到一個至高的原則，而我們的一切責任和義務，即
導源於此。他稱這個原則為「定言令式」。在《道德的
形上學基礎》一書中，他將定言令式表述如下：

> 你的行為所依循的，只能是你願意它成為普遍
> 法則的那種格律。

不過，康德還為定言令式創了第二種公式，在同一著作
稍後的地方，他說至高道德原則或可理解為：

> 無論是自己或別人的人性，永遠要以目的待

之，絕不能視之為純粹工具。

自從康德提出這個看法，學者們就一直思索，為何康德會認為這兩個規則是相同的。它們似乎表達了不同的道德想法。究竟它們是如康德明顯相信的那樣，是同一基本觀念的兩個不同說法，或者實際上是不同的觀念呢？我們將不停留在這個問題的思考上，而要把焦點集中在康德的一個信念，亦即道德要求我們對待人時，永遠要以目的待之，絕不能視之為純粹工具。這個說法，究竟代表什麼意義？我們為什麼應該認為它是正確的呢？

首先，因為人類有欲求和目標，別的事物對於他們之所以有價值，乃在這些事物有助於達成和前述欲求或目標相關的計畫。一般「物類」（此所謂物類包括人類以外的動物，康德認為這些動物無法擁有自主的欲求和目標）的價值，僅表現其作為達成目的之工具，而人類的目的正是「賦予」它們價值之所在。因此假如你想成為一名更為傑出的棋手，指導棋藝的書對你而言就具有價值；但脫離這個目的，棋譜就毫無價值了。或者你想四處旅遊，這時車子對你就有價值；可是如果沒有這種欲求，車子的價值就消失了。

第二，同時也是更重要的一點是，人類擁有「內在價值，亦即尊嚴」，因為他們是「理性主體」(rational agents)，亦即是有能力為自己做決定、立目標、並以理性來指導行為的自由主體。因為道德法則是理性法則，理性的存在體即是道德法則本身的具現。道德之善的唯一存在方式是，理性存在體理解他們所應為的，並出於義務感而執行之。這是康德認定為唯一具有「道德價值」

(moral worth)的事物。所以如果沒有理性存在體，道德將會在這世界消失無踪。

因此，將道德存在體當成只是各類有價值事物之一類的作法，是不合理的。一般「物類」因為對道德存在體有價值，才成為有價值的事物，而道德存在體的良善正直行為本身，即具有道德價值。於是康德下結論指出，道德存在體的價值是絕對的好，其價值不能和其他物類的價值相提並論。

假若理性存在體的價值「無可估量」，那麼對於他們，我們當然「永遠要以目的待之，絕不能視之為純粹工具」。就最表層的意義來看，這代表我們對他人的利益負有直接義務；我們必須盡力提升他們的福祉；我們必須尊重他們的權利、避免傷害他們，並且全面地「努力，竭盡一切可能地增進他們的目的」。

不過康德的觀念還有一個更為深刻的蘊義。我們在此所探討的是理性存在體，而「待他們如目的本身」(treating them as ends-in-themselves)代表尊重他們的理性。因此，我們永遠都不可以操控別人，或利用別人來達成自己的目的，不論這些目的有多麼好。康德提出一個例子來解釋這個觀點，這個例子類似他解釋定言令式的第一個版本時所用的例子：假設你需要錢，而且你想借貸，可是你知道自己無力償還，在絕望的情境之下，你想假裝承諾還錢，以便騙得某個朋友把錢借給你，你可以這樣做嗎？或者這筆錢是要用在好的目的上──這個目的是如此之好，以致你可以說服自己說謊是理由充分的。可是假如你對朋友說謊，你便是純粹在操控他，

並且利用他「作為工具」。

另一方面，如何才像是把你的朋友當作「目的本身」呢？假如你說實話，告訴朋友這筆錢要用在好的目的上，只是你無力償還借貸。如此一來，你的朋友將可以自己決定是否把錢借給你。他可以運用理性能力，參考自己的價值和期望，最後作出一個自由、自主的選擇。假如他決定提供金錢來實現你所說的那個目的，他就是選擇將那個目的變成他自己的目的。在這種情形下，你便不是把他當作達成你的目的之工具，因為現在這個目的也成了他的目的了。這就是康德的意思，當他說，「理性存在體……必須永遠被尊敬為目的本身，亦即只被當作必定能在行動中負載目的之存在體。」

康德的人類尊嚴觀並不容易掌握；它大概是本書討論的觀念之中，最為困難的一個，我們需要尋找一個方式來將它呈現得更為清楚一些，為了做到這點，我們選擇詳盡討論有關這個觀念最為重要的應用實例之一。這或許會比枯燥地討論理論要好一些。康德相信，如果我們認真看待人類尊嚴的觀念，將會對刑罰產生全新而富啟發性的理解。本章以下篇幅，將集中在刑罰的討論上。

10. 2. 懲罰理論的報應和效益元素

邊沁這位偉大的效益論者說，「一切懲罰皆為惡意；所有懲罰根本上都是邪惡的。」這句話的意思是，懲罰不論以剝奪人的自由（監禁）、沒收人的財產（罰款），甚或取人性命（死刑）的方式為之，總是包含著

惡劣對待人的行為。既然這些行為都是惡的，就需要有正當的理由才能夠執行。在什麼情況下，如此對待人才算正當呢？

傳統的觀念認為，懲罰之所以有正當性，乃在它是「報復」(playing back)罪犯惡行的一種方式。犯罪者（如偷人錢財或攻擊人）理當以惡劣的對待回報之，這基本上是正義的問題：假如一個人傷害別人，正義將要求這個人也要被傷害。古諺有言：「以眼還眼，以牙還牙。」

前述看法，即是所謂「報應主義」(Retributivism)。在邊沁的觀念中，報應主義是個完全無法令人滿意的觀念，因為它提倡施加痛苦，而不考慮任何快樂的補償。報應主義不僅不能減少，反而可能增加世上的痛苦。而這並不是報應主義的「隱藏」意涵。康德是個報應主義者，不僅完全了解這個意涵，甚至公開擁抱它。在《實踐理性批判》(*The Critique of Practical Reason*,1788)一書中，他寫道：

> 樂在擾亂和冒犯和平百姓的人，最起碼應該被好好鞭打一頓，這當然是一種惡意對待，不過每個人都同意這樣做，也覺得這樣是對的，即便這麼做沒有什麼好的結果產生也無所謂。

因此懲罰人可能增加世上的痛苦；但根據康德的說法，那是可以接受的，因為增加的額外痛苦是由罪犯來承受的，畢竟，他們罪有應得。

效益論則採取非常不同的取向。根據效益論，我們的義務是在增加世界的快樂。就其表面而言，懲罰是

「一種惡」，因為它使某人（被懲罰者）不快樂。邊沁說，「假如我們終究應該承認懲罰的必要性，則我們對懲罰的承認，應當依其排除其他更大罪惡的程度而定。」換句話說，唯獨懲罰所產生的好處大過罪惡時，懲罰才有正當性。

依目前為止的討論，對效益論而言，問題在於懲罰罪犯是否能達到什麼好的目的，而不能只是要使罪犯受苦。對於這個問題，效益論者在傳統上持肯定的答案。他們認為懲罰犯法者，可以在兩方面造福社會。

首先，懲罰罪犯有助防止犯罪，至少可以降低社會上的違法活動。那些容易產生不良行為者，如果知道自己的行為將受懲罰，其惡行就可被遏止。當然，懲罰的威脅力量並不一定總是有效，有時，人們就是會犯法。不過，如果有懲罰作為恫嚇，不良惡行將會「比較少」。想像一下，如果警察沒有整備好，以便隨時可以逮捕小偷；那麼不認為偷竊案將因而暴增的人，就是無藥可救的浪漫派。因為犯罪行為造成受害者的不快樂，藉由防止犯罪，就是防止不快樂的發生──事實上，懲罰所防止的不快樂，無疑遠遠超出其製造的不快樂。如此，懲罰對於快樂的量是有淨增值的，所以效益論者認為懲罰是合理正當的。

其次，一套設計完善的懲罰系統，可能對犯錯者產生感化矯正作用。犯罪者通常有情緒困擾，難以在社會上良好地待人處世。他們的教育常是不好的，而且無法保住長久的工作。有了這個了解，我們對犯罪的反應方式，為何不改採打擊犯罪根源呢？假如一個人破壞社會規範，他對社會而言，就是一個危險；為了移除這個

危險，首先我們或許可以將他監禁起來，但在監禁場所
裡，應當運用適當的心理治療、教育學習或職業訓練等
等方式，來解決犯人遭遇的問題。假如回到社會之後，
他能夠成為具有建設性的公民，而非罪犯，那麼對他或
社會而言都是好的。

這種思維形式的邏輯結論是，我們應該放棄懲罰的
觀念，而以較為人性化的治療觀代替之。著名心理學家
卡爾‧曼寧格(Karl Menninger)在1995年的一篇文章中，
就得到這樣的結論：

> 我們作為社會的主體，必須採取行動結束犯罪
> 者愚蠢地將他自己和我們一起拖進以牙還牙的模式
> 中。我們不會像罪犯那樣，被驅迫著做出一些瘋狂
> 而衝動的行為。有知識就有力量，有力量就不必訴
> 諸舊式刑罰所採用的恐怖報復手段。取而代之的應
> 該是用來感化、矯正行為失調者的一套溫和、尊嚴
> 而具治療效果的方案，盡可能在治療過程落實保護
> 社會的作用，並儘快導引行為失調者，使他再度成
> 為有用的公民。

在英美法律界過去這一世紀中，前述效益觀具有主
宰作用，而今效益論者的懲罰觀仍被普遍認定為正統。
監獄在過往只是個囚禁的地方，如今已經重新設計（至
少在理論上是如此），變成感化矯正中心，配制完善，
設有心理學家、圖書館、教育計畫和職業訓練。人們在
思維上的巨大轉變，使得監獄一詞不再受到歡迎；較受
歡迎的專有名詞是矯正機構(correctional facility)，而在

這些地方工作的人則被稱為矯正員(corrections officers)。須注意採用新的詞語所包含的意思 —— 被收容人在機構裡頭不是要接受「處罰」，而是要接受「矯正」。事實上，監獄至今仍然是個殘酷的場所，而矯正計畫也多半令人失望地失敗了。雖然如此，那些計畫在設想上是要產生矯正作用的。所以效益論者在思想上可謂取得完全勝利。

10.3. 康德的報應主義

136

和所有正統一般，效益論的懲罰觀也激起反對聲浪。大多數反對意見在性質上都涉及實際層面；它們指出矯正計畫雖然付出許多心血，卻沒有顯著成效。例如，加州是最盡力於「矯正」罪犯的地方；然而，加州罪犯的再犯率卻比其他大多數州還高。而有的反對意見，也植基於純理論的思想，這類思想最起碼可以回溯到康德的觀點。

康德發誓棄絕「包藏禍心的效益論」，因為他認為這個理論有違人類尊嚴。首先，它要求我們計算如何利用人作為達成目的之工具，這是不可接受的。假如我們監禁罪犯的目的是在確保社會的福祉，那麼我們只是利用監禁罪犯來滿足其他人的利益。這違反了一個基本規則，亦即「人永遠不該被用作達成別人目的之純粹工具」。

再者，「矯正」的目的表面看來雖然高貴，實則無異於將人塑造成我們所認定的樣貌。如此一來就侵犯了他們作為自律者，想自我決定要成為什麼樣的人的權利。我們確實有權對他們的惡行給予「報應性的回擊」，但我

們無權操縱他們的人格，這侵犯了他們作為人的完整性。

　　因此，康德絕不肯接受對於懲罰的任何效益論式證成。他主張懲罰應依循兩個原則。首先，人們唯獨犯罪時（別無其他理由），才應當受罰：

> 　　刑罰的執行，不應只是為了作為提升別種好處的工具，無論這種好處是針對犯人自身或社會而言皆然；相對的，刑罰的執行必須永遠導源於受罰者犯了罪。

其次，康德強調處罰罪犯時，輕重應與罪行的嚴重程度成正比(proportionately)。對於小罪，給予小小的懲罰也許就足夠，但是對於大罪，重罰卻是必須的：

> 　　公共正義在懲罰上，應採取何種形式和方法以作為原則和標準呢？原則唯獨公平(equality)一項，據此，正義天平的指針，在結構上將不傾向任何一方……如此我們可以說：「假如你毀謗別人，就是毀謗自己；假如你偷了別人的東西，就是偷了自己的東西；假如你攻擊別人，就是攻擊自己；假如你殺害別人，就是殺害自己。」唯獨這個原則才能確實分配公正刑罰該有的質與量。

這裡所描述的第二項原則使康德無可避免地支持死刑；因為要回應謀殺，只有死刑才是夠嚴厲的懲罰。在一段聲名狼藉的文字段落裡，康德說：

> 　　即便一個文明社會在其全體成員的同意之下，

137

決心解散——人人都像獨居在一座島嶼上，孤立地
散居於世界各地——在解散之前，應該處決還關在
監獄裡的每一位謀殺犯。做到這點，才能讓每個人
了解行為應有的回報，同時謀殺的罪惡也才不會遺
留在人們身上；因為如果不這樣做，就是公然違反
正義，而人們也將因此被視為謀殺者的共犯。

值得注意的是，效益論違反了康德在此提出的兩項
原則。在效益論的基本觀念中，根本不限制懲罰僅及於
有罪之人，也不限制懲罰的量應是犯罪者所應得的。假
如懲罰的目的是如效益論所言，在於確保大眾福祉，那
麼有時「懲罰」沒有犯罪的人，可能有益大眾福祉。相
似的，過度處罰犯罪者也可能對大眾福祉有所助益——
較嚴屬的懲罰可能產生較高的嚇阻作用。可是就表面而
言，這兩種作法都違反正義，也是報應主義不允許的。

目前為止，康德的兩個原則並不構成鼓勵或證成懲
罰的論證，它們只是描述執行懲罰時的公正規範；只有
犯罪者可以被懲罰，而被懲罰者所受的傷害應該和他對
別人的傷害成正比。我們還需要額外的論證，以便說明
採用這種方式所設想的懲罰措施，在道德上是好的。我
們已經指出，康德把懲罰當作一種關乎正義的事。他主
張，假如犯罪者沒有被懲罰，正義就無法實現。這是他
提出的一個論證。但康德還提出另外一個論證，這個論
證植基於待人如「目的本身」的觀念，而康德對報應主
義最獨特的理論貢獻，正表現在這個論證。

在表面上，看似不可能將懲罰一個人描述成「尊敬
他是個人」(respecting him as a person)或者「待他如目的

138

本身」(treating him as an end-in-himself)。剝奪一個人的
自由，將人送進監獄，怎麼可能是「尊敬」他的一種方
式？然而，這正是康德的想法。更加弔詭的是，他暗示
處決某人，正是把他當成「目的」的方式之一。這是如
何可能呢？

記得對康德來說，待人如「目的本身」代表將他看
作一個理性的存在體。因此我們必須問，待人如理性存
在體的意義究竟為何？一個理性存在體有能力思考自己
的行為，可以依據其認為的最佳選項，來自由地決定要
怎麼做。正因為他擁有這些能力，所以理性存在體要為
其行為負責。

我們必須記住下列兩者的差異：

1. 待人如一個能負責任的存在體

以及

2. 待人如一個無法為其行為負責任的存在體

一般動物缺乏理性，不必為自己的行為負責；精
神病患無法控制自己，也不必負行為責任。在這類情境
中「要求他們負責」是荒謬的。我無法適切地感激或憎
恨他們，因為他們對於自己所造成的善或惡，根本無法
負責。再者，我們也無法期待他們理解我們對待他們的
方式理由何在，就如同他們無法理解自己的行為理由何
在一般。所以，我們和他們互動時，不得不採取操控的
方式，而不是把他們當作自主的個體。例如，當一隻狗
在地毯上排尿時，我們可能打牠屁股，這麼做是為了預
防牠再度產生那樣的行為；而我們也只是試著「訓練」

牠。我們無法和牠說話，即便我們想要這麼做，也是不可能的。同樣的道理也適用於發狂的心理病患。

另一方面，理性存在體可以在行為上作主，所以必須為自己的所作所為負責。對於他們的善行，我們可能覺得感激，對於他們的惡行，我們則感到痛恨。酬謝和懲罰——而非「訓練」或其他操縱——才是表現這種感激和痛恨的自然反應。因此懲罰人們時，我們乃是在課徵他們的行為責任，這種責任是一般動物無法擔負的。我們對於他們的回應方式，顯示我們沒有把他們當作「生病」或者無力自我控制的人，而是有能力自由選擇行惡的人。

更進一步說，面對有行為負責能力的主體，我們至少可以部分依照他們的行為來決定該如何對他們作出回應。假如某人對你友善，你可以回報以慷慨；假如有人邪惡地待你，你可以把這個因素考慮在內，然後決定如何回應。而你有什麼理由不該這樣做呢？為什麼無論「別人」選擇如何待你，你都應該要對他們一視同仁？

康德為最後這個論點，提出一個傑出的詮釋。在他的觀念中，依據「種類」(in kind)來對待別人，有其深刻的邏輯理由。定言令式的第一個公式在這裡可以派上用場。當我們決定採取一個行為時，我們實則宣稱希冀自己的行為成為一個「普遍法則」。因此，當一個理性存在體決定以某種方式來對待人們時，即是宣稱在他的判斷之中，那就是待人該有的方式。所以，要是我們以相同方式來回應他，我們的作為將不過是**依照他所決定的**待人該有的方式來對待他。假如他惡待別人，我們也惡

待他，如此我們只不過是順從他的決定罷了（當然如果他善待人，那麼我們善待他，也是在順從他的選擇）。我們允許由他來決定我們將如何對待他，顯然我們是尊重他的決定的，因為我們容許由他的決定來左右我們如何對待他。所以康德說，罪犯「自己以惡行引來懲罰」。

　　康德將懲罰和待人如理性存在體的觀念聯結起來的做法，給予報應主義新的深度。我們最終對這個理論的評價，將依我們如何看待康德所指出的幾個重大問題而定──換言之，取決於我們如何看待犯罪的性質，以及如何看待罪犯。假如罪犯是如曼寧格所稱具有「失調的人格」(disorganized personalities)、無法控制「瘋狂而衝動之行為的驅迫」，那麼治療模式無疑地將比康德的強硬態度更有吸引力。事實上，康德本人都會主張，如果罪犯是沒有能力負責的行為主體，憎恨其行為並「懲罰」他們，將是沒有意義的。可是如果我們認為罪犯具有行為負責能力，沒有任何藉口足以卸責，亦即他們在缺乏理性而可令人接受之理由的情況下，仍然執意侵犯別人的權利，那麼康德式的報應主義，將對我們持續發揮較強的說服力量。

第*11*章

社會契約論

使人傾向於和平的熱情，實則源於死亡恐懼、對舒
適生活所需物品的欲求，以及辛勤努力以得到這一
切的願望。而理性則提出人人可以同意，且方便易
行的和平條款；這些條款在其他情境下，也被稱為
自然律。

> 湯瑪斯·霍布斯，《巨靈論》(Thomas
> Hobbes, *Leviathan*,1651)

11.1. 霍布斯的論證

假定我們拋開一切有關道德的傳統基礎，首先，放
棄有個命令和獎勵我們行善的上帝；其次，反對萬事萬
物之中有所謂「道德事實」(*moral facts*)，那麼，道德將

從何處而來？假如我們不能訴諸上帝、道德事實或利他的本性，道德還有什麼基礎可以依靠呢？

湯瑪斯・霍布斯這位英國十七世紀最偉大的哲學家，試圖證明道德不必依賴前述那些東西，相對的，道德應當被理解為自利的人們遭遇實踐問題時的解方。我們都想盡可能舒適地過活；可是如果沒有和平而合作的社會秩序，任何人都不可能蓬勃發展。另外，如果沒有規則，和平而合作的社會秩序也不可能。因此，道德規則不過是我們從社會生活中得利的必要規則罷了。依此，上帝、利他主義或「道德事實」皆非理解倫理學的關鍵。

霍布斯首先問的一個問題是，如果沒有社會規則，也沒有大家共同接受的機制來確保這些規則的執行，那麼社會將變成什麼狀態？試想如果我們生活在沒有政府的情境——法律、警察和法院都不存在，大家想做什麼都可以，在這種霍布斯所謂的自然狀態(the state of nature)下，社會將變成什麼模樣？

霍布斯認為如果這樣，將是非常悲慘的。在《巨靈論》裡，他指出在這種狀態下

> 產業無法發展，因為成果難以確定。其後果是：無人耕作、航行或使用舶來品；沒有寬敞舒適的宅第；缺乏工具來移動或搬遷重物；不識地理；不知時間；沒有藝術、文字或社會；最悲慘的是不斷面臨恐懼和暴力的威脅；人的生命孤獨、貧困、卑劣、殘酷而短促。

為什麼會這麼糟呢？並不是因為人性惡劣，而是人類生命處境中的四個基本事實所造成的：

- 首先是需求相等(equality of need)的事實。我們每一個人都需要一些相同的基本物品才能生存——食物、衣服、居住場所。雖然我們有些需求互不相同（糖尿病患者需要胰島素，別人則沒有這樣的需求），但基本上是類似的。

- 其次，是資源不足(scarcity)的事實。我們並不是生活在伊甸園裡，在那兒，牛奶奔湧如溪流，樹上結實纍纍。真實世界則是個艱苦而不友善的地方，在這兒，我們所需要的生存物資並不充裕，必須辛勤製造以求補充，即便如此，還是經常不足以供給每一個人。

- 假如必要物資不足以供應每一個人，誰能得到這些物資呢？既然我們每個人都想活下去，而且盡量過著最好的生活，因此人人都希望在可能範圍內求取最多。可是面對一樣渴望這些稀有物資的其他人，我們能夠勝出嗎？霍布斯認為不可能，這是基於人類處境的第三個事實，亦即人類能力基本上是平等的(the essential equality of human power)。沒有任何一個人的力量和才智，足以使他無限地超越別人。當然，有人確實比別人更聰明和更強壯；但即使是最強壯的人，遇到其他人聯合起來對抗他時，仍會被擊倒。

- 假如我們不能以己力勝出，還有別的希望嗎？例

143

如，我們可以依賴慈愛或善意來幫助我們嗎？這是行不通的。有關人類處境的第四項也是最後一項事實，乃是人類**有限的利他心**(limited altruism)。即便人類不是完全自私，他們畢竟非常關心自己；我們不可能假定，每當我們的重要利益和他們相衝突的時候，他們都將退讓。

當我們把這些事實都考慮進來，將會浮現一幅嚴峻的畫面。我們都需要同樣的基本物資，但這些物資卻不足分配，因此競爭在所難免，可是沒有人具有在這場競爭中絕對勝出的條件，而且也沒有人（或者幾乎沒有人）願意為別人而放棄自我需求的滿足。最終結果就是如霍布斯所言「隨時處在以一人對抗全體的戰鬥之中」的狀態；而這是無人能夠打勝的戰役。理性而想生存的人，會努力取得他所需要的，並且時時防備別人為了奪取物資而進行的攻擊，在此同時，別的人也是做著同樣的事。這是為何說自然狀態下的生活無法忍受的原因。

霍布斯並不認為這只是一種空想，他指出，這種狀態正如內戰爆發，政府傾頹時的真實景象。這時人們開始絕望地囤積食物、武裝自己，並且將住所四周封鎖起來。（如果明天一早醒來，你發現因為某個重大災難，政府崩潰，法律、警察和法院都不再運作，這時你將如何？）再者，世界上的各個國家也沒有任何有意義的國際法，他們之間的關係就像「自然狀態」之下的個人，而且他們時時威脅著對方，每個國家都重裝武備，不可信任。

很明顯地，要脫離自然狀態，勢必要建立一種方

式，使人們之間可以相互合作。在穩定而互助的社會中，重要物資可以增加，並且足夠分配給所有的人。可是要做到這點有兩個條件：首先，必須確定人們**不互相傷害**(not harm one another)——人們必須能在免於攻擊、偷竊或背叛之恐懼的情形下，相互合作；其次，人們必須能夠仰賴別人**信守合約**(keep their agreements)。只有這樣，分工才有可能。例如有人把心力用在種植蔬菜，有人用在照顧病患，有人則專心於建造屋宇，如此相互期待分享對方所創造出的利益，而在這合作鏈上的每個人，都必須能安心依賴別人如預期般地執行工作。

144

　　一旦這些保證能夠齊備，社會就能發展，而社會之中的每個人都會比生活在自然狀態時過得還要好。社會裡將會有「舶來品、寬敞舒適的宅第、藝術、文字」以及其他諸如此類的文明產物。可是霍布斯還提出他的理論中的一個主要論點，亦即前述那些優點要能順利創生，必須先建立政府；因為政府創立，有了法律、警察、法庭等系統，才能確保人們對於遭受攻擊的擔心降到最低，並且保證人們必能信守彼此議定的契約。政府是這套設計之中不可或缺的一環。

　　因此，為了脫離自然狀態，人們必須以合同建立起規範彼此關係的規則，而且也必須以合同設立一個執行機構（亦即政府），並且賦予這個機構執行這些規則的必要權力。根據霍布斯的看法，這樣的合同是存在的，而且是這種合同使社會生活成為可能。每個公民都是建構這個合同的一份子，而這個合同就叫**社會契約**(the social contract)。

　　除了解釋國家的目的，社會契約論也說明了道德的
性質。這兩者是緊密相關的：國家的目的在強力執行社
會生活所需的最重要規則，而道德則由促進社會生活的
一切規則所構成。

　　只有在社會契約的脈絡之下，我們才能成為有益
於他者的存在體，因為契約創造了條件，使我們可以
擔負關心別人的工作。在自然狀態之下，每一個人只
能照顧自己；這時奉行「關照別人」之原則，簡直是
愚蠢之舉，因為這樣做，只會使自己的利益隨時陷入
險境。可是如果生活在社會之中，利他主義將變得可
行。社會契約解除我們「時時擔憂遭受暴力攻擊而死
的恐懼」，並使我們因而有餘力關心別人。盧梭(Jean-
Jacques Rousseau,1712-1778)這位法國思想家，是繼霍布
斯之後，最著名的社會契約論者，他甚至認為，當我們
以文明人的方式營造人我關係時，人類頓時變成**不同種
類的生物**(different kinds of creatures)。在他最著名的著作
《社會契約》(*The Social Contract*, 1762)一書中，盧梭寫
道：

145
　　　　從自然狀態進入文明狀態的過程，在人類身上
　　創造了不可思議的改變……這時，義務的呼聲取代
　　了生理本能，權利取代欲求。在此之前，人類只會
　　考慮自己，可是到了這個階段，人類要求自己以不
　　同的原則來行動，並且在順從天生傾向之前，先諮
　　詢理性……他的能力大受啟迪而巨幅成長，他的思
　　想廣泛擴展，情感變得高貴，靈魂昂揚；而若能避
　　免一個常見的現象──濫用這個新的處境，從而退

化到比原初起點更為惡劣的情形——則人類必將永
生感恩自己脫離自然狀態，進而蛻變成聰慧的人，
而非愚笨而無想像力的動物。

而「義務的呼聲」究竟要求這個新人類做些什麼
呢？它要求人類拋棄自私而自我中心的「天生傾向」，
代之以提升人人福祉的公正規則。可是人類之所以能夠
做到這點的原因，乃是因為別人也同意這樣做——這是
「契約」的核心精神。因此我們可以總結社會契約論的
道德觀如下：

**道德乃是理性的人為了彼此利益，在別人同樣
也會遵循的前提之下，所採納的一套人我相待的規
則。**

11.2. 囚徒困境

霍布斯的論證是得到社會契約論之結論的一個方
式，然而，在最近幾年，還有另一種思考路數，也令許
多哲學家印象深刻。這個思考路數和稱為「囚徒困境」
(the Prisoner's Dilemma)的一個決定理論上的問題密切相
連。囚徒困境的描述，可以採取謎題的方式；而你在閱
讀這個謎題的答案之前，不妨試試自己能不能解答。

假如你生活在一個集權社會裡，有一天，非常震驚
地，你被控謀反並且受俘入獄。警察告訴你，他們發現
你和一個叫史密斯的人正密謀反抗政府，而史密斯也落
入獄中，並被關在另一個牢房裡。偵訊員要求你認罪。

146

你抗辯聲言自己是清白的，並且說你甚至連史密斯是誰都不清楚。可是這樣的辯解徒勞無功。不久，你就瞭解到，逮捕你的人根本不在乎事實；他們為了某種理由，非起訴並入人於罪不可。他們提供你下列條件：

(1) 假如史密斯不認罪，而你認罪並且作證認定他的罪，他們就釋放你。認罪的你將得到自由，而不合作的史密斯將要被關十年。

(2) 假如史密斯認罪而你沒有認罪，情況正相反——他將得到自由，而你要被關十年。

(3) 假如你們兩個人都認罪，則你們將分別被判刑五年。

(4) 可是，如果你們都不認罪，將沒有足夠的證據將你們定罪。這時，你們兩個都會被拘留一年，而一年之後，就會被釋放。

他們告訴你，史密斯也得到相同的條件；可是你不可以和史密斯交換意見，而你也沒有辦法知道他將會怎麼做。

現在你遇到的問題如下：假設你的唯一目標是盡可能降低刑期，那麼你應該怎麼做呢？認罪或不認罪？為了達到目的，你應該忘掉尊嚴、人權等觀念，這個問題所關心的並不是這些。你也必須拋開想幫助史密斯的念頭。這個問題只關係到你自身利益的計量，你所要考慮的是：如何才能儘快自由？是認罪還是不認罪呢？

乍看之下，你會認為除非自己知道史密斯將怎麼做，否則這個問題根本無法回答。但這是個錯誤的想

法。這問題有個非常清楚的解答：不論史密斯怎麼做，你都應該認罪，理由如下：

(1) 史密斯將會認罪，或者不認罪。

(2) 假若史密斯認罪，那麼，你也認罪的話，你將被判五年刑期，可是如果你不認罪，你將被判十年徒刑。所以，假如他認罪，你也認罪將對你比較有利。

(3) 另一方面，假若史密斯不認罪，你的處境將如下：假如你認罪，你將獲釋，但如果你也不認罪，將被拘留一年。如此，很明顯的是，即便史密斯不認罪，認罪對你還是比較有利。

(4) 所以，你必須認罪。這樣的話，無論史密斯怎麼做，你都可以最快從監獄裡被釋放出來。

147

目前為止，我們的推論非常順利。可是這裡有個陷阱。要記得史密斯也被提供和你相同的條件，如果他不笨，他也會依據相同的推理過程，得到自己應該要認罪的答案。如此一來，你和他都將認罪，而這代表你們兩人都會獲判五年刑期。**可是你們兩人如果都採取相反的作法，卻只要被關一年就可以得到自由**。這就是陷阱之所在。理性地追求自我利益的結果，你們兩人得到的，卻比其他行為模式所得的還要差，而這也構成了囚徒困境。這是個弔詭的情境：假如你和史密斯同時採取違反自我利益的行動，你們都將得到更好的結果。

當然，如果你可以和史密斯討論，就能達成協議。你們可以協議一致採取不認罪的做法；那麼就可以只坐

一年牢房。合作的你們比各自獨立行動時，更能使你們兩人得利。合作雖不能使你們兩人得到最好的結果——立即自由——卻能使你們得到比不合作時，更好的結果。

然而，很重要的一點是，你們之間的任何協議，都必須能強制執行，因為如果他出賣你而認罪，而你又守信不認罪，那麼你就會被判最高刑期十年，但他卻可以立即被開釋。因此，為了使你的守信成為一種理性的做法，你必須取得他將依約行事的保證（當然他也一樣會擔心你出賣他）。唯獨具有強制效力的協議，才能使你和他免於這個兩難困局。

囚徒困境式難題的道德解方　囚徒困境並不只是個巧妙的謎題，雖然我們剛剛所描述的是虛構情節，它的型態在真實生活中卻頗常見。每當下述兩個條件齊備時，囚徒困境的處境就會出現：

1. 它是人們的利益不僅受自身行動影響，也受他人行動影響的一種情境。

2. 它也是個弔詭的情境，在此情境中，每個人各自追求自我利益之所得，將比每個人同時以違反自身利益的方式而行動時之所得，還要差。

這種情境在真實生活中出現的機率，比你想像的要大很多。

例如，想想兩種普遍生活策略之間的抉擇。第一種，只考慮自我利益的追求——在各種情境下，你只做對自己有利的事，不管別人會受到什麼影響。我們姑且將這個策略稱作「自利式行動」(acting egoistically)。另一

種策略是，你不只關心自己的利益，也關心別人的，並權衡兩者以適切行動，有時為了別人的利益，甚至可以犧牲自己。這裡讓我們將這種策略稱為「仁愛式行動」(acting benevolently)。

值得注意的是，並不只有你必須決定如何過活，其他人一樣也要選擇生活策略。於是，會出現四種可能性：首先，你是自利者，而別人是仁愛者；其次，別人是自利者，而你是仁愛者；第三。每個人都是自利者；最後，每個人都是仁愛者。在這四種可能情境中，你將會如何？如果純粹以增進自我利益的角度出發，你可能對這四種可能情境，作出如下衡量：

- 對你而言，當你是自利者，而別人是仁慈者時，最為有利。你從別人的寬宏大量中得利，卻不必回報（這種情境下的你，用決定理論的術語來說，乃是一個「搭順風車的人」）。

- 次佳的情境是，每個人都是仁愛者。在這種情況下，你不再能漠視別人的利益，但至少別人也會善待你（這是「日常道德」的處境）。

- 如果每個人都是自利者，那將是個不好的情境，但卻不是最糟的狀態。這時，你雖然不太能得到別人的協助，卻會盡全力維護自身利益（這是霍布斯所謂的「自然狀態」）。

- 最後，當你仁愛，而別人卻都是自利者時，對你最為不利。別人為了自身利益，必要時可能暗算你，可是你卻不能這麼做。如此，你每次都將是吃虧的一方（這種情況下的你，或許會被稱作「

149

笨伯」）。

這正是一種囚徒困境，而依據前述那些檢視，你應該採取自利式的行動策略：

(1) 別人可能尊重你的利益，或是不尊重你的利益。

(2) 假如別人尊重你的利益，而你不尊重別人的利益，你將得利。至少你不尊重他們的利益而可以得利時，你都能那麼做，對你將是有利的。這是最佳處境──你可以做個搭順風車的人。

(3) 假如別人不尊重你的利益，而你卻尊重他們的利益，你將是愚蠢的──這會使你陷入最差處境。這時的你，是個笨伯。

(4) 因此不論別人怎麼做，採取自利政策，對你都是有利。所以，你應當做個自利者。

現在我們來到陷阱的部份：別人當然也會如我們一樣地推論，如此一來，最後的結果將是退回霍布斯所稱的自然狀態。每個人都將是自利者，都會在有利時暗算別人，而這樣的情境，勢必比我們彼此合作時，還要糟。若欲跳脫這種兩難困境，我們必須建立具有強制執行力的協議，而這時的協議乃是在社會生活中遵循相互尊重的規則。和前述討論過的例子一樣的是，合作的選項並不能使我們得到最高利益（最高利益是我們做個自利者，而別人是仁愛者），可是比起每個人都各自追逐自我利益的選項，這個選項還是可以產生比較好的結果。以大衛‧高席爾(David Gauthier)的話來說，我們必須「透過協商求取道德」(bargain our way into morality)。如

果我們能建立起完善的約束機制，確保我們尊重別人利益時，別人也會尊重我們的利益，那麼高席爾的想法就可以落實。

11.3. 社會契約式道德的優點

誠如我們所見，社會契約論的道德觀認為，**道德乃是理性的人為了彼此利益，在別人同樣也會遵循的前提之下，所採納的一套人我相待的規則。**

這個理論的力量，主要來自於一個事實，亦即它對長期以來困惑哲學家們的一些難題，提出了簡單而合理的解答。

1. 我們勢必要遵循的道德規則是什麼？如何證成這些規則？ 社會契約論的核心觀念指出，具有道德約束作用的規則，乃是社會生活所必要的那些規則。例如，很明顯地，如果我們不能禁止謀殺、暴力攻擊、偷竊、說謊、失信這類行為，我們將無法安好地生活在一起。這些規則之所以能被證成，乃在於我們可以指出，假如人們要為彼此的利益而合作，這些規則是必須的。另一方面，有些規則，例如性交易、雞姦或淫亂性行為等的禁絕，就無法明白用這方式來證成。人們之間自願的性活動，會如何影響到社會生活呢？假如不會產生什麼影響，這種活動就在社會契約的範圍之外，而不該成為我們介入的對象。因此，有關性活動的這些規則，對於人們的約束是否正當，就比較不是那麼確定。

2. 為什麼遵循道德規則是合理的？ 我們之所以同意遵守道德規則，乃是因為生活在採行這些規則的

社會中，對我們有利。當然，有時打破這些規則，可能
有利於我們的短期利益，然而，如果說我們希望社會上
存在一種約定，這種約定容許每個人為了自我利益，隨
時都可以打破規則，這將是不合理性的。社會契約的最
大關鍵，就在我們要能**信賴**別人必定會遵守規則，除非
在極度危險的緊急狀態下，才容許有例外。只有這樣，
我們才感到安全。而我們願意嚴格遵守這些規則，乃是
為了確保別人也一樣這麼做，而付出的合理代價罷了。

　　3. 什麼情境之下，可以打破規則？ 這個問題
有些複雜。契約的核心觀念，乃是別人和我們一樣也會
遵守約定。所以當有人違反這種互惠性，他就至少在某
種程度上，解除了我們對他所應負的義務。假如某人在
明顯應當幫助你的情形下，拒絕幫助你，那麼將來如果
他需要你的協助，而你覺得沒有幫助他的義務，也就是
正當的了。

　　依同樣的基本觀點，也可以解釋為什麼懲罰違反
刑法者是可以的。我們對待違法者和一般公民的方式是
不同的——懲罰犯法者的方式，一般是不准用來對待人
們的。這是可以證成的嗎？答案可以分為兩部份。首
先，國家的目的，是在強力執行社會生活所需的那些主
要規則，假如我們要免於恐懼地生活在一起，就不能放
任個人隨意攻擊別人或偷竊財物等等行為；對違反這些
規則的人，予以懲處，乃是強制執行這些規則的唯一可
行方式，是故懲罰的存在有其必要。其次，為何懲罰是
可以准許的呢？其答案就在於罪犯違反互惠性此一基本
條件：我們之所以承認社會規則對我們的行為具有約束
力，是基於一個前提要件，亦即別人也採納這些規則來

151

約束自己的行為。因此，當罪犯違反了這些規則，而侵犯了我們時，他們也就解除了我們對待他們時，必須遵循那些規則的義務，並陷入遭受我們回擊的危險。

最後，人們還可能在某種戲劇性的情境中違反道德規則。在一般情境中，道德要求我們公正無私，亦即，不把自我利益看得比別人的利益還重要。但假如你遭遇到要在自己的生命和其他五人的生命之間抉擇時，依據公正性，你似乎必須選擇放棄自己的生命；畢竟他們有五條人命，而你只是一個人，此時你在道德上必須選擇犧牲自己嗎？

哲學家們對於這類問題，總是感到不自在；他們覺得道德對人的要求，應該是有限度的。所以，他們傳統上會稱這種自我犧牲為「超義務的」(supererogatory)——換句話說，這些行為不但高於而且超出義務的要求，雖然令人讚賞，卻不嚴格要求人去執行。假如道德要求人公正，而公正的理性判定應該犧牲一個人而非五個人，那麼為什麼該犧牲的那個人可以不受約束，而免於犧牲呢？

對於這個問題，社會契約論有一個解釋。接受社會契約論，對我們來說是理性的，因為這樣做符合我們的利益。我們拋棄不受限制的自由，換得了生活在社會之中的好處。然而，假如社會契約要求我們放棄生命，我們面對的處境就沒有比自然狀態好了。如果這樣，我們將失去遵守契約的必要。所以，對於每一個人的付出所可期待的量，是有自然限度的：我們不可能要求人作出巨大犧牲，致使他當初接受的契約不再具有任何意義。

152

社會契約論便是用這種方式，解釋了別的理論仍然無法說明的一個重要道德特徵。

　　4. 道德有客觀的基礎嗎？ 道德「事實」(fact) 存在嗎？道德判斷具有客觀的正確性嗎？哲學家們長期探索，希望了解人們的道德見解除了代表主觀的感受或社會的習俗，是否還反映別的？他們認為除了習俗和感受的因素，道德必然還包含更多的東西，但至於這東西是什麼，就難以定論了。假如道德「事實」果真存在，這些事實究竟是什麼呢？

　　社會契約論的主要吸引力之一，就在於無需冗長解釋，便能把前述憂慮，非常輕而易舉地排除。道德並不只是種習俗或感受的產物；它具有客觀基礎。但是社會契約論在解釋這個基礎的時候，並不需要預設任何一種特別的「事實」。道德是理性的人們，為了彼此利益，同意接納的一套規則。透過理性的探究，我們可以決定這套規則的內容，然後再根據這套規則來判斷個別行為在道德上是否可以接受。瞭解這點之後，有關道德之「客觀性」的憂慮也就煙消雲散了。

11. 4.　公民抗爭的問題

　　道德理論應該有助於特定道德問題的理解。社會契約論的根本，是植基於對社會之特性和制度的一個洞見，所以它也特別有助於處理那些涉及社會制度的議題。我們因為簽定了社會契約，於是負有遵守法律的義務。可是拒絕遵守法律的作法，有沒有被證成的可能呢？如果可能，什麼時候可能呢？

　　近代公民抗爭的經典例證，當屬默罕德斯・甘地(Mohandas K. Gandhi)所領導的印度獨立運動，以及馬丁・路德・金恩(Martin Luther King, Jr.)所領導的美國民權運動。兩個運動的共有特徵是以公共、有良知而非暴力的方式來拒絕服從法律，但是兩個運動的目標卻有重大差異。甘地和他的追隨者並不承認英國對印度的治理權；他們希望以完全不同的系統來取代英國的統治。相對的，金恩和他的追隨者並不質疑美國政府在各項基本制度上的正當性，他們只是反對若干他們認為不正義的法條和社會政策——事實上，由於這些法條和社會政策太過偏離正義，以致他們感到完全沒有遵循的必要。

　　在〈來自伯明罕市立監獄的信〉(*Letter from the Birmingham City Jail*, 1963)裡，金恩詳述了黑人挫折和憤怒的來源：

> 　　當你看到邪惡的暴民任意對你的父母親動用私刑，肆無忌憚地淹死你的姊妹和兄弟；當你目睹滿懷仇恨的警察，咒罵、踢打、凌虐甚至殺害你的黑人兄弟姊妹們，卻不必接受懲罰；當你望著兩千萬黑人弟兄，在這富裕的社會裡，絕大部份深陷貧困的密閉牢籠；當你詞窮語塞地試著向你六歲大的女兒解釋，為什麼她不能去剛剛電視上廣告的那個大眾遊樂園，看著她聽到遊樂園不對黑人小孩開放時，淚盈滿眶，還有那低人一等的沮喪陰影，開始扭曲她的稚嫩性格。

　　問題並不僅僅是社會習俗強制施行種族隔離，以及隨

之而來的種種罪惡；**法律**也涉及其中，法律將黑人公民
正在形成的聲音排除在外，使其不得彰顯。有的人要
求金恩透過一般民主程序來推動改革，金恩首先指出：
無數次的協商，所得的效果微乎其微；至於「民主」
(democracy)一詞，對美國南方的黑人而言，根本毫無意
義：「阿拉巴馬州(the state of Alabama)各地用盡各種心照
不宣的作法，來阻止黑人註冊為選民，「有些郡裡，黑
人雖然佔了大多數人口，卻沒有任何一個黑人登記為選
民。」因此，金恩相信黑人別無選擇，只有藉著抗拒不
公不義的法律向大眾訴求心聲。

　　今日，金恩已經成為美國歷史上普受敬重的偉人
之一，而其倡導的民權運動，也被視為一個偉大的道德
改革運動，因此需要稍費心思才能使人回憶起公民抗爭
的策略在當初是多麼富爭議性。許多自由派人士，雖然
對這個運動的目標表達同情之意，卻認為不遵守法律絕
非追求那些目標的正當手段。《紐約州律師公會期刊》
(*New York State Bar Journal*)在1965年刊出的一篇文章中，
表達了這個典型的憂慮。這篇文章的作者，路易士・華
德曼(Louis Waldman)，是位傑出的紐約律師，他先向讀
者保證道，「早在金恩博士出生之前，我就擁護全民民
權的主張，而且至今仍然不變」，接著他說：

　　　　有些人主張自己擁有憲法權，以及依憲法而立
　　定之法律所規定的那些權利，但這些人必須遵守憲
　　法及法律，憲法才有存留下去的可能。他們不能揀
　　選；不能主張只遵守那些自己認為公正的法律，而
　　拒絕遵守那些自己認為不公正的……

因此，國家不能接受金恩博士的說法，金恩宣稱他和他的追隨者要揀選法律，但他們明知道那樣做是違法的。我認為，這不僅違法，也不道德，應該予以禁止，否則對民主政府所賴以生存的原則，具有破壞作用，而對金恩博士試圖促進的民權，也是個威脅。

華德曼的論點是：假如法律系統大體上是適當的，那麼拒絕守法，就表面而言，就是一件壞事，因為這種抗爭，將減弱人們對法律所欲保護之價值的尊重。為了回應這種反對意見，那些提倡公民抗爭的人，需要提出論證，說明為何拒絕服從法律是正當的。金恩經常使用的一個論證指出，他們所對抗的罪惡無比嚴重、非常眾多，而且根深蒂固，不採取公民抗爭這種激烈的「最後手段」，便無法成功。即使手段令人遺憾，但目的可以證成手段。許多道德學家認為，這個論證已經足以回應華德曼的論點，可是社會契約論所提供的另一個回應，更為深入而健全。

首先，我們為什麼有遵守法律的義務？根據社會契約論，這是因為我們參與了一個複雜的協定，從這個協定我們得到一些利益，也相對地擔負一些責任。這些利益來自社會生活：我們脫離自然狀態，而生活在一個有法律保障安全和基本權利的社會之中。為了得到這些利益，我們同意盡自己的一份力量，來共同維護使這些利益成為可能的制度。這代表我們必須有遵守法律、繳納稅款等等作為──這些乃是我們回報所得利益，而願擔負的責任。

可是社會事務的安排方式，如果使社會上的一群

155

人，不能享有別的族群所能享有的那些權利呢？如果警
察非但不保護人，反而「滿懷仇恨，咒罵、踢打、凌
虐，甚至殺害人，而不必接受懲罰」呢？如果有些人因
為得不到適當教育和工作的機會，以致於「深陷貧困的
密閉牢籠」呢？如果人們在這些方面的權利，被廣泛而
極系統地拒絕了，我們就不得不得到一個結論，亦即社
會契約的約定沒有被尊重。因此，如果我們持續要求處
於不利地位的族群遵守法律，或者尊重社會制度，無異
要求他們在得不到社會協定所提供之好處的情形下，還
要承擔起這個協定所課求的責任。

這種思考過程告訴我們，對那些被剝奪一切社會
權利的群體而言，公民抗爭非但不是不恰當的「最後手
段」，反而是表達抗議的最自然且最合理的方式。雖然
原本他們必須支持這個使社會利益成為可能的契約，但
當他們被剝奪社會生活的公平利益時，這些被剝奪權利
的人就同時被解除了遵守契約的義務。這是證成公民抗
爭的最深刻理由，而社會契約論能把這個理由表述得如
此清晰，乃是它的一大優點。

11.5. 社會契約論的難題

社會契約論是當代道德哲學的四個主要選項之一
（其他三者是效益論、康德主義，和德行論）。社會契
約論成為主要選項之一，並不難令人理解；它以簡潔而
正式的方式，解釋了很多道德生活的理由。我們能提出
什麼來反對它嗎？下述是兩個最強的反對意見。

1. 對社會契約論最常見的批評，是指出它所根據的

156

是一種歷史虛構情節。社會契約論要求我們想像人類曾經各自孤立地生活在這世界上；而他們發現這種狀態是無法忍受的；於是最終他們聚合在一起，同意遵循對彼此都有利益的社會規則。問題是，這種情節從未真正發生過，它只是個幻想，所以能有什麼意義呢？可以確定的是，假如人們真的以這種方式聚合在一起，那麼我們就可以依照社會契約論來解釋他們彼此之間的義務：人們有義務遵守規則，因為他們簽訂了契約，協議必須這麼做。可是即便如此，還是有問題存在。我們一定還會遭遇如下的質疑：協議是在無異議的情境下簽訂的嗎？如果不是，那麼沒有簽約的人將如何——他們是不是不必遵守道德？另外，契約如果是很久以前簽訂的，我們有必要受祖先們的契約約束嗎？假如不必，那麼每一個新的世代要如何更新「契約」呢？如果有人說，「我並沒有同意要簽訂這樣的契約，我不想參與」？這又將如何呢？事實上，這種契約從來不曾存在過，所以訴諸社會契約論實在不能有效地解釋什麼。誠如一位評論家的妙語所言，社會契約「並不值那張它尚未被撰寫在上頭的紙張」。

要回應這種批評，論者可以說，我們每一個人都受一個潛在社會契約的約束。當然，我們之中沒有任何人真正簽了一個「實質」的契約——並不真正存在一紙附有簽名的合同。然而如社會契約論所描述的那種社會協議確實存在：有一套規則是社會上每一個人都承認要遵行的，而這套規則若能夠被遵循則對我們每一個人都有利。換言之，每一個人都得到這個協議所產生的好處；同時，我們不但期待而且鼓勵別人繼續遵守這套規則。

這是實況的描寫，並非虛構。再者，接受這個協議所產生的好處後，我們便有義務執行自己該盡的本分，以維繫這個協議於不墜──換句話說，這是一種互惠行為。這個契約是「潛在的」，因為我們成為契約之一份子的方式，是透過行動而非文字，亦即當我們參與社會制度並接受社會生活的利益時，就等於簽了這個契約。

所以，「社會契約」所欲描述的並不一定是歷史事件。相反的，它能成為一種有效的分析工具。這裡的基本想法是，我們可以想像道德義務是以**宛若**簽定社會契約的方式而產生的。思考如下的例子：假設你遇到一群人，他們正玩著一個精心設計的遊戲，這遊戲看起來很好玩，所以你就加入了遊戲的行列。然而，過了一段時間之後，你開始不遵守遊戲規則，因為那樣似乎更好玩。別人向你抗議；指出你如果想繼續玩，就必須遵守規則。你回答說，你從來沒有答應要遵守規則。但他們大可回應你，指出你有沒有答應遵守規則根本無關緊要。也許你沒有明白許諾要遵守規則；然而，一旦加入遊戲，每一個人就已潛在地同意遵守使這個遊戲成為可能的那些規則。亦即遊戲的參與者宛如都同意要這麼做。道德的運作方式也像這樣。在道德裡人們玩的是一種社會生活的遊戲；我們從社會生活裡得到無比的好處，而我們絕不願拋棄那些好處；但為了玩這個遊戲並得到那些好處，我們必須遵循社會規則。

我們並不清楚霍布斯和盧梭這些偉大的社會契約論者，是不是能夠接受以這種方式來為他們的觀點辯護。無論如何，這個辯護方式似乎將社會契約論，從一個具有毀滅力量的反對論證裡拯救出來。

2. 我們已經理解道德理論應該有助於實際道德問題的解決，重要的道德理論都能做到這點，只是常見的是一理論在澄清了一個問題之後，卻使另一個問題變得更加混淆不清。一個理論的主張，可能在有些問題上，顯得完全正確；但在別的問題上，其理論意義卻又完全無法令人接受，困難也於焉產生。當我們思考公民抗爭的問題時，社會契約論顯得完全正確，但在別的問題上，它的理論蘊義卻令人感到困擾不安。

依我的見解，社會契約論的第二個反對意見，要比第一個反對意見還堅強，它的論點涉及社會契約論的蘊義中，對於那些無法參與契約的存有物，人類是否負有義務的爭議。例如，人以外的動物缺乏與人類訂約（不論是正式或潛在契約）的能力。因此，牠們似乎不應該被涵蓋在契約所約定的「互惠規則」(rules of mutual benefit)之內。然而，毫無理由地折磨動物，在道德上難道不是錯的嗎？可是認為人類對**非簽約方**(not parties to the contract)也負有道德義務的觀念，顯然有違社會契約論的根本思想。所以社會契約論似乎是有缺陷的。

158

霍布斯了解這一點，依他的主張，動物不在道德考量的範圍內。他寫道，「與野獸訂定契約是不可能的事」。很明顯地，我們這裡所討論的問題並未令他感到困擾。在人類歷史上，動物從未得到人類的善良對待，在霍布斯的時代，動物所得到的尊重尤其低落。笛卡兒(Descartes)和梅樂布朗榭(Malebranche)是和霍布斯同時代的人，他們大力鼓吹動物無法知覺痛楚的觀念。對笛卡兒而言，動物因為缺乏靈魂，其身體和機械沒有兩樣；

梅樂布朗榭則認為，從神學的立場觀之，感受痛楚的能
力是亞當之罪(Adam's sin)的必然後果，因為動物並非亞
當的後裔，所以不能感受任何痛楚。無論他們的理由為
何，他們的共同觀點是，動物沒有感知痛楚的能力，因
此也就不在道德考量的範圍之內。這種觀點使得十七世
紀的科學家進行動物實驗時，完全不必擔心動物不曾存
在的「感受」。尼可拉斯・方騰(Nicholas Fontaine)是這
種現象的見證人，他在1738年出版的回憶錄裡，記載自
己參觀一個實驗室時，所見到的情景：

> 他們毫不在乎地鞭打狗，並嘲笑那些同情狗、
> 以為狗能感受痛楚的人。他們說動物挨打時發出
> 的慘叫聲，只不過像一根彈簧被敲打時，產生的噪
> 音。他們把動物的四個腳掌牢牢地釘在木板上，對
> 牠們進行活體解剖，以了解血液循環這個極為熱門
> 的議題。

假如我們有義務避免造成動物不必要的痛楚，則將
這個義務涵蓋入社會契約論可以解釋的範圍內，實在有
困難。然而許多和霍布斯觀點相類似的人，並不覺得這
一點有什麼值得擔心，因為他們認為人類對一般動物的
義務，並不是個特別迫切的問題。但還有一個類似而更
加困難的問題，會使社會契約論者躊躇再三。

許多人的心智能力嚴重損傷，根本無法參與社會契
約論所說的協商，他們當然有感受痛苦的能力，甚至可
以過簡單的人際生活，但其聰明程度，並不足以了解自
己的行為後果。他們甚至傷害了人都還不知道，因此，

我們不可能要求他們為行為負責。

　　對於社會契約論，這些人和一般動物所代表的問題是相同的。根據社會契約論，既然這些人無法參與使他們產生道德義務的協議簽訂，他們就在道德考量的範圍之外。然而，我們確實認為自己對他們負有道德義務。同時，我們對於他們負有道德義務的理由，與我們對於正常人負有的義務的理由完全相同一例如，我們不該折磨一般人，主要理由乃在於這會造成他們嚴重痛苦；而我們不該折磨心理能力受損者，理由也是如此。社會契約論可以解釋其中一個案例，但對於另一個卻無法解釋。

　　這個問題所牽涉的並不是社會契約論的支微末節；它直指社會契約論的核心。因此，除非能夠找到某種方式來克服這個困難，否則我們只有判定這個理論的基本觀念是有缺陷的。

第*12*章

女性主義和關懷倫理學

非常明顯的是，女性價值通常和另一性別所創造的
價值不同；這非常自然。可是，居於主控地位的卻
是男性價值。

維吉尼亞·吳爾芙，《自己的房間》
(Virginia Woolf, *A Room of One's Own*, 1929)

12.1. 女性和男性的倫理思考方式不同嗎？

傳統上人們經常主張女性和男性的思考方式不同，
並以此觀念來證成某一性別應當主宰另一性別。亞里斯
多德認為，女性的理性不如男性，所以女性受男性管
控，乃是自然的。康德同意這種觀點，並進一步指出，
因為這個理由，所以女性「缺乏公民特質」(lack civil

personality)，不該享有在公共事務上發聲的權利。盧梭試圖裝作不在意男女差異，強調男性和女性只是具有不同的德行；可是最後的結論卻是，男性的德行使他們適合領導，而女性的德行，則使她們適合管理家務。

在這樣的背景之下，難怪1960和1970年代的中產階級婦女運動，完全拒絕女性和男性在心理特質上有差異的想法；男人理性而女人情緒化的觀念，被駁斥為純粹的意識形態。這個運動的支持者認為，自然在不同性別之間，並未製造心理或道德上的差異；當這種差異似乎存在的時候，乃是導源於女性被一個壓迫系統制約，以致傾向「柔弱」的行為模式。

然而晚近的女性主義思想家已經重新省思這個議題，有些人認為女性確實和男性的思維方式不同，可是，他們指出，女性的思考方式並不比男性差；而這種差異並不足以證成某一性別應當宰制另一個性別。相反的，女性思考方式所產生的洞見，是男性主導的領域經常忽略的。所以，如果注重女性所開創的獨特取向，或可為陷入僵局的領域，帶來進步的可能。據稱，倫理學正是可以受益於這種策略的首要對象。

柯柏格的道德發展階段論　思考一下由教育心理學勞倫斯・柯柏格(Lawrence Kohlberg)所構思出來的一個問題。海恩茲(Heinz)的太太正瀕臨死亡，她的唯一希望是服用由一位藥劑師發明的藥物，可是藥劑師以天價來販賣這種藥品。這個藥只要二百美金的成本，卻要價二千美金。海恩茲只能籌到一千美金。他向藥劑師懇求以一千美金來買藥，卻被拒絕了，海恩茲要求賒帳，答應事

後一定還錢，藥劑師仍然不肯。在絕望的情形下，海恩茲考慮偷取藥品。如果他這麼做，是錯的嗎？

這個問題被稱為「海恩茲兩難困境」（Heinz's Dilemma），也是柯柏格研究兒童道德發展時所使用的許多問題之一。柯柏格訪談許多不同年紀的兒童，向他們提出一系列兩難問題，並根據難題問一些意在了解他們道德判斷的問題，還要求他們說明自己的判斷所依據的理由。分析兒童們的反應之後，柯柏格結論指出，道德發展共有六個階段。在初階的時候，兒童的對錯觀是自我中心式的，他們以能避免自己受罰的行為為「對」（right）。之後，兒童逐步發展，如果順利到了完全成熟的第六階段，這時觀念中所謂「對」，即是和普遍原則相符合的行為（至少，有些幸運者會發展到這個階段，可是有的人卻停滯在較低的階段）。以下是六個階段的說明：

1. 最初是「避罰和服從階段」(the Stage of Punishment and Obedience)，在這個階段中，所謂對的行為，即是服從權威和避免受罰。

2. 接著兒童來到「個人工具目的和交換階段」(the Stage of Individual Instrumental Purpose and Exchange)——在此一階段，兒童認為符合個人需求的行為即是對的，而且接受別人採取相同做法，另外，也懂得和別人訂立「公平交易」(fair deal)，以促進自我目的之達成。

3. 下一個是「互惠的人際期望與關係，以及順從階段」(the stage of Mutual Interpersonal Expectations,

Relationships, and Conformity)。這時所謂對，即是能夠滿足個人社會角色及人際關係所負之義務和責任的行為；而關鍵的德行則是「與伙伴維持忠誠和信任的關係」(keeping loyalty and true with partners)。

162

4. 在「社會制度和良心維護階段」(the stage of Social System and Conscience Maintenance)，最重要的是執行社會義務和維護團體福祉（這時個人人際關係，附從於社會團體規則之遵循）。

5. 在「先在權利和社會契約或效益階段」(the stage of Prior Rights and Social Contract or Utility)，凡能維護人類基本權利、價值與社會之法律協定的，即是對的（在這一個和下一個階段中，個人人際關係皆附從於正義的普遍原則）。

6. 最後，道德最為成熟者，可達「普遍倫理原則階段」(the stage of Universal Ethical Principles)，在此階段中，完全的道德成熟性，展現於忠誠地依循全人類皆應服從的抽象原則。

訪談者拿柯柏格的「海恩茲兩難困境」來問一個叫傑克(Jake)的十一歲男孩時，傑克回答說，海恩茲當然應該偷藥。他解釋道：

人命比錢更有價值。假如藥劑師只要價一千美金，他的生活還是可以過得去，可是如果海恩茲不偷取藥品，他的太太就沒命了。

（為什麼人命比錢還有價值？）

　　　　因為藥劑師將來可以從富有的癌症患者那兒多
賺一千美金，而海恩茲卻不可能要回自己的太太。

　　（為什麼不可能？）

　　　　因為每一個人都不相同，所以海恩茲不可能要
回自己的太太。

可是愛咪（一樣也是十一歲），卻有不同看法。對於海
恩茲該不該偷取藥品的問題，愛咪的回答比起傑克的直
率陳述，顯得猶豫而捉摸不定：

　　　　我不認為他應該那麼做。我想除了那麼做之
外，也許還有別的法子，例如他可以向人借錢或者
向銀行貸款等等，總之，他實在不該偷取藥品——
可是他的太太也不該死……假如他偷了藥，也許可
以救太太的命，但如果他真這麼做，可能要坐牢，
那麼要是他太太又生病，他將無法再度取得藥品，
這樣就糟了。所以，他們實在應該好好討論，看看
有沒有別的辦法可以解決錢的問題。

訪談人進一步追問愛咪，清楚指出她未能表現同情心——
假如海恩茲不偷藥，他的太太將會喪命。可是愛咪不肯
讓步；她拒絕接受這個問題所設定的條件。相反的，她
將問題轉化成海恩茲和藥劑師之間的衝突，而這衝突必
須透過進一步的討論來解決。

　　就柯柏格的階段而言，傑克的道德思維似乎比愛咪
超前一個或二個階段。愛咪的反應是第三階段的典型，
在那階段的人，把人際關係視為最優先——海恩茲和藥劑

163

師應當協商出一個解決之道。另一方面，傑克的道德訴求乃是超然的原則──「人命比錢還有價值」。傑克顯然是以第四階段或第五階段的方式在思考。

吉莉根的異議　柯柏格道德發展的研究始於1950年代，當時心理學以行為主義為主流，「老鼠走迷宮」的模式是心理學研究給人的普遍印象。因此柯柏格人文認知取向的研究，提示了一個研究心理學的不同途徑。可是柯柏格的核心觀念有個問題。探究人在各種年齡的不同思維方式是合理且有趣的──假如兒童在五歲、十歲和十五歲時，分別以不同方式來思維，這現象當然值得了解；另外，確認何種思維方式最好也很重要。但這兩者是不同的，前者觀察兒童的實際思維方式，後者則是不同思維方式之優劣的評價。這兩者所需要的是不同的證據，而且不能事先預設兩者所得結論會吻合。與長者們的想法相反的是，年齡的增長可能不代表智慧的增加。

　　柯柏格的理論長期以來一直是女性主義思想家的批評目標，他們以特殊的形式來提出批評。和柯柏格一樣，凱蘿·吉莉根(Carol Gilligan)也是哈佛大學教育學院的教授，她在1982年出版了一本頗有影響力的著作，該書名為《不同的聲音：心理學理論與女性發展》(*In a Different Voice*：*Psychological Theory and Woman's Development*)，在這本書裡，吉莉根特別針對柯柏格有關傑克和愛咪的看法，提出反駁意見。她說，這兩個小孩的思考方式不同，可是愛咪的思維並不是比較差的。面臨海恩茲兩難困境時，愛咪是以典型女性的方式來回應該處境之中的人際面向，然而，傑克是以類似典型男性的方式來思考，只見到「人命和財產之間的衝突，可依

邏輯演繹的方式來解決」。

只有像柯柏格那樣，假定注重依循原則的倫理，比強調親密、關懷和人際關係的倫理更為優越，我們才會判定傑克的回答顯示他的道德思維「到達較高階段」。可是我們為什麼要這樣假定呢？絕大多數道德哲學家都偏好注重原則之依循的倫理系統，但這不過是因為絕大多數道德哲學家都是男性，所以才會產生這種現象。

這種「男性思維方式」(male way of thinking)訴求的是超自然的原則，脫離使每一情境具有特殊意味的那些細節。吉莉根主張，女性比較難以忽視這些細節。愛咪擔心「假如他（海恩茲）偷了藥，也許可以救太太的命，但如果他真這麼做，可能要坐牢，那麼要是他太太又生病，他將無法再度取得藥品。」傑克則將整個情境化約成「人命比錢更有價值」，完全忽略愛咪所看到的一切。

吉莉根認為，女性的基本道德取向是關愛別人——以有人味的方式「關懷」(taking care)別人，而不只是對人類普遍一致地關心——而且願意協助別人滿足需求。這一點可以用以解釋愛咪在最初反應時，為何顯得游移不定。敏於感受別人的需求，使女性「關注自己以外的聲音，並將別人的不同觀念納為自己判斷時的參考依據」。因此愛咪無法直接了當地否定藥劑師的觀點，只能堅持海恩茲應該繼續和藥劑師溝通，以求兼顧藥劑師的立場。吉莉根指出，「女性在顯得失焦而又繁亂的判斷中，所呈現出的道德弱點，與女性極度關心人際關係和責任的道德長處，實則密不可分」。

　　　其他女性主義思想家承繼吉莉根在這一議題的探討成果，並將它發展成一種有關倫理性質的獨特觀點。1990年維吉妮雅‧黑爾德(Virginia Held)對女性主義的核心觀念提出總結：「關懷、同理心、感同身受的能力、體貼等等，比抽象理性規則或理性計算，更能指導人們在實際情境中應該如何行動才符合道德，它們至少應該是一個充分道德的必要構成元素。」

　　　在討論前述觀念對倫理和倫理學有何意義之前，或許可以先思考一下它究竟有多麼「傾向女性」？女性和男性的倫理思維方式真的不同嗎？假如真是如此，是什麼因素造成這種差異的呢？

女性和男性真的以不同方式思維嗎？　自從吉莉根的書出版之後，探討「女性聲音」的研究相當多，可是有關於男性和女性的思維方式是否不同的問題，仍然沒有定論。然而，有一件事似乎是明白的：即便男性和女性真的以不同的方式思維，差異的程度也不是很大。首先，差異只在強調的重點，而非基本價值。並不是男性完全不能理解女性的判斷，或者女性完全不懂男性的判斷理由。男性即便在有些時候需要別人的提醒，可是基本上很容易就可以理解關懷的人際關係、同理心和體貼是重要的；而且他們也會同意愛咪的觀點，亦即海恩茲兩難困境的最好解方，應該由海恩茲和藥劑師透過協商來取得（即便是最惡劣的男性，也不會認為偷竊是**最佳**的選擇）。就女性而言，她們也不太可能會反對「人命比錢更有價值」的觀念。明白地說，兩性並不是住在完全不同的道德宇宙。

　　不過，假定我們同意人們的思維存在一種差異，亦即承認有的人比較傾向於原則式的思考，而有的人則比較傾向「關懷觀點」，那麼，前一種思維形式完全屬於男性，而後一種思維形式完全屬於女性嗎？明顯不是如此。有的女性執著於原則的遵循，而有的男性則極富愛心。所以，即便有不同形式的道德思維，也沒有任何一種思維形式是完全屬於男性或女性的。

　　然而，我們不該太快就否定有所謂典型的男性和女性觀點。許多男性和女性之間的典型差異，並不適用於每一個體。例如，典型而言，女性比男性嬌小，但這不代表每一個女性都比一般男性嬌小。

　　道德思維的差異，有可能是如下的情形：在典型上女性比較傾向關懷觀點，雖然不是每位女性都比一般男性更有愛心。對許多人（包括許多女性主義作家在內）來說，這個講法似乎是合理的。不過，如果我們能夠解釋**為何**這種差異應該存在，則這個說法的合理性將會增加。為什麼女性更有關懷人的心？

如何解釋道德思維的性別差異？　有關這個問題的解答似乎有兩個可能性。女性之所以有不同的思維方式，是因為她們擔負的社會角色。傳統以來，女性一直被賦予管理家務的責任；即便這是一種性別主義的粗暴安排，不可否認的是，目前為止女性一直都扮演著這個角色。很容易理解地，一旦被分派這種責任並將之視為自己的「本分」之後，女性將傾向於接受執行這個工作所需要的那些價值。所以，關懷傾向的倫理，可能是女性經常接受的心理制約過程之下的產物。（要考驗這個說

166

法，可以看看那些在非傳統家庭成長的女孩，是否還是天生的關懷者？而接受非傳統式教養的男孩又會如何？）

前述問題的第二種解答的可能性，是認為女性和關懷倫理之間有著本質性的關連。這種關連究竟是什麼呢？既然兩性之間的明顯自然差別，在於女性是懷胎者；所以，我們可能認為，女性身為母親的本性，使她們成為自然的關懷者。即使像愛咪這種尚未有為人母之經驗的十一歲女孩，也可能天生在心理和生理上，已經具備承擔這個工作的能力。

演化心理學的理論或許可以解釋這種現象是如何在自然過程中發生作用的。演化心理學這種頗富爭議的理論，在二十世紀最後三分之一世紀裡發展出來，主張人類主要心理特徵乃是天擇的產物──人類今天所具有的情緒和行為傾向，是遠古祖先們所賴以存活和繁衍的基礎。男性和女性之所以有不同的行為和情緒反應，可能也是這個過程所造成的。

我們可以將達爾文的「生存競爭」(struggle for survival)，解釋成競相複製和自己具有相同基因之後代的歷程。任何有助於達成這個目的的特性，都會在下一代的基因裡保存下來；而那些妨害競爭的特性，將會消失。

由這個觀點出發，可發現男性和女性的重大差異，乃是男性在生殖期間，可以繁衍無數小孩，而女性則九個月才能生產一個孩子。這代表男性應當採取最大量的複製策略，但女性則不然。對男性而言，最佳策略是盡可能讓多一點女性受孕，而投資在每一幼兒的資源，則以能得到最大量存活的後代為考量基準，只做必要性的

付出。對女性而言，最佳策略是盡心照顧每一位子女，並且只選擇那些願意留在自己身邊，同時也願意和自己一樣為子女而付出的男性為伴侶。這顯然會造成男性和女性的利益衝突，而且也可解釋為何兩性會演化出不同的態度。這個理論說明我們這裡所關心的一件事，亦即為何女性比男性更能接受核心家庭所需要的價值；可是它也被惡名昭彰地用來合理化地解釋，為何在性關係上男性比女性更為雜亂。

前述的闡釋經常被誤解。它並不是說人們會刻意算計如何繁衍自己的基因；沒有人會這麼做。它也不是建議人們**應該**這樣算計；從倫理的角度來看，人們不應當如此。這個解釋只不過是嘗試說明我們所觀察到的一些現象。

12.2. 關懷倫理學對道德判斷的蘊義

並非所有女性哲學家都自許為女性主義者；也不是所有女性主義者都採取關懷倫理學。然而關懷倫理學卻最常被認定為是近代女性主義哲學的倫理觀點。誠如安娜蒂・貝爾(Annette Baier)所言，「『關懷』是個新的流行語。」

了解和檢驗一個倫理觀點的方式之一，乃在探討這個觀點可能對道德判斷產生什麼影響，同時比起其他的選擇這種影響是不是比較好。所以，假如某個人採用關懷倫理，是不是會和採行原則至上的「男性」取向，做出不同的道德判斷呢？以下有三個例子。

家庭和朋友 傳統的義務理論極不適合用於描述家人和

朋友的生活。那些理論把義務觀念視為道德的基礎——它
們說明了我們應該做的事。可是就如安娜蒂‧貝爾所觀
察到的，一旦我們把「作個慈愛的父母」當作一種義務
時，馬上會遇到問題。父母的慈愛行為，並非出於義務
動機。假如你是出於義務感而關懷自己的小孩，那將是
個災難。你的小孩將會感受到你的態度，並且了解自己
沒有得到愛。完全以實踐義務的心來執行親職的人，是
差勁的父母。

再者，義務理論普遍運用的平等和公正觀念，也和愛
與友誼的價值深刻對立。彌爾說，一個道德主體必需「絕
對公正，像個無私而仁愛的觀察者」(as strictly impartial as
a disinterested and benevolent spectator)。可是這並不是作
為父母和朋友的立場。我們並不會把家人和朋友看成只
是廣大人類的一般成員，我們認為他們是特別的，也以
特別的方式對待他們。

相對的，關懷倫理學很適用於解釋這類關係。關
懷倫理學並不把「義務」看作道德的根本；也不要求我
們一視同仁地提升每個人的福祉。相反的，它認為道德
生活是由自己和一些別的特定個體所共同構成的關係網
絡，而且把所謂「生活得好」(living well)，看作是對那些
人的關懷，滿足他們的需求，和忠誠地對待他們。

這些見解使我們對自己該怎麼行動，產生不同的判
斷。例如，即便忽略那些我有可能幫助的人，我還是可
以將所有時間和資源用來關心我的朋友和家人嗎？從公
正的角度來看，我們的責任應在公平地提升每個人的利
益，可是少有人能接受這樣的觀點。關懷倫理學肯定我

168

們自然會優先關心家人和朋友，因此似乎是個比較合理的道德觀。

關懷倫理學善於解釋我們和家人及朋友的關係，這一特點並不令人感到意外，畢竟這些關係乃是關懷倫理學的主要靈感來源。

弱勢兒童 每年都有一千萬個以上的兒童死於可以輕易防止的因素——疾病、營養不良和劣質飲用水。聯合國兒童基金會(UNICEF)這類組織努力解救這些兒童，但是他們的經費一直不足。如果能夠參予他們的工作，我們至少可以使一些兒童免於死亡。例如，我們只要捐助十七塊美元，聯合國兒童基金會就可以為一位第三世界的小孩，注射防治麻疹、小兒麻痺症、白喉、百日咳、破傷風和肺結核的疫苗。

傳統的倫理原則，如效益論，在此會得出結論，指出我們有支持聯合國兒童基金會的重大責任。其推論方式是直截了當的：我們每一個人幾乎都會把一些資源浪費在無關緊要的事情上——我們購買新潮衣服、地毯和電視，這些東西沒有一樣比為年幼小孩接種疫苗重要，因此，我們至少應該把一些資源捐贈給聯合國兒童基金會。當然如果我們要把所有細節都考慮進來，並且回應各種反對意見，這個簡單的推論必須變得更為複雜才行，不過它的基本觀念已經夠清楚了。

有人可能認為關懷倫理在這件事情上，也會得到類似的結論——畢竟，我們不是應該關心那些弱勢兒童嗎？可是這並不是重點所在。關懷倫理學注重的是小範圍的個人關係，假如這種關係不存在，「關懷」就無法

169

發生。妮爾‧諾汀絲(Nel Noddings)所著《關懷：女性取向的倫理學和道德教育》(Caring： A Feminine Approach to Ethics and Moral Education)一書，是女性主義道德理論的名著之一，在該書中，諾汀絲指出關懷關係的存在有一前提要件，亦即「受關懷者」(the "cared-for")要能和「關懷者」(the "one-caring")產生互動，至少必須透過面對面、一對一的互動，來接納和肯定關懷的行為。如果不能如此，依諾汀絲之見，義務將無法成立：「如果不可能和他者產生完整的互動，我們作為關懷者的義務便不存在。」根據這個理由，諾汀絲結論道：我們沒有義務協助「地球遠處那些需要濟助的人」。

知道我們可以依自己所好來使用個人金錢，雖然令人感到鬆了一口氣，可是我們還是難免感覺諾汀絲的論證所得的結論，有一些不對勁的地方。將個人人際關係當成倫理學的全部，和完全忽視人際關係的倫理學，似乎一樣是錯誤的。較為合理的方式或許應該主張，倫理生活既有充滿關懷的個人人際關係的部份，也有對一般人的仁愛的部份，據此，捐款給聯合國兒童基金會的義務，可說落在後者而非前者的範圍。假如採取這種取向，我們會將關懷倫理學看成傳統義務理論的補充學說而非取代理論。安娜蒂‧貝爾似乎接受這種觀點，她寫道：到頭來，「女性理論家將有必要把愛的倫理(ethics of love)，和男性理論家所強調的義務，兩相結合在一起。」

動 物　對人類以外的一般動物，我們負有義務嗎？例如，我們是不是應該作素食者呢？從「理性原則」(rational principles)的角度出發，我們似乎應當如此，因為飼養和屠殺動物作為人類肉食之用，將使動物遭受極

大的痛苦，而如果我們成為素食者，就能避免以殘酷的
方式來獲得營養。1970年代中期近代動物權運動興起之
後，這種論述方式成功說服很多人停止食用肉品（其中
女人也許多於男人）。

妮爾・諾汀絲認為這是個很好的議題，可以用來
「測試關懷倫理所賴以建立的基本觀念」。這些觀念是什
麼呢？首先關懷倫理所訴求的是直覺和感受，而非原則。
這將使我們在這問題上得到不同的結論，因為我們之中絕
大多數人並不覺得食用肉品是錯的，也不重視牲畜所受的
痛楚。據諾汀絲的觀察，這是因為我們是人類，所以我們
對人的情感反應，不同於對非人類的情感反應。

170

第二個「關懷倫理所賴以建立的基本觀念」涉及
關懷者和被關懷者此一個別人際關係。如前所述，被關
懷者必須要有參與這個關係的能力，至少要能對關懷作
出回應。諾汀絲相信人類確實能和若干動物（亦即其寵
物）建立此種關係，而這可以成為義務之基礎：

> 當人們熟悉了某一種特定的動物族群後，便能
> 辨識牠們的典型表達形式。例如貓要向人表達心意
> 時，會舉頭並將身子伸展向想要溝通的對象……當
> 我晨間走入廚房，我的貓如果坐在櫃檯上那個牠最
> 喜歡的位置來迎接我時，我就知道牠想要什麼。牠
> 坐在那個位置並發出喵喵的叫聲來「說話」，試圖
> 告訴我，牠想喝牛奶。

在上述情境中，關懷和被關懷是成立的，也因此當
事人對該關係中的動物，就應該採取關懷的態度。可是

我們和那些在屠宰場裡等著被宰殺的牛，並沒有這種關係，所以諾汀絲說，雖然我們希望生活世界裡的動物不要遭受痛楚，然而我們並沒有為牛謀取福祉的義務，甚至也沒有不吃牛肉的義務。

對於這樣的立場，我們該怎麼看待呢？假如我們用這個議題來測試「關懷倫理所賴以建立的基本觀念」，關懷倫理是通過還是不通過呢？認為其不通過的意見，觀點相當深刻。首先，直覺和感受並不是可靠的指引——曾經人類的直覺告訴他們，奴隸制度是可以允許的，而且女人的屈從地位也是上帝的計畫。其次，動物是不是能「直接」和你互動，也許會影響你在協助牠們的過程中所得到的滿足感，可是卻和動物的需求或者你所可達成的善，毫不相干（當然，這種說法也可適用於受你幫助而得以接種疫苗，但卻無法親自向你道謝的那些遠方的孩子們）。前述兩個論證所訴求的原則，都是所謂典型的男性思維方式。因此，如果關懷倫理被視為道德的一切，這些反對論證將被忽視。然而，關懷倫理如果只被視為道德的一部分，則植基於原則的論證，便仍然相當值得重視。牲畜或許應當落在我們道德關懷的範圍內，這不是因為我們和牠們有什麼特殊的關係，而是為了其他的理由。

12.3. 關懷倫理對倫理學的蘊義

我們很容易了解男性的生命經驗如何影響他們所創造的倫理學說。男性主導公共生活，而在政治和商業等公共生活領域中，人與人的關係通常採取不考慮私情的契約式互動。這種關係中，常見對立的情形——別人的

利益經常與我們的利益相衝突。因此我們需要和別人協調，討價還價地磋商、妥協。再者，在公共生活裡，我們的決定可能影響許多我們根本不認識的人，所以必須儘可能以無私的方式衡量，思考究竟如何決定才能對大多數人產生最好的結果。而所謂男性傾向的道德理論所強調的究竟是什麼呢？答案包括：無私的責任、契約、相互競爭之利益的調和、付出和效益的計量。

　　由前述，不難理解為何女性主義認為近代道德哲學潛藏男性偏見。私人生活中所關注的事物（這領域傳統上由女性掌理），在男性道德哲學中幾乎付之闕如，使得吉莉根所說的「女性聲音」被消音了。考慮女性所關注之事物的道德理論，將會有相當不同的面貌。在家庭這個小型世界裡，與我們面對的是家人和朋友。此時，討價還價式的磋商和計量所扮演的角色大為縮減，取而代之且居於主導地位的是愛與關懷。一旦了解這點，就無法否定這個面向的生活，乃是理解道德時，必然要考慮的一部份。

172

　　只是這個面向的生活不易融進傳統理論。如我們所知，怎麼作個慈愛的父母，和怎麼行動才符合道德，在性質上並不相同。同樣地，如何作個忠誠的朋友或者可靠的同事，也和應該怎麼行動才對的考量不同。一個人若能在行為中展現如慈愛、忠誠和可靠等特質，代表他是**特定種類的人**(*a certain kind of person*)；而不論是好的父母或者好的朋友，絕都不是無私「執行其義務」的那一種人。

第*13*章

德行倫理學

義務和責任的概念——亦即**道德**義務和**道德**責任——以及**道德上**的對和錯，還有「應然」(ought)的**道德**感等等，應該加以拋棄……假如我們能停止使用「道德錯誤」(morally wrong)這類詞語，改用「不誠實」、「不貞潔」、「不正義」等等用詞，將是莫大進步。

安絲孔，〈近代道德哲學〉(A.E.M.
Anscombe, *Modern Moral Philosophy*, 1958)

13.1. 德行倫理學和正確行為倫理學

不論思考任何主題，以不同的問題作為探索起點，將產生極大的差異。亞里斯多德《尼各馬科倫理學》(*Nicomachean Ethics*, ca. 325 B.C.)一書探索的核心議

題，圍繞在**品格**(character)上。亞里斯多德以一個問題作為討論的起點：「人的美好素質表現於何？」他為這個問題提出的答案則是：「靈魂的活動與德行相合」。依此邏輯，想要了解倫理，就必須了解如何才能成為有德者(a virtuous person)，而亞里斯多德這位觀察精微的人，用了無數篇幅來探索勇敢、自利、慷慨、誠實等等這些個別的德行。雖然這種倫理思維被認為是亞里斯多德的特色，然而這並不是亞里斯多德的獨特見解，蘇格拉底、柏拉圖以及其他許多別的古代思想家探究倫理時，都在追問：「**何種品格特徵使人成為好人**？」也因此，在他們的討論中，「**德行**」(the virtues)始終居於核心地位。

然而，隨著時光的流逝，這種思維被忽視了。當基督教興起之後，一套全新的觀念被引進。基督教徒和猶太教徒一樣都是一神論者，他們將上帝視為立法者，對他們來說，正當的生活代表服從上帝的神聖諭令。希臘人把理性視為實踐智慧的來源──對他們來說，有德的生活是和理性生活不可分割的。可是聖奧古斯丁這位四世紀影響力巨大的基督教思想家，卻不信任理性；他教導人們：道德上的善，有賴個人完全服從上帝意志。因此，中世紀的哲學家們討論德行的議題時，都是在「神的律法」(Divine Law)的脈絡下進行的。信、望、愛以及必然包含在內的**服從**等等這些「宗教德行」，取得了核心地位。

文藝復興之後，道德哲學再度俗世化，可是哲學家們並未回歸希臘人的思考方式。相反的，神的律法被其俗世的對應者取代了，稱為「道德律法」(the Moral Law)。據哲學家們的主張，道德律法源自人類理性，而非上帝

意旨，道德律法是一個規則體系，界定何種行為是正確的，而我們作為道德人的責任，乃在服從道德律法的指示。如此，近代道德哲學家進行研究時所問的問題，和古代哲學家們所問的，就有了基本上的不同。近代哲學家不問「**何種品格特性得以使人成為好人？**」他們問的是「**何種行為是正確的？**」這使他們走向極為不同的方向。他們發展出各式理論，這些理論無關德行，而是涉及正確性(rightness)和義務的討論：

- 每個人所應該做的，乃是那些最能提升一己之利益的行為。（倫理利己論）

- 我們所應該做的，是那些能提升最大多數人之最大快樂的行為。（效益論）

- 我們的責任在於遵循能夠融貫地意欲其成為普遍法則的那些規則，亦即我們願意所有人在所有情境下都遵守的那些規則。（康德理論）

- 正確的行為即遵循由理性且利己的人們，為了共同利益而協議訂定的那些規則。（社會契約論）

上述這些乃十七世紀以來主宰近代道德哲學的熟悉理論。

我們應該回歸德行倫理學嗎？ 然而，最近有些哲學家提出一個急進的觀念：他們認為近代道德哲學已經破產，為了解救這個學門，我們應當回歸亞里斯多德的思維方式。

這個觀念是由安絲孔(A.E.M. Anscombe)於1958年，

在《哲學》這個學術期刊裡發表的一篇名為〈近代道德哲學〉(Modern Moral philosophy)的文章所提出的。在文章中，安絲孔主張：近代道德哲學的方向錯誤，因為其所倚賴的無立法者的「律法」(a "law" without a lawgiver)之觀念並不融貫；而近代道德哲學家們所關注的那些概念，諸如義務、責任和正確性，也都和這個無意義的觀念有著內在的關連。因此，安絲孔認為，我們應當停止思考義務、責任和正確性的議題，並回歸亞里斯多德的取向。亦即德行應當再度居於核心地位。

安絲孔的文章發表之後，討論德行的專書和文章紛紛出版，「德行論」(Virtue Theory)在很快的時間之內，就成了現代道德哲學的一個主要選擇。然而，德行論的作者們並沒有一套大家都能共同接受的固定學說；與效益論之類的理論相較，德行論處於較未完整發展的狀態。不過，卻有一組共同的關懷對象，促成哲學家們採取德行論之研究取向。接下來，我們將先了解德行論的學說大要；其次說明論者為何認為德行論比其他較為新近之道德研究取向更為優越；最後則思考「回歸德行倫理」是否可行。

13.2. 德行

一個德行論應當包含若干構成要素。首先，必須解釋何謂德行。其次，應當有一清單列明哪些品格特性是德行。第三，要說明這些德行是由什麼構成的。第四，解說為何擁有這些特性對人是好的。最後，敘明德行究竟是人人相同，還是因人而異，或者因文化而異。

何謂德行？　亞里斯多德說，德行是表現在習慣或平常行為之中的一種品格特性。這裡所謂「習慣的」(habitual)，有其重要意涵。例如，誠實並不是偶然講實話或者有利時才講實話的那些人所具有的德行。誠實者必定會說實話；他的行為「源自穩固而不變的品格。」

176

這只是開頭，說得還不夠清楚。我們尚未將德行和惡行分辨開來，因為惡行也是習慣或慣常行為所展現出的品格特性。愛德蒙・品克夫(Edmund L. Pincoffs)這位曾在德州大學任教的哲學家，提出一個解決這個問題的建議。品克夫指出，德行或惡行乃是我們決定究竟該親近或迴避一個人時，所標示出的特性。

我們通常為了各式各樣的目的而和別人互動，因此對方是不是具有與這些目的相關的德行，就相當重要。當需要汽車技師時，我們希望對方技術高、誠實、勤奮；在尋求老師時，我們希望找到一位滿腹經綸、口才佳，而又有耐心的人。所以，維修汽車和教學活動所需要的相關德行並不相同。不過，我們也以更為普遍的形式來評價**人之所以為人的品質**，所以不僅具有關於好技師、好老師的概念，也有關於什麼才是好人的概念。道德上所講的德行，乃是指人之所以為好人的德行。藉品克夫的說法，我們或許可以將德行界定為：表現於習慣行為，值得人擁有的一種品格特性。而道德上的德行，則是值得人人擁有的那些德行。

究竟有哪些德行？　那麼，德行究竟有哪些？人應該培育哪些品德特性？這很難給一個簡短的答案，下表所列是部份答案：

仁慈	公平	耐心
謙恭	友善	謹慎
憐憫	慷慨	講理
盡責	誠實	自制
合作	勤勉	獨立
勇敢	正義	機智
殷勤	忠誠	體貼
可靠	溫和	寬大

　　當然，我們還可以把這個表的內容再擴充，以容納別的重要品格特性。可是依上列品德特性作為討論起點已經足夠。

德行的構成元素為何？ 以泛泛的方式宣稱我們應該盡責、憐憫和寬大是一回事；準確地說明這些品格特性是由什麼構成的，又是另一回事。這些德行每一個皆有其獨有的特性，而且也會產生獨特的問題。以下，我們將簡要檢視其中四者。

　　1. 勇敢 根據亞里斯多德的主張，德行位在兩極端之間，他說：德行「相較於兩個惡行，處於中庸位置：這兩個惡行一者過度，一者不足。」勇敢處於懦弱和魯莽之間──每當面臨危險就逃開即是懦弱；然而過度冒險卻是魯莽。

　　有時勇敢會被稱為一種戰鬥德行，因為它明顯是戰士完成任務所需要的。戰士作戰時會面臨危險；如果

177

不勇敢，將會敗北。可是並不是只有戰士才需要勇敢。任何人（包括我們）在各種不同時候面臨危險，都需要勇敢。一位研究中古文學的學者，過著羞怯而安全的生活，看似與戰士生活成對比。然而即便是這樣的學者，生病時還是需要有面對危險手術的勇氣。誠如彼得·葛曲(Peter Geach)所言：

> 勇敢是我們每個人到了生命盡頭都需要的，而且在日常生活中，也經常需要它：有小孩的婦人需要勇敢；我們每個人也都要勇敢，因為我們的身體是脆弱的；煤礦工人、漁夫、鋼鐵工人和卡車司機一樣都需要勇敢。

若我們考慮的只是「日常生活」的案例，那麼勇敢的特性，就不會顯現任何問題，可是在不尋常的情境中，則會出現較為麻煩的案例。想想一位英勇作戰的納粹士兵──他面對巨大危險，毫無畏懼──可是這一切都在為虎作倀。他算勇敢嗎？葛曲認為，和表面正好相反的是，納粹士兵並非真正勇敢。他說，「為了沒有價值的理由而勇敢，不能算是德行；為了邪惡理由而勇敢，就更不算勇敢了。其實對於這種與德行無關的冒險犯難行為，我寧可不稱之為『勇敢』。」

葛曲的觀點不難理解。稱納粹士兵「勇敢」，似乎是在稱讚他的表現，然而我們並不想如此。我們希望他採取不同作為。可是，如果說他不勇敢，好像也不太對──畢竟，他的確是無懼於面對危險。為了避免這個問題，或許我們只應該說他表現出兩種品格特性，一個

178

是值得讚賞的（堅定面對危險），另一個則不值得讚賞（願意為邪惡政權而戰）。他確實展現了勇敢特質，而勇敢是值得讚賞的；可是因為他的勇氣使用在邪惡的目標上，所以**整體而言**他的行為是不道德的。

2. 慷慨　慷慨是願意用自己的資源來幫助別人。亞里斯多德說，和勇敢一樣，慷慨是兩極端之間的中庸之道：它立於吝嗇和奢侈之間；吝嗇的人給的太少，奢侈的人給的太多。多少才是適中呢？

答案取決於我們所接受的是何種普遍倫理學觀點。耶穌是古代重要的精神導師，他說我們應當付出一切來幫助窮人。在耶穌的眼中，當有人陷入飢荒，而富有人卻還倉廩充實，這是令人無法接受的。當時聽到耶穌這樣教導的人，覺得嚴苛，並且普遍拒絕遵行。今日絕大多數人仍然拒絕這個教誨，甚至連那些自認耶穌信徒的人也一樣。

至少在這一點上，近代效益論者可算是耶穌的道德傳人。效益論者主張，在各種情況下，採取對所有利害關係人整體上最有利的行為，乃是每個人的責任。這代表我們應當盡量慷慨解囊，直到我們的付出弊大於利時，才能停止。

為什麼人們會抗拒這個觀念呢？部分原因可能是自私；我們不願意因為捐輸錢財，而使自己變窮。但另一個問題是，我們擔心這樣做會妨礙正常生活。這不僅涉及金錢，也包括時間在內；為了維持生活計畫和人際關係，我們需要投入可觀的金錢和時間。假如為了「慷慨」，必須做到耶穌和效益論者所建議的那種程度，我們勢必得放棄

原有的日常生活型式，改過非常不同的生活。

　　因此，經過合理詮釋的慷慨，對人的要求或許應為：只要能滿足自我日常生活的基本需求，我們應當盡可能大方地奉獻資源以協助別人。然而，如此詮釋仍然會遭遇一些令人困窘的問題。例如，有些人的「日常生活」過得極盡豪奢——想想富豪們在平日享用的那些奢侈品，要是沒有這些用品，他們可能感覺生活窘迫。這麼看來慷慨的德行似乎不可能與過於奢華的生活型式並立，特別是社會中如果還有連基本需求都無法滿足的人時更是如此。所以要「合理」詮釋慷慨的要求，我們對於何謂日常生活所需，就不能抱持太過奢華的觀念。

　　3. 誠實　首先，所謂誠實者，即是一個不說謊的人。但只是這樣足夠嗎？除了說謊，還有其他將人引入歧途的方式。葛曲告訴我們一個有關聖亞瑟納西斯(St. Athanasius)的故事，他說有一次聖亞瑟納西斯「在河上划船時，恰巧遇見一群異教徒迫害者從反方向迎面而來，他們問道：『亞瑟納西斯在哪裡，你知道嗎？』『就在不遠的地方，』聖人愉快地回答，並且繼續划船經過這群人，絲毫沒有引起他們的懷疑。」

　　葛曲同意聖亞瑟納西斯所用的障眼法，不過認為如果聖者當時直接說謊的話就不對了。在葛曲的觀念中，說謊的行為應該永遠禁止：具誠實德行者，絕不會有說謊的念頭。誠實者不說謊，所以遇到困難處境時，必須費心思考不說謊的解決途徑。聖亞瑟納西斯能做到這點，顯示其機智過人。他說了實話，雖然那是個具有障眼作用的實話。

　　當然，為什麼聖亞瑟納西斯的障眼法不算一種欺騙，實在令人難以理解。有什麼不武斷的原則，可以用來判別哪一種誤導人的方式是可以接受的，而哪一種又是不能接受的嗎？不論這個問題的答案為何，都還有一個比較大的問題等待著我們去思考，亦即德行是否會要求我們遵守絕對規則？就誠實而言，在這個問題上，我們可以分出兩種立場：

(1) 誠實者永遠不說謊

(2) 誠實者不說謊，除非在有重大理由而不得不然的稀有情況下，才會說謊。

並沒有任何強而有力的明顯理由，足以讓我們接受第一種觀點；相反的，我們倒有支持第二種觀點的理由。關於這點，只需想想人們最初為何認為說謊是件壞事，即可了解。以下是這個問題的可能解釋。

　　我們之所以能共同生活在一起，仰賴溝通的可能性。我們彼此交談、閱讀別人寫的東西、交換訊息及意見、提出且回答問題，還有其他更多諸如此類的互動。如果沒有這些交流，社會生活將是不可能的。但這些交流的成功，預設一些有效實行的規則，其中一項是：我們必須確定能信賴彼此說的是實話。再者，當我們相信別人的話時，就會陷入遭受某種危險的可能性。一旦我們接受別人的說法，並依此調整自己的信念，我們即是將自己的禍福放在這些人的掌心了。假如他們說的是實話，一切沒事，然而如果他們說謊，我們將會因而形成錯誤信念；倘若又依著錯誤的信念而行動，結果將會做出一些愚昧的事來。這是他們的錯。我們相信他們，

他們卻讓我們失望。此可說明受欺騙時，為何讓人產生特別強烈的被冒犯感；這基本上是對信任的打擊。而這一點也可以用於解釋，為何欺騙和「障眼性的實話」(deceptive truths)似乎在道德上沒有什麼差別，兩者都同樣會打擊別人的信任感。

不過，前述這些主張並不意味誠實是唯一重要的價值，也不代表我們無論遇到什麼人，無論其抱持什麼目的，都有誠實跟他們互動的義務。自保也是個重要的價值，特別當面對的是那些會以不義手段來傷害我們的人。一旦自保這一類的價值和不該說謊的規則相衝突時，以自保為優先，並非不合理。假設聖安瑟納西斯告訴那些異教徒迫害者「我不認識他」，害得這些迫害者盲無目標地找。那麼，這些異教徒迫害者，是否可以抱怨聖安瑟納西斯打擊他們對他的信任呢？我們似乎很自然地認為，當那些異教徒迫害者，對聖安瑟納西斯展開不義的迫害行為時，就形同放棄了從他那裡得到事實的權利。

4. 對家人和朋友的忠誠 在柏拉圖對話錄〈尤西浮羅篇〉(Euthyphro)裡的一開始，描述蘇格拉底在法院門口遇見尤西弗羅，並且得知他是來控告自己父親謀殺。蘇氏對於尤氏此舉頗感驚訝，懷疑兒子控告父親的行為是否恰當。尤氏不認為這有什麼不當之處：對他來說，一個謀殺者就是一個謀殺者，不幸的是，這個問題最後並沒有得到解答，後來他們的討論，轉到別的議題去了。

認為家人和朋友在道德上具有特殊地位的觀念，實在是眾所熟悉的了。我們對待家人和朋友，不同於對待陌

生人的方式。我們和親友有著愛的緊密連結，而且為他們
做的事，也不是我們願意隨便為任何人而做的。這並不只
是說，我們對自己喜歡的人比較親切而已。我們和家人、
朋友的關係，不同於和其他人的關係，而其中之差異，有
一部分表現在這兩種關係裡，我們肩負的義務及責任有所
不同。這似乎是友誼之內在本質的一個面向，試想如果我
不對你另眼相待，如何成為你的朋友呢？

　　如果需要證據來證明人類本質上是一種社會動物，
則友誼的存在，即可提供一切證據。誠如亞里斯多德所
言，「即便可以擁有其他一切美好事物，也無人願意選
擇沒有朋友的生活」：

　　　　如果沒有朋友，榮華富貴要如何維護和保存？
　　這時的我們愈是發達，愈加危險。人們相信，在貧
　　窮和其他各種不幸遭遇中，唯一的庇護只能在朋友
　　那裡找到。朋友使年輕人免於犯錯；對於年長者，
　　朋友提供關愛與扶持，輔助其因為虛弱而逐漸消失
　　的行動能力。

　　朋友當然能提供協助，不過友誼的好處並不僅止於
物質的支援。就心理層面而言，缺乏朋友可能讓人茫然
不知所措，如果沒有朋友的分享，我們的成就似乎顯得
空虛；有了朋友的同情理解，即便失敗也可承受。甚至
我們的自尊，也有一大部分來自朋友的肯定：當朋友回
應我們付出的關愛，也就肯定了我們作為人的價值。

　　假如我們需要朋友，則我們也需要有成為別人之
朋友所必備的那些品格特性。在這些品格特性中，忠誠

應屬最重要的項目之一。朋友是值得信賴的人，即便處境艱難，仍能相互扶持，甚至客觀事實證明某人應該被放棄時，他的朋友還是可能對他不離不棄。朋友彼此容忍；他們能原諒對方的冒犯，而且避免嚴苛的批判。當然，一切還是有限度的。有時，朋友可能是唯一願意告訴我們冷酷事實的人。我們樂於接受朋友的批評，因為我們知道他們的責難並不代表排斥；而且他們雖然私下會非難我們，卻不會公開在別人面前使我們難堪。

前述並不意味著我們對朋友以外的其他人，不負任何責任；即使是對於陌生人，我們還是有責任的。不過那是不同的責任，所牽涉的也是不同的德行。普遍的仁慈之心，乃是一種德行，而且對於人的責任要求，也相當多，不過並不要求我們關懷陌生人也像關懷朋友那樣多。正義也是另一個這一類的普遍德行；它要求平等對待所有人。只是朋友之間有忠誠之誼，因此，正義的要求運作於朋友關係時，就有彈性空間。

182

這是為何蘇格拉底得知尤西弗羅控告自己父親，會大感意外的原因。我們和家人的關係，還比朋友更加親近；雖然我們讚賞尤西弗羅的正義感，可是他對待父親的罪行，和對待犯了同樣罪行的陌生人，態度完全一致，這點仍然令人訝異。這種態度似乎和作為人子的形象不符。今日的法律，仍然承認必須考量這個因素：在美國以及其他許多國家，不准法庭強迫太太出庭提供不利於自己先生的證據，且反之亦然。

為什麼德行是重要的？ 我們說德行是值得擁有的品格特性，不過這樣主張，只會引起更進一步的問題，

亦即為何德行是值得擁有的（或可欲的）？為何做個勇敢、慷慨、誠實或忠誠的人，對人是好的？當然，這個問題的答案，隨著不同的德行而有差別，分述如下：

- 勇敢是有價值的，因為生活裡充滿危險，如果不勇敢，將無法面對危險。

- 慷慨是有價值的，因為有些人可能會比其他人窮困，所以需要協助。

- 誠實是有必要的，因為如果不誠實，人與人的關係在許多方面都會發生問題。

- 忠誠是友誼的要素；朋友相互扶持，即便受到誘惑，也不相背棄。

前述所提供的答案，說明每一種德行各因不同理由而有價值。然而，亞里斯多德相信，可以用一個較為普遍的答案來回答前述問題；他說，德行之所以重要，乃在有德行的人過得較為亨通。這裡的意思並不是指有德行者比較富有──顯然實情並非如此，或者至少並非總是如此。其所要表達的意思是，如果人們的生活要過得好，德行是必備的。

為了深入了解亞里斯多德的用意，讓我們一起來思考一下，人類究竟是什麼樣的生物，以及我們所過的是何種生活。就最普遍的情形而言，我們都是理性的社會動物，想要也需要別人的陪伴，所以我們生活在社群裡，有著朋友、親人以及公民同胞為伴。在這樣的環境中，忠誠、公平、誠實等特性，乃是與人成功互動所必

要的（想像一下，某個人如果在社會互動中，習慣性地表現出與前述特性相反的行為，他將會遇到何等的困難）。就牽涉較為個人的情境而論，我們在各自的生活中，各有特定的工作和興趣，而要成功地執行工作或者追求興趣，則可能需要一些別的德行——例如耐性和勤勉就非常重要。此外，日常生活之中不可避免地會遭遇危險或面臨誘惑，因此，勇敢和自制乃是必要的。總之，各種德行雖然有所分別，然而卻有共通的價值：它們皆為成功人生之必要特性。

德行對人人而言是相同的嗎？ 最後，我們可以問，是否存在一套對人人而言，都同樣有價值的特性呢？我們可以使用「好人」(the good person)這個概念，假設所有的好人都是一個樣嗎？這個主張經常遭到挑戰。例如，尼采即認為人類的好，並不是只有一種。尼采以其耀眼風格提出觀察：

> 主張「人類應該如此這般」的說法，是何等幼稚啊！現實向我們展示了迷人的多樣性，諸般形式恣意展演和變化的樣態隨處可見——但可鄙、庸俗的道德家竟然說：「不！人應該與此不同。」他甚至知道人應該長成什麼模樣，好個可鄙、偏執而又自命不凡的人：他將自己畫在牆上，並且高呼，「瞧呀，人類！」

這個觀察顯然有其見地。畢生致力於研究中世紀文學的學者，和職業軍人是相當不同類型的人。絕不公開裸露膝蓋的維多利亞時代的女人，和現代穿著泳裝的女人，對

於何謂淑靜，雖有不同標準，卻各有其迷人之處。

如此來看，德行因人而異的想法明顯有其道理。人們因為過著不同的生活、有著不同的性格、肩負不同社會任務，所以展現的品格特性也就可能有所分別。

受前述說法吸引，人們甚至會更進一步主張德行因社會而不同。畢竟，一個個體所可能過的生活，取決於所處的社會。學者的生活之所以可能，唯獨社會存在相應的機制，例如大學，這些機制界定何謂學者，並使學者的生活成真。同樣的道理也可適用於解釋足球員、神父、藝妓和武士。社會提供價值系統、機制和生活型式，並以此形塑個體的生活。扮演各種角色所需的品格特性有所分別，所以不同角色獲得成功所需的特性，自然有所差異，也因此德行之於每個人是不相同的。據此，為什麼我們不乾脆主張，哪些特性會被稱為德行，完全取決特定社會所創造和維繫的生活方式為何？

前述主張可能遭遇反對，反對意見認為**有些德行是所有人在所有時代都需要的**。這是亞里斯多德的觀點，而這個觀點有可能是正確的。亞氏相信，我們雖然有不同之處，但也有許多地方是相同的。他說，「我們也許會發現，即使旅行到遙遠的國度，彼此認同以及協力合作的情誼，總是人與人之間緊密相連的要素」。再怎麼特殊的社會，其人民還是要面對一些基本問題，以及滿足一些相同的基本需求。因此：

- 每個人都需要勇敢，因為沒有人能（甚至學者也不能）避免遭遇危險。

- 每一社會都有管理財貨的問題，而且必須決定誰能得到什麼東西，而不論怎麼分配，每一社會總是會有一些人過著比較窮困的生活；所以慷慨的德行一直受到人們歡迎。

- 說話誠實永遠是一種德行，因為成員無法相互溝通的社會不可能存在。

- 每個人都需要朋友，而一個人想擁有朋友，自己必先成為一個具有朋友特性的人；所以每個人都需要忠誠的德行。

- 這種德行清單可以無止境地開列，例如亞里多德本人就列出了無數的德行。

　　總之，不同社會對於相同德行確實會有些許不同的詮釋，而且怎麼行動才算滿足這些德行的要求，在不同社會也會有一些差異；此外，有一些人由於生活在特殊情境之下，從事著特殊的工作，所以也比一般人更需要具有若干德行。可是如果主張某些品格特性之所以被視為德行，不過是社會習俗所造成的，這種看法就言過其實了。一個社會的主要德行，並非來自社會習俗的要求，而是源於人類共通處境之中，一些必須面對的基本事實。

185

13.3. 德行倫理學的優點

　　為什麼有些哲學家相信強調德行的倫理學比其他倫理思考方式優越呢？論者曾提出若干理由，以下是兩個最為重要的觀點：

1. 道德動機　首先，德行倫理學具有吸引力，因為它能以自然而引人興趣的方式來解釋道德動機，而這是其他理論所欠缺的。試著思考下述例子：

假設你因為長時間住院養病，深感無聊，坐立難安，所以當史密斯來訪時，你無比快樂，你和他聊得很開心；他的到訪正是提振你精神所需的。聊了一陣子之後，你告訴史密斯你多麼感謝他的探視——他真是一個好人，也是位好朋友，願意從城裡大老遠的地方來看你。可是史密斯一臉正經；坦言自己只是盡朋友的責任。最初，你以為他只是客套。但越是深入地談，你越是發覺他是認真的。他來看你，並不是因為想來，或者喜歡你，而只是覺得有責任「做正確的事」。在這個情境裡，他認為自己有責任來拜訪你——也許他發現沒有人比你更需要鼓舞，而且也沒有人比他更方便來看你。

這個例子是麥可・史達克(Michael Stocker)1976年在《哲學期刊》(*Journal of Philosophy*)一篇極具影響力的文章中提出的。史達克評論指出，你知道史密斯的動機之後，當然會感到失望；史密斯的探視現在對你來說，盡是冷漠和計算，毫無意義可言。你原本以為他是朋友，如今知道不是這麼一回事了。史達克認為史密斯的行為：「明顯欠缺某種東西——少了道德的意義或價值。」

186

當然，史密斯的行為並沒有什麼錯，問題出在他的動機。我們珍視友誼、愛和尊重，而且我們希望與別人的關係是建立在相互關懷的基礎上。相對的，基於抽象的責任感或者為了「做正確的事」而行動，就不相同了。我們不希望社群裡的人只以這樣的動機來行動，而

自己也不願意成為這樣的人。因此，進一步推論，可知倫理學如果只強調正確行為(right action)，絕對無法提供道德生活一個完整而圓滿的解釋。為了得到這種圓滿的解釋，我們需要一種強調友誼、愛和忠誠等等個人特性的理論——換言之，我們需要的是一種德行論。

2. 對於公正之「理想」的懷疑 近代道德哲學的首要議題，一直是公正(impartiality)—這觀念認為每個人在道德上都是等價的，並且在決定該怎麼行動時，應該把每個人的利益看作同等重要（前面各章有關「正確（對的）行為」的四種理論中，只有支持者極少的倫理利己論否認這點。）約翰·史都亞特·彌爾把這個理念說得很清楚，他寫道「效益論要求『道德主體』盡可能地公正，如同仁厚而無私的觀察者一般。」你現在正在閱讀的這本書，也把公正視為道德「底限觀」的一部份。

然而公正是否真的是道德生活的一個重要元素，是可疑的。想想我們和家人、朋友的關係，當他們的利益涉入時，我們是否真的公正？這時應該公正嗎？母親疼愛自己的小孩，且關愛的程度超乎其對其他小孩的關心，對於自己的小孩，母親是徹底偏私的。只是這樣做有什麼不對嗎？這不是母親該做的嗎？再者，我們愛朋友，願意為他們做一些我們不會隨便為別人做的事。這有什麼錯呢？相反的，家人和朋友的愛似乎是道德美好生活不可或缺的一部份。任何強調公正之重要性的理論，都會面臨如何將這一要點考慮在內的困難。

強調德行的道德理論可以輕易涵蓋並解釋前述要點。有的德行是偏私的，有的則不是。愛和友誼包含對

所愛之人及朋友的偏私；對一般人的仁慈，也是一種德
行，卻有不同的性質。我們所需要的並不是某種公正的
普遍要求，而是要了解不同德行的特性為何，以及他們
之間究竟有何關係。

13.4.　不完整性的問題

前述論證為兩個普遍論點，作了令人印象深刻的說
明，這兩個論點是：首先，一個充分的倫理學說必須提
供說明，幫助人們理解道德品格；第二，近代道德哲學
家並沒有做到這點，他們不僅忽視這個主題，而這種忽
視有時還導致他們抱持的學說扭曲了道德品格的本質。
假如我們接受這兩個結論，倫理學的發展將何去何從？

可能的進行方式之一是，發展一個能夠兼容「正確
行為取向」和「德行取向」之長的理論——我們或許可以
改良效益論和康德理論之類的學說，使它們對道德品格
具有較佳的解釋能力。如此整個理論就可包含有關德行
的說明，但此說明只被視為正確行為理論的一種補充。
這種建議聽來似乎合理，而如果它所提出的計畫能夠成
功執行，顯然非常值得支持。

然而有些德行論者，主張我們應當採取不同的策略。
他們認為德行倫理學應當被視為其他理論之外的一個選
項—亦即是一個完整而獨立的倫理學說。我們可以將此主
張稱作「急進德行倫理學」(radical virtue ethics)，至於這
種倫理學是否可行呢？

德行與行為　誠如前述，強調正確行為之研究的理論似
乎不完整，因為他們忽略了品格的問題。德行論以品格

為關懷重心，因此可以矯正這個問題，可是這樣做的結果，卻有使德行論在相對面向上出現缺漏的危險。道德問題經常是關於我們應該採取何種行為的問題。可是依據德行論，我們很難明確判定應該怎麼行動才對。德行論的取向，能說明如何評斷行為（而非品格）嗎？

前述問題的答案，取決於提出德行論時，所持的精神為何。如果德行論只是用來作為正確行為理論的補充，那麼當行為衡量的問題出現時，這個完整的道德學說就可動用其理論資源，並建議採取適切的（如效益論或康德理論）策略來解決問題。另一方面，如果德行論是以獨立理論的形式提出，意在建構一個完整的道德理論，則必須採取較為徹底的作法。此時，這個理論若不是完全割捨「正確行為」的觀念，就是得由德行觀的角度來說明何謂正確行為。

188

雖然乍看之下像是瘋狂之舉，可是有些哲學家確實主張我們應該完全拋棄所謂「道德正確行為」(morally right action)的概念。安絲孔認為假如我們能停止使用這類概念，「將是莫大的進步」。我們仍然可以評斷行為的好壞，只不過是採用別的名詞來描述評定結果罷了。此時，我們不說某個行為「道德錯誤」(morally wrong)，而是說這個行為「不誠實」(untruthful)或者「不公平」(unjust)——這些名詞乃是源自一些描述德行的語彙。依安絲孔的觀點，我們只要用這類語彙來指涉一個行為，就足以表示該行為是應該被棄絕的。

可是急進德行論者實在沒有必要捨棄「道德正確」這類觀念。這些觀念可以保留下來，並在德行的架構下

給予全新的詮釋。

這或許可以如下方式進行。首先，我們還是使用正確或錯誤（對或錯）這類熟悉的詞語，來表示對諸多行為的評價，而這些評價則是參照用以支持或反對某一行為的理由而來：我們應該採取的是有最佳支持理由的那些行為。不過，**我們所舉述的，將全部是和德行相關的理由**——如此，支持某一行為的理由，將是如它表現出誠實、慷慨或公平之類的說法；而反對某一行為的理由，將是如它表現出不誠實、吝嗇或不公平之類的敘述。這個分析的結果，可以總結為：我們的責任在於採取有德的行為——換言之，所謂「正確行為」，即是有德者會採行的那些行為。

不完整性的難題　目前我們已經大致說明了急進德行論者，究竟是如何理解我們所應該採取之行為的。然而，這種理解方式充分嗎？這個理論的最主要問題，在其不完整性。

為了看清這個問題，讓我們拿一個典型的德行來思考，比如誠實。假設某人想要說謊，因為在某些特殊情境下說謊是有好處的。根據急進德行論，他或她是不應該說謊的，因為那樣做不誠實。這聽起來頗為合理。可是什麼叫誠實呢？誠實的人不就是遵守「不說謊」這類規則的人嗎？如果誠實不是指依循這類規則的行為傾向，那麼誠實究竟如何而來，將是令人難以理解的。

然而我們不免要問，為什麼這些規則是重要的呢？為什麼人們不能說謊，特別是說謊能得利時，為什麼不能那麼做呢？很明顯地，這裡所需要的答案，光是簡單

189

地說那麼做會不利某種品格特性的養成，將是不夠的；
我們必須說明為何具有那種品格特性，比具有相反特性
還要好。可能的答案包括誠實的方針，大體上對一個人
是有利的；或是誠實可提升大眾福祉；或者對於那些
必須生活在一起，且相互依賴的人們而言，誠實是必要
的。第一個答案看起來很像是倫理利己論；第二個答案
像是效益論；第三個答案則令人回想起契約論的思考方
式。無論如何，不管我們提出的是什麼答案，似乎都會
超過未經補強的德行論的範圍。

再者，我們也難以理解未經補強的德行論，將如何
處理道德衝突的情形。假設你必須在A與B之間抉擇，做
A這件事的時候，雖然不誠實，卻是仁慈的，而做B這件
事的時候，雖然誠實卻不仁慈。（有些時候說實話會傷
害到某個人，就是一個例子。）誠實和仁慈都是德行，
所以前述兩個選項都有其支持及反對的理由，而你必須
在兩者之間擇一而行──你必須說實話而不仁慈，或者不
說實話而仁慈。那麼你該選擇哪一種做法呢？要求我們
要依德行而行的忠告，在此並不能幫上什麼忙，只會讓
你困惑於究竟應該以哪個德行為優先。在急進德行論之
上，我們似乎還需要某種更為普遍的導引，才能解決這
類衝突。

**支持行為的每一個好的道德理由，都有相應的
德行嗎？** 最後要指出的是，不完整性的問題顯示急進
德行論還有一個更為普遍的理論難題。誠如前述，依據
急進德行論，我們用以支持或反對某一行為的理由，必
然和一個或多個德行密切相連。因此，急進德行論接受
一個觀念，這觀念認為**任何支持某一行為的良好理由，**

190

皆有接受及遵從該理由之行為傾向所構成的德行與之相應。可是這種看法似乎不正確。

例如，假設你是個立法委員，而且你必須決定醫學研究的經費分配方式——因為經費不夠充裕，無法補助每項研究，所以你必須決定究竟該把資源投資在愛滋病的研究，或者其他別的有價值的計畫上。這時如果你認為最好是選擇對絕大多數人最有利的方案，那麼這種行為傾向，有與之相應的德行嗎？如果有的話，大概應該叫作「如效益論者一般地行動」(acting like a utilitarian)。或者回到道德衝突的案例，每個用於解決德行衝突的原則，都有與之相連的一個德行嗎？假如有的話，大概會是所謂智慧的「德行」——換言之，即是釐清並執行最有利方案的能力。可是採取這種理論策略，形同捨棄理論初衷。假如我們設定這些「德行」的目的，只在使所有道德決定的執行過程符合某個偏好的架構，那麼我們雖然可以保存急進德行倫理學，卻要以放棄它的核心觀念來作為代價。

結論　因為前述這些理由，德行論似乎最好被視為一個整全倫理學說的一部份，而非自成一個完整的理論。這個整全的理論將說明道德實踐之決定過程中，所會涉及的一切考量因素，以及這些因素的根本基礎。問題在於這個整全的觀點，是否能夠兼容一個充分的正確行為觀和一個相關的道德品格觀，並能正確展現兩者的長處。

我找不到任何否定這種可能性的理由。我們所建立的這個整全的理論，可以開宗明義地以人類福祉——或者全體有感受能力之生物的福祉，作為至高價值。我們

可以主張，從道德的立場而論，希望社會裡的所有成員都能過著快樂而滿足的生活。接著，我們可以思考究竟哪些行為或者社會政策將有助於這個目標，**並且**思考有哪些品格特性是個體開創及維繫其人生所必備的。從這個較大的視野來探究德行的性質是有好處的。更進一步說，前述兩種思考，將有互為啟發的作用，而如果這個整全理論的兩個部分為了兼顧對方，致使彼此都得做出一些調整的話，終將更有助於真理的發現。

第*14*章

追尋一個令人滿意的道德理論

有的人相信倫理學不會再有什麼進展，因為每樣東
西都已經講過了……但我認為正相反……和其他科
學相較起來，無涉宗教的倫理學不僅最年輕，而且
發展最少。

德瑞克・帕菲特，《理性與位格人》(Derek
Parfit, *Reasons and Persons*, 1984)

14. 1. 不帶傲慢的道德

道德哲學有其豐富而引人入勝的歷史。許多思想家
從極為寬廣多元的角度來探究這個學門，並提出讓心思
細膩的讀者們既感到興趣又不免拒斥的一些理論。幾乎
所有古典理論都包含一些令人覺得合理可行的元素，此

種現象實在不令意外，畢竟這些理論都是由身懷無比天分的哲學家們所創造出來的。然而，各種理論彼此並不一致，而且絕大多數都有遭受反對意見之打擊而致失效的危險。所以回顧完這些理論之後，往往感到困惑，不知該相信些什麼。我們要問的是，經過終極分析之後，道德真理究竟為何？當然，不同哲學家會以不同方式來回答這個問題。有些甚至可能拒絕回答，理由是我們所知道的，並不足以執行「終極分析」的任務（就此而論，道德哲學並不比人類的其他學門遜色—人們對於絕大多數事物的「終極」真理，仍然毫無所悉）。可是我們的確知道很多，而且如果我們嘗試去構想一個令人滿意的道德理論可能具有的形貌，或許並不算太過草率。

一個謙遜的人類圖像　首先，一個令人滿意的理論必須敏銳覺察有關人性的事實，而且它對於人類在萬物之中的地位，也要有適切的謙遜立場。宇宙的存在大約有150億年——那是「大爆炸」之後所經歷的時光——而地球則是在46億年前生成。生物在這星球上的演化歷程是緩慢的，大致循著天擇的方式進行。第一個人類的出現，乃是非常新近的事。大恐龍在6億5千萬年前滅絕（可能是地球和某個小行星發生毀滅性的碰撞所致），使得當時存留下來的極少數小型哺乳類動物，有了生存發展的空間，且在6億4千萬餘年之後，一支生物族群終於演化出人類。依地質學上的時間而論，人類像是昨天才抵達地球。

可是我們的祖先在抵達之後，立刻認為自己是萬物之中最為重要的生物。有的人甚至想像整個宇宙全是為了人類的利益而存在的。因此，當他們開始發展有關

行為之正誤（或對錯）的理論時，主張保護人類利益的
作法具有至高而客觀的價值。其他生物，在他們的觀念
中，乃是為了提供人類利用而存在的。如今我們有了較
為清楚的認識。現在我們知道，人類的存在是個演化上
的偶然，而且我們只是宇宙的小角落裡，一個不起眼的
小世界上，眾多物種之一罷了。隨著研究發現的增加，
這個圖像的細節，每年都有一些修正；但主要輪廓似乎
是非常確定的了。

理性是如何在倫理學中出現的 休謨對於前述情節

所知不多，然而卻了解人類的自傲大多是沒有理由的。
他寫道，「一個人的生命，對宇宙來說，並不比一顆牡
蠣更為重要。」不過，他也體認到我們的生命對於我們
而言格外重要。我們是有欲望、需求、計畫和期望的生
物；即便「宇宙」不在乎這些東西，我們依舊很在乎。

人類的自傲大多數是沒有理由的，可是卻非全然沒
有道理。和其他生物相比，我們確實有令人印象深刻的
智力。我們演化成了理智的生物，而這個事實給了我們
一些自負的理由；事實上，它也使得我們有能力發展道
德。因為我們是理性的，所以可以依據適切事實作為選
擇行動之理由。我們可以說出這些理由，並加以思考。
如此某一行為有助於滿足我們的欲望和需求的事實——
亦即該行為若有提升吾人利益的事實——即是我們採取
此一行為的一個理由。

「應然」(ought)這個概念的源起，也許可以由這些
事實當中發現。假如我們無法思考行為的支持或反對理
由，那麼「應然」這個觀念對我們就毫無用處了。這時

193

的我們，就像低等動物，只能依衝動、習慣或者康德所
說的「傾向」而行動。理由的思考，引進了一個新的元
素。今日的人類，發現自己會要求自身依照慎思之後的
結論而行，徹底思考某一行為及其可能產生之結果後才
行動。人們使用「應然」一詞，來標示行為情境之中的
這個新元素：我們應然要採取的，乃是具有最強說服理
由的那種行為。

　　一旦我們把道德當作是依理性而行的事之後，另
一個重點跟著浮現。當我們思考該做什麼時，我們的思
路可能一致，也可能不一致。有一種不一致的現象是，
我們在某個情境中接受某一事實為行動理由，可是在另
一情境卻不接受，無視這兩個情境並無任何足以分辨彼
此的差異（在第九章的章末，我稱此為「康德的基本觀
念」）。當一個人毫無理由地把自己的種族或團體的利
益，擺在別的物種或團體的相關利益之上時，就會發生
這種不一致的現象。種族主義代表把別的種族成員的利
益，看得比自己種族成員的利益低下，而漠視兩個種族
並無普遍差異足以證明此種差別待遇是合理的。這是違
反道德的，因為它在一開始的時候，已經違反了理性。
相似的評論也可適用於其他將人類區分為道德上受歡迎
以及道德上不受歡迎等兩個族群的那些教條，例如利己
主義、性別主義和國家主義。總之，理性要求公正。我
們的行為應該同等提升每個人的利益。

　　假若心理利己論為真，代表理性對我們的要求，超
出了我們所能做到的範圍。可是心理利己論並不正確；
它對人性及人類處境作了完全錯誤的描繪。我們已經演
化為社會生物，群居在一起，希望彼此為伴，需要同心

協力，而且有關心別人的能力。所以在下列三者之間，存在著令人愉悅的理論「契合」(fit)：(a)理性之要求。亦即公正；(b)社會生活之要求，亦即遵守一套規則，這套規則如果公平地施行，就有助於同等提升每個人的利益；以及(c)我們有在某個適當的程度之內，關心別人的自然傾向。這三種元素的結合，不僅使道德成為可能，就某個重要意義而言，甚至是自然的。

14. 2. 待人如其所應得以及其他動機

194

我們應當「同等提升每個人的利益」的觀念，如果被當作是對偏私行為的禁止，頗有吸引力；然而，它也可能遭到反對，因為這個格律忽視每個人所應得的並不同。至少有時我們應該以個體之所應得來對待之，而不是將每個人都當作廣大人群裡的平等成員。

我們應當待人如其之所應得的觀念，和人是具有選擇能力之理性主體的觀念息息相關——假如人們不是理性的，並且完全不能控制自己的行為，那麼他們對於自己的行為，也就不必負責，同時也因此不應得其行為所產生之好、壞結果。相對地，理性存在體卻必須對他們自由採取的行為而負責，那些選擇以高尚方式待人者，值得別人以善良行為來回應；可是以惡劣方式待人者，受人以惡劣行為回報，也是應得的。

這個作法看來有一些嚴苛，可是如果我們舉例來思考，就不會這麼覺得了。假設史密斯一向對你很慷慨，每當情況允許的時候，她一定會幫助你，如今她陷入困境，並且需要你的協助，此時，除了助人的一般義務之

外，還有一個特別的理由，使你應該幫助史密斯。

　　她並不只是一般大眾的一個成員而已，她因為之前的作為，已經成了贏得你尊重和感激的一個特別的人。現在讓我們接著思考一個正好相反的例子：假設瓊斯是你的鄰居，在你需要協助的時候，他總是拒絕。例如，有一天你的車發不動，瓊斯竟然不肯讓你搭便車去上班──而他這麼做並沒有什麼理由，他只是不想被打擾罷了。想像一下，這個事件之後，瓊斯自己的車子出了問題，竟然開口要求你讓他搭便車。也許你認為，雖然他缺乏助人熱忱，但你還是應當幫助他（可能你覺得這麼做可以教導他寬大為懷）。無論如何，假如我們把焦點集中在他所應得的，我們的結論必定是他活該得自己想辦法解決。當然，假如你遇到必須在幫助史密斯和幫助瓊斯之間抉擇時，你絕對有應該選擇史密斯的理由。

　　我們根據一個人如何待人，來調整我們對待他的方式，這不僅僅是感激朋友或者怨恨敵人的表現而已。這是把人視為能負責的行為主體，這個行為主體透過選擇，顯現他們應得特定的回報，並成為感激和怨恨等情緒的適當對象。史密斯和瓊斯有著很大的差別；為什麼這個差別不該反映在我們對待他們的方式上？如果不以這種方式來衡量我們對別人行為的回應，世界將變成什麼樣？

　　至少這將阻礙人們（包括我們自己）施展從別人那裡贏得良善對待的能力。這是一件很重要的事。因為我們和別人生活在一起，我們過得好不好，不僅取決於自身的作為，還仰賴別人。假如我們想要有繁榮發達的

人生，將需要得到別人的良善對待。一套重視人之應得
與否的人際理解系統，給予人們得到別人良善對待的管
道。所以，重視應得與否，即是給予人們決定其自身命
運的權力。

如果缺乏這樣的系統，我們將如何做呢？有別的選
擇嗎？我們或許可以想像在某個系統裡，個人確保自身
得到良好待遇的方式，都是透過強迫別人而來，或者也
可想像在另一種系統裡，個人所得的良好對待，都是出
自別人的慈善之心。重視應得與否的做法，與前述兩者
是不同的。重視應得與否的系統，給予人們控制自己從
別人那裡獲得善待或惡待的權力，這個系統告訴人們：
如果你有好的行為，你將有權從別人那裡得到良好對
待。良好待遇是要努力去贏取的。若是沒有這樣的控制
權，人們將會失去行動力。尊重別人選擇行為的權利，
並隨其選擇調整我們對待他們的方式，終極而言，乃是
類似康德理論之中所謂「敬人」的道理。

其他動機 「同等提升每個人的利益」的觀念，還在其
他方面顯示未能把握道德生活的全貌（我用「顯示」一
詞，因為稍後我將回頭探討這種失敗究竟是外顯的，或
者是真實的）。當然人們的行動有時應當基於「同等提
升每個人的利益」此一公正動機，只不過這個動機並不
是道德上唯一值得讚許的動機：

196

- 一個母親對自己子女的關愛：她關心「提升他們
  的利益」，並不只是因為她有能力幫助他們。她
  對待子女的態度，和對待別的小孩的態度完全不
  同，雖然她認為如果自己有能力，也應該協助別

的小孩,但這種模糊的仁慈心,和她對自己小孩的愛,完全不一樣。

- 一個女性對自己朋友的忠誠:她關心朋友們的利益,並不只是出於她對一般大眾的仁慈之心。他們是她的朋友,而友誼使他們顯得特別。

誠如我們在第13章裡所見,只有哲學癡愚的人,才會提議在理解人類道德生活時,排除愛和忠誠這類的元素。如果這類動機被排除在外,且人們只考慮怎麼做才是最有利的,那麼到頭來人們全體只會落入更為不利的情境。無論如何,誰願意生活在沒有愛和友誼的世界呢?

當然,在人類日常生活之中,還有其他許多動機會產生作用,例如:

- 一位作曲家最關心的乃是完成她的交響曲,為了達到這個目的,她願意放棄別的可能產生「最大貢獻」的事業。

- 一位老師傾全力準備課業,無視於如果自己把一些精力轉移到別的事情上,對其整體人生可能會有更大的貢獻。

雖然這些通常不被視為「道德」動機,可是從道德的角度而言,並不希望將它們排除在人生之外。創造的欲望、十全十美地完成工作的驕傲,以及其他諸如此類的動機,都對快樂人生有所貢獻(想想每當我們創造出漂亮東西時的歡欣,或者把工作做好時內心的滿足感

等），也有助於人類普遍的福祉（想想如果沒有音樂和好的老師，我們的損失會有多少）。我們不該懷有排除這些動機的念頭，正如我們不該懷有排除愛和友誼的想法一般。

14. 3. 多元策略的效益論

根據對於人類特性和理性的一些探討，我們為「人類應該同等提升每個人的利益」這個原則，提出一個粗略的證成。可是隨後我們發現這個原則不可能說明人類道德義務的全貌，因為（至少有些時候）我們應當依照個人之所應得來對待他。而且我們還發現道德上一些別的具有重要意義的動機，與公正提升人人之利益，根本毫不相干。

可是將這些不同面向的關懷連結在一起的可能性是存在的。乍看之下「待人如其之所應得」，和「同等提升每個人的利益」似乎非常不同。可是當我們追問為何注重人之所應得是重要的，卻發現答案是，假如道德系統不把注重人之所應得的原則包含在內的話，我們每一個人的利益都會大為受損。另外，當我們問為什麼愛、友誼、藝術創作以及以自己的工作為榮等等為何重要時，所得到的答案是，假如沒有這些東西，我們的生命將會大為失色。這代表我們在衡量這些不同事物時，採用的是某個相同的標準。

或許這個相同的道德標準，即是人類福祉（或者是如彌爾所說「全體具有感知能力之生物」的福祉——稍後我會回頭探討這個比較複雜的觀念）。重點在於能使人

們獲得最大的快樂與富裕。而這個標準可用於檢驗許多不同事物，包括個人行為、政策、社會習俗、法律、規則、動機和品格特性。當我們思考規則和動機等等東西的價值時，所參照的是這個福祉的標準。但這並不是說，在日常生活中，我們應當時時以這個標準作為行為的動機。相反的，能單純地愛我們的孩子、享受友誼、以工作為榮等等，反而會使生命更為美好。而一個注重「同等提升每個人的利益」的倫理學，也會支持這個結論。

這並不是新的觀點，亨利‧希奇維克(Henry Sidgwick)這位維多利亞時代最偉大的效益論者，就曾提出相同論點，他寫道：

> 以普遍快樂(Universal Happiness)為最高標準的主張，不應被理解為：博愛(Universal Benevolence)是唯一正確或者永遠是最好的行為動機……作為正確標準的目的，並不必然是我們應該時時追求的：如果經驗顯示，人們的行為出於其他動機而非博愛，反而經常更有助於普遍快樂時，那麼依照效益原則，這些別的動機較受青睞，乃是理所當然的。

198

希奇維克的思想曾經被引用來支持所謂動機效益論(Motive Utilitarianism)，這個理論的核心觀念是，我們的行為應當出自於一個最能提升大眾福祉的動機組合。

可是這類主張之中最能取信於人的觀點，並不把焦點完全放在動機上；也不像其他效益論那樣完全鎖定在行為或規則的探討。這個最能取信於人的觀點或可稱為多元策略效益論(Multiple-Strategies Utilitarianism)。最高

的目標是在普遍（或大眾）福祉，可是達到這個目的的方式，則有各種不同策略，這是可以接受的。有些時候我們會直接追求這個目的，例如立法委員們著眼大眾福祉而立法，或者個人經過計算，了解自己如果把錢捐給聯合國兒童基金會，將能產生最大效益；可是另一些時候，我們根本沒有想到大眾福祉的事；相反的，我們只是單純地關愛自己的孩子、勤於工作、遵守法律和信守契約。

正確行為即依照最佳計畫而生活 我們可以設法使多元策略效益論的觀念基礎，更為明確地顯現出來。

假設我們手上有個一覽表，這個一覽表把既能滿足個人自身，又能積極增進他人福祉的生命所需之德行、動機和作決定的方法，完整而明確地記載下來。又假設這個表對我們是最完美(the optimum)的；沒有其他有關德行、動機和作決定之方法的組合更能達到前述目標。那麼這個一覽表至少必須包括下列數項：

- 使人的生活順暢運作所需的那些德行；

- 人們會依循的一般動機；

- 使人得以擁有朋友、家人以及其他類似人脈，所需要的承諾及人際關係；

- 個人扮演的社會角色，以及由此而產生的責任和要求；

- 個人生命計畫所涉及的責任和事務，例如身為音樂家、戰士或殯儀業者；

- 不假思索隨時都會遵行的日常規則；以及

    ● 決定何時可以不遵循規則，以及說明接納此例外
      理由所需的一個或一組解釋策略。

    這個一覽表還可以標明各個項目之間的關係——說
明何者優先、如何裁決衝突等等。要建構這個表或許非
常困難；就其涉及道德實踐的複雜多變而言，甚至是不
可能的任務。不過可以十分確定的是，這個表將會肯定
友誼、誠實和其他人們所熟悉的那些有用的德行。它將
告訴我們，應該信守諾言，但不是永遠信守；應該避免
傷害別人，但不是永遠不能傷人；以及其他諸如此類的
規則。它還可能告誡我們，當每年都有數以百萬計的兒
童死於可以預防的疾病時，我們應該停止豪奢的生活。

    總之，依照我的處境、性格以及天分，會有一種相應
的德行、動機和作決定之方法的組合對我而言是最好的一
所謂「最好」，是指它能使我得到美好生活的機會最大
化，同時也可使別人獲得美好生活的機會最大化。在此將
這個終極組合稱作為我的最佳計畫(my best plan)。對我而
言，所謂正確的行為即是依照我的最佳計畫而行。

    我的最佳計畫可能和你的最佳計畫在許多方面一
致。可以想見的是，它們一定都包含禁止說謊、偷竊或
者殺人的規則，而且也有這些規則何時可以容許例外，
以及採取例外作法的理由為何的條件說明。我們的計畫
也都將包括諸如耐心、親和以及自制之類的德行；或許
還有關於如何培育小孩的規則指導，而這些規則又包括
應該培養小孩哪些德行的指示。除了上述，你我的計畫
相同之處還會有許多。

    不過我們的計畫大可不必完全相同。人們各有不

同的性格和天分。有的人可能發覺神父的工作很有成就
感，有的人則永遠無法忍受那樣的生活。因此，這兩種
人可能會發展出不同的人際關係，而且可能需要培養不
同的德行。人們的生存處境也有差別，所得的資源可能
不一樣──有些人富有；有的貧窮；有些人居於優勢地
位；有的遭受壓迫和虐待。對於這些人，最佳生活策略
也許不會相同。

　　不過在每一個人的例子裡，最佳計畫的確認，一定
涉及該計畫「同等提升眾人之利益的能力」究竟如何的
衡量。所以，整體來說，這個理論還是具有效益論的色
彩，儘管它可以經常容許人們依循看來絕無效益意味的
動機而行。

200

14. 4. 道德社群

　　我們作為道德的主體，應當關心可能遭受我們行為
影響的每一個人福祉。這看似善良的平凡主張，但在現
實世界裡卻像個嚴厲的訴求，在我寫這本書到這本書正
式出版的期間，將近有一百萬的兒童會死於麻疹。生活
在富裕國家的人們，可以輕易防止這種事情發生，可是
他們就是不肯。如果死亡的小孩就在自己鄰近鄉裡而不
是遠在異國的陌生人，人們的道德義務感無疑會提高。
就我們想建立的理論而言，兒童的住處應該毫無影響：
每個人都包含在道德關懷的社群裡。假如我們能夠認真
看待所有小孩的利益，而不論他們住在哪裡，那麼將會
對我們的行為產生偌大的影響。

　　如果道德社群不限於住在某地的人，也不限於生

活在某個時間的人，則受我們行為影響的，究竟是現在的人，或者遙遠未來的人，將沒有差別。我們的義務是要平等地看待每一個人的利益。這個主張會影響我們對於大規模毀滅武器的看法。隨著核子武器的發明，人類有能力以無比戲劇性的方式來改變歷史的軌跡。如果未來世代的福祉受到適度重視，我們將很難證成任何大量使用這些武器的時機。環境的議題，也會明顯涉及未來世代的利益：我們不必認定環境「本身」的重要性，也可意識到破壞環境乃是一種恐怖道德災難；我們只需想想，如果雨林、海藻和臭氧層都滅絕了，人們的處境將會如何，即可理解其嚴重性。

還有另外一種方式，足以顯示我們的道德社群觀必須擴大。如前所知，人類只是這個星球上眾多物種之一。其他動物如同人類一般，也會受我們的行為影響。當我們殺害或折磨動物時，牠們會受傷，正如對人類那麼做時，人類也會受傷一樣。邊沁和彌爾認為，一般動物的利益，在道德考量中應該被重視，這種看法是正確的。誠如邊沁所言，因為種屬關係，而將某類生物排除在道德思考之外，和因為種族、國籍或性別而將人們排除在道德考量之外一樣不合理。公正要求我們擴大道德社群，不僅要跨時空，也要跨越物種的界限。

14.5. 正義和公平

古典效益論被評為忽視正義和公平的價值。前述我們提到的那些複雜案例，是否有助於這個問題的解決呢？

對於效益論的批判，有一個涉及懲罰的問題。我們可以想像構陷無辜者而能提升大眾福祉的情形，而這顯然並不公正。然而若以效益原則為至高標準，我們將難以解釋為何這麼做是錯的。如果從更普遍的角度觀之，就如康德所指出的，效益論對懲罰的基本「證成」，是把人當作純粹的「工具」來看待。

假如待人如其之所應得的政策為普遍效益論之標準所接受，那麼這將允許我們抱持有別於效益論者慣有的懲罰觀（事實上，如此調整之後的懲罰觀會很接近康德的觀點）。當我們處罰某個人，就是以不同於對待其他人的方式來對待他——懲罰代表不再對人人一視同仁。不過這是合理的，因為依我們的見解，一個人之所以受罰，乃是源自於這個人自己過去的行為。換言之，懲罰是對他過去所作所為的回應。這也說明為何構陷無辜者是不對的；無辜者並沒有做什麼使自己應該被糾舉出來接受懲罰的事。

懲罰的理論只是正義這個主題的一部份，一旦某人得到差別對待，正義與否的問題便在其中。假設一個老闆必須在兩個員工之中，選擇一位來晉升，並且她只能晉升一位。第一位候選人為公司辛勤付出，必要時一定加班，放棄休假協助公司完成工作，還有其他諸如此類的事蹟。第二位候選人總是只做基本工作（在我們看來他毫無理由如此；他只是不想認真做事）。很明顯地，這兩位職員會得到不同的待遇：其中一個會晉升，另一個則不會。根據我們的理論，這是合理的，因為考核兩者過去的表現，第一位員工比第二位員工更應得晉升的機會。所以第一位員工贏得升遷；第二位則否。

202

　　就公平的原則而言，一個人只有因為其自願採取的行為，才可以使我們對他採取不同於「公平對待」(equal treatment)的基本政策，其餘理由皆不得改變這個政策。可是這違反了常識觀點。通常人們覺得一個人可以因為軀體之美、高人一等的智力或者其他自然稟賦，而得到獎勵（在實際生活中，人們經常因為有較好的天賦，而取得較好的工作，並得到較多的美好生活資源）。可是經過反思之後，我們會發現這似乎是不對的。人們並沒有做了什麼使得他們應得較佳的天賦；他們之所以取得好的天賦，只是如約翰・羅爾斯(John Rawls)所謂在「自然樂透」(the natural lottery)中運氣較好而已。假設在我們前面所舉的那個例子裡，第一位雖然努力卻沒有得到升遷，只因為第二位員工的天賦較適合新的職務。雖然老闆可以用公司的需求來證明此舉的正當性，第一位員工還是有理由覺得不公平。她一向比較認真工作，然而得到升職和相關福利的卻是他，而他得到這個好處所根據的，卻是他未曾盡任何力量去贏取的東西。這是不公平的。根據我們的見解，一個公正的社會裡，人們應可經由努力而提升自己的職位（且一切職位的機會，是向人人平等開放的），卻不該只是因為生來幸運而佔得優勢地位。

14. 6.　結論

　　一個令人滿意的道德理論應該具有什麼樣的形貌呢？我已經把我認為最為合理的可能答案描繪了出來。雖然如此，我們應該謹記，許多思想家都曾經試圖創造這樣的理論，而經過歷史考驗，證明他們都只有取得

部分成功。這告訴我們，不論握有什麼自認為成功的理論，都不能太自誇。但我們有理由抱持樂觀態度。誠如德瑞克·帕菲特所言，地球在未來十億年之中還是可居住的，而人類的文明史才幾千年之久。假如我們不毀滅自己，道德哲學以及人類其他的探究活動，都還大有進展的空間。

延伸閱讀
Suggestions for Further Reading

General Sussestions

This book introduces moral philosophy by examining the most important general theories of ethics. There are other ways to approach the subject. Alasdair MacIntyre's A Short History of Ethics (New York: Macmillan, 1966) is an accessible historical treatment. Peter Singer's Practical Ethics, 2nd ed. (Cambridge: Cambridge University Press, 1993), is recommended as an introduction centered on such practical issues as abortion, racism, and so forth. The fact that these books are "introductions" should not be taken to mean that they are boringly elementary; each contains material that will be of interest even to sophisticated readers. Two state-of-the-art philosophical encyclopedias also deserve notice: The Routledge Encyclopedia of Philosophy, ed. Edward Craig (London: Routledge, 1998), and The Encyclopedia of Ethics, ed. Lawrence C. Becker and Charlotte B. Becker, 2nd edition (New York: Garland Press, 2001).

Chapter 1: What Is Morality ?

Classic Cases in Medical Ethics, by Gregory E. Pence, 3rd ed. (New York: McGraw-Hill, 1999), is a good source of information about cases and issues in medical ethics, including issues concerning handicapped infants.

The Definition of Morality, edited by G. Wallace and A.D.M. Walker (London: Methuen, 1970), is a useful collection of articles on the question of what morality is. For additional reflections on the place of reason in ethics and its limits, see James Rachels, Can Ethics Provide Answers? (Lanham, MD: Rowman and Littlefield, 1997). On the idea of impartiality, see Peter Singer, "Is Racism

Arbitrary?" Philosophia 8 (1978), pp.185-204.

Chapter 2: The Challenge of Cultural Relativism

Two classic defenses of Cultural Relativism by social scientists are Ruth Benedict, Patterns of Culture (New York: Pelican, 1946); and William Graham Sumner, Folkways (Boston: Ginn and Company, 1906). Among contemporary philosophers, Gilbert Harman is the leading defender of ethical relativism; see his book Explaining Value (New York: Oxford University Press, 2000).

Kai Nielsen's essay "Ethical Relativism and the Facts of Cultural Relativity," Social Research 33 (1966), pp. 531-51, is an excellent discussion of the significance, or lack of it, of anthropological data.

Ethical Relativism, edited by John Ladd (Belmont, CA: Wadsworth, 1973), is a good collection of articles on Cultural Relativism. Relativism: Cognitive and Moral, edited by Jack W. Meiland and Michael Krausz (Notre Dame: University ofNotre Dame Press, 1982), is another useful anthology. A very good recent book is Thomas Nagel's The Last Word (New York: Oxford University Press, 1997). Moral Relativism and Moral Objectivity by Gilbert Harman and Judith Jarvis Thomson (Oxford: Blackwell, 1996) is heavy going in places but rewarding.

Chapter 3: Subjectivism in Ethics

David Hume defended an important version of Ethical Subjectivism in Book III of his A Treatise a/Human Nature (London, 1738; today available in numerous editions). But perhaps his clearest and most readable presentation of the theory is in Section I and Appendix I of his An Inquiry Concerning the Principles of Morals (London, 1752; also available now in various editions).

In Chapter 3 of his little book Ethics (London: Oxford University Press, 1912), G. E. Moore gives the classic critique of Simple Subjectivism. C. L. Stevenson discusses Moore's arguments and points out that they do not refute Emotivism in "Moore's Arguments Against Certain Forms of Ethical Naturalism," which is included in the volume of Stevenson's collected essays Facts and Values (New Haven: Yale University Press, 1963). Reading Stevenson's essays is easier than attempting his great work Ethics and Language (New Haven: Yale University Press, 1944).

An accessible critical discussion ofemotivism isj. 0. Urmson, The Emotive Theory of Ethics (London: Hutchinson, 1968). Chapter 3 ofG.J. Warnock's Contemporary Moral Philosophy (London: Macmillan, 1967) is also recommended.

J. L. Mackie's Ethics: Inventing Right and Wrong (Harmondsworth, Middlesex: Penguin, 1977) is a vigorous defense of Subjectivism. For essays on both sides of the issue, see James Rachels, ed., Ethical Theory 1: The Question of Objectivity (Oxford: Oxford University Press, 1998).

Richard Mohr is the leading philosophical writer on gay issues. His books are Gay Ideas (Boston: Beacon Press, 1994), Gays/Justice (New York: Columbia University Press, 1990), and A More Perfect Union (Boston: Beacon Press, 1995). For a conservative view, see Roger Scruton, Sexual Desire (London: Weidenfeld and Nicolson, 1985).

Chapter 4: Does Morality Depend on Religion?

Two anthologies contain a wealth of material on this subject- Religion and Morality, edited by Gene Outka and John P. Reeder,Jr. (Garden City, NY: Anchor, 1973); and Divine Commands and Morality, edited by Paul Helm (Oxford: Oxford University Press, 1981). Both include articles that defend the Divine Command Theory, such as Robert Merrihew Adams's "A Modified Divine Command Theory of Ethical Wrongness," as well as critical papers. Norman Kretzmann's "Abraham, Isaac, and Euthyphro: God and the Basis of Morality," in Hamartia, edited by Donald Stump (Lewiston, NYMellen, 1983) is a splendid essay, although it may be difficult to find. Kai Nielsen's Ethics Without God (London: Pemberton, 1973) is also recommended. A Companion to Ethics, edited by Peter Singer (Oxford: Basil Blackwell, 1991) contains two useful articles: Jonathan Berg, "How Could Ethics Depend on Religion?" pp. 525-33; and Ronald Preston, "Christian Ethics," pp 91-105.

Stephen Buckle's "Natural Law," in A Companion to Ethics, edited by Peter Singer (Oxford: Basil Blackwell, 1991), pp. 161-74, is a good account. Aquinas and Natural Law by D.J. O'Connor (London-Macmillan, 1968) is a clear, readable introduction to the subject.

The literature on abortion is, of course, vast. Perhaps the easiest way into the philosophical debate is through Chapter 6 of Peter Singer's Practical Ethics, 2nd ed. (Cambridge: Cambridge University Press, 1993) MaryAnne Warren's "Abortion" in A Companion to Ethics, edited by Peter Singer (Oxford: Basil Blackwell, 1991), pp. 303-14, would also be a good place to start. Some of the best philosophical articles are collected in The Problem of Abortion, edited by Joel Feinberg, 2nd ed. (Belmont CA-Wadsworth, 1984). One of the most important, but also most difficult philosophical studies of abortion is Michael Tooley, Abortion and Infanticide (Oxford: Clarendon Press, 1983). See, too, Barbara Baum Levenbook's and Joel Feinberg's essay "Abortion" in Matters of Life and Deathedited by Tom Regan, 3rd ed. (New York: McGraw-Hill, 1993).

Chapter 5: Psychological Egoism

Thomas Hobbes defends Psychological Egoism in certain passages in his Leviathan (London, 1651) and in On Human Nature (London, 1650). The former work is available today in various editions; the latter may be found in Thomas Hobbes, Body, Man, and Citizen, edited by Richard S. Peters (New York: Collier, 1962). Hobbes's view of human nature provoked much criticism; Joseph Butler's demolition of Psychological Egoism in his Fifteen Sermons Preached at Rolls Chapel (Oxford, 1726) is especially noteworthy.

Among more recent writings, Joel Feinberg's essay "Psychological Egoism," in Reason and Responsibility, edited by Feinberg (Encino, CA: Dickenson, 1965), stands out as a model of exposition and argument. Feinberg rejects the theory. A defense is Michael Slote, "An Empirical Basis for Psychological Egoism," Journal of Philosophy 61 (1964),pp. 530-37.

But perhaps the most interesting recent work on this issue has been done by evolutionary biologists, who observe that altruistic behavior occurs throughout the animal world and who explain this as the result of natural selection. For a brief account, see James Rachels, Created from Animals: The Moral Implications of Darwinism (Oxford: Oxford University Press, 1990), pp. 73-79, 147-64.

Chapter 6: Ethical Egoism

Alasdair MacIntyre, "Egoism and Altruism," in The Encyclopedia of Philosophy, vol. 2, edited by Paul Edwards (New York: Macmillan and Free Press, 1967), pp. 462-66, is a nice survey article. So is Kurt Baier's "Egoism" in A Companion to Ethics, edited by Peter Singer (Oxford: Basil Blackwell, 1991), pp. 197-204.

Robert G. Olson's The Morality of Self-interest (New York: Harcourt, 1965) is the best contemporary work by a philosopher sympathetic to Ethical Egoism. The following articles amount to a more or less continuous debate about the merits of the theory: Brian Medlin, "Ultimate Principles and Ethical Egoism," Australasian Journal of Philosophy 35 (1957), pp. 111-18; John Hospers, "Baier and Medlin on Ethical Egoism," Philosophical Studies 12 (1961), pp. 10-16; W. H. Baumer, "Indefensible Impersonal Egoism," Philosophical Studies 18 (1967), pp. 72-75; Jesse Kalin, "On Ethical Egoism," American Philosophical Quarterly Monograph Series, No. 1: Studies in Moral Philosophy (1968), pp. 26-41; and James Rachels, "Two Arguments Against Ethical Egoism," Philosophia4 (1974), pp. 297-314.

Peter Singer's How Are We to Live? (Amherst, MA: Prometheus Books, 1995), which defends the ethical life against the life of selfinterest, is a wonderful book.

On our duty to contribute for famine relief, see Chapter 8 of Singer's Practical Ethics, 2nd. ed. (Cambridge: Cambridge University Press, 1993); William Aiken and Hugh LaFollette, eds., World Hunger and Moral Obligation (Englewood Cliffs, NJ: Prentice-Hall, 1977); and Onora O'Neill, "The Moral Perplexities of Famine Relief," in Matters of Life and Death, edited by Tom Regan, 2nd ed. (New York: Random House, 1985). Peter Unger's Living High and Letting Die (New York: Oxford University Press, 1996) is an important recent book.

Chapter 7: The Utilitarian Approach

The indispensable classic work is John Stuart Mill's Utilitarianism (Lon don, 1861). It is available in many editions, including the collection Mill's Ethical Writings, edited byj. B. Schneewind (New York: Collier, 1965), which also contains Mill's important essay on Bentham. Henry Sidgwick's The Methods of Ethics (London:

Macmillan, 1874), another 19th-century classic, is rewarding but less accessible. In the 20th century, R. M. Hare is a leading utilitarian thinker; see his Moral Thinking (Oxford: Oxford University Press, 1981) and Essays in Ethical Theory (Oxford: Oxford University Press, 1989).

For more about euthanasia, see James Rachels, The End of Life (Oxford: Oxford University Press, 1986). Also see Peter Singer, Rethinking Life and Death (New York: St. Martin's Press, 1996).

Singer's Animal Liberation (New York: New York Review Books, 1975; 2nd ed. 1990) is the book that made the question of animal welfare a topic of serious discussion among contemporary philosophers. It is lively, nontechnical, and easy to read. Also accessible is Singer's "Animals and the Value of Life" in Matters of Life and Death, edited by Tom Regan, 3rd ed. (New York: McGraw-Hill, 1993). See Animal Rights and Human Obligations, edited by Tom Regan and Peter Singer 2nd ed. (Englewood Cliffs, NJ: Prentice-Hall, 1989), for a collection of readings representing diverse points of view. Tom Regan's The Case for Animal Rights (Berkeley: University of California Press, 1983) is the most thorough defense of a rights-based approach; and R. G. Prey's Rights, Killing, and Suffering: Moral Vegetarianism and Applied Ethics (Oxford: Blackwell, 1983) is the best presentation of the case on the other side.

Chapter 8: The Debate over Utilitarianism

In two books, the English philosopher W. D. Ross presented an uncompromising attack on Utilitarianism: The Right and the Good (Oxford: Oxford University Press, 1930) and Foundations of Ethics (Oxford-Oxford University Press, 1939). After Ross, much of the contemporary debate was carried on in the academic journals. An enormous number of articles debate the merits of the theory Two useful collections contain some of the most important ones: Samuel Gorovitz, ed., Mill: Utilitarianism@Text and Critical Essays (Indianapolis: Bobbs-Merrill 1971); and Michael D. Bayles, ed.. Contemporary Utilitarianism (Garden City, MY: Anchor, 1968). Robert M. Adams, "Motive Utilitarianism," The Journal a/Philosophy 78 (1976), pp. 467-81, is an important paper.

Amartya Sen and Bernard Williams, eds., Utilitarianism and Beyond (Cambridge: Cambridge University Press, 1982) is a good collection; but also see

Samuel Scheffler, Consequentialism and Its Critics (New York: Oxford University Press, 1988).

Also recommended areJ.J. C. Smart and Bernard Williams, Utilitarianism: For and Against (Cambridge: Cambridge University Press, 1973); and two books by Richard B. Brandt, A Theory of the Good and the Right (Oxford: Clarendon, 1979), and Morality, Utilitarianism, and Rights (New York: Cambridge University Press, 1992).

David Lyons, "Utilitarianism," in the Encyclopedia of Ethics, vol. II, edited by Lawrence C. Becker and Charlotte B. Becker (New York: Garland Press, 1992), pp. 1261-68, is recommended for a recent overview of the subject.

Chapter 9: Are There Absolute Moral Rules?

A debate about absolute moral rules may be traced through the following articles: G. E. M. Anscombe, "Modern Moral Philosophy," Philosophy 33 (1958); Jonathan Bennett, "Whatever the Consequences," Analysis 26 (1966); P. T. Geach, God and the Soul (London: Routledge and Kegan Paul, 1969), Chapter 9; James Cargile, "On Consequentialism," Analysis 29 (1969); and James Rachels, "On Moral Absolutism," Australasian Journal of Philosophy 48 (1970). A book edited by Joram G. Haber, Absolutism and Its Consequentialist Critics (Lanham,

MD: Rowman and Littlefield, 1994), contains some of these articles plus other useful ones.

The best translations of Kant's major ethical writings are Foundations of the Metaphysics of Morals, translated by Lewis White Beck (Indianapolis: Bobbs-Merrill, 1959); Critique of Practical Reason, translated by Lewis White Beck (Indianapolis: Bobbs-Merrill, 1956); The Metaphysical Principles of Virtue, translated by James Ellington (Indianapolis: Bobbs-Merrill, 1964); The Metaphysical Elements of Justice, translated by John Ladd (Indianapolis: Bobbs-Merrill, 1965); and Lectures on Ethics, translated by Louis Infield (New York: Harper, 1963).

Two good short introductions to Kant are Christine M. Kors gaard, "Kant" in the Encyclopedia of Ethics, vol. 1, edited by Lawrence C. Becker and Charlotte B. Becker (New York: Garland Press, 1992), pp. 664-74; and Onora O'Neill, "Kantian

Ethics" in A Companion to Ethics, edited by Peter Singer (Oxford: Basil Blackwell, 1991), pp. 175-85. For longer discussions see Barbara Herman, The Practice of Moral Judgment (Cambridge, MA: Harvard University Press, 1993), and Onora O'Neill, Constructions of Reason: Explorations of Kant's Practical Philosophy (New York: Cambridge University Press, 1989).

Chapter 10: Kant and Respect for Persons

The best translations of Kant's writings are listed above. R. S. Downie and Elizabeth Teller, Respect for Persons (London: Alien and Unwin, 1969) is a useful treatment of this concept. Herbert Morris's essay "Persons and Punishment," The Monist 52 (1968), pp. 475-501, is a splendid introduction to the notion of Kantian respect. Even though Morris does not specifically set out to explain Kant, his argument is so clear and so Kantian that understanding Morris's point is an excellent way of coming to understand what Kant had in mind.

Thomas E. Hill,Jr., and Christine Korsgaard have both written superb essays in Kantian moral philosophy. Hill's essays are collected in his books Autonomy and Self-Respect (New York: Cambridge University Press, 1991) and Dignity and Practical Reason (Ithaca: Cornell University Press, 1992). Korsgaard's essays are brought together in her book Creating the Kingdom of Ends (Cambridge: Cambridge University Press, 1996).

The philosophical debate about the nature and justification of punishment is chronicled in two useful anthologies: Philosophical Perspectives on Punishment, edited by Gertrude Ezorsky (Albany: State University of New York Press, 1972); and The Philosophy of Punishment, edited by H. B. Acton (London: Macmillan, 1969). On capital punishment, see Hugo A. Bedau, The Death Penalty in America: Current Controversies (New York: Oxford University Press, 1998) and "Capital Punishment," in Matters of Life and Death, edited by Tom Regan, 3rd ed. (New York: McGraw-Hill, 1993). On the idea of "rehabilitation," see the landmark work prepared by the American Friends Service Committee, Struggle for Justice (New York: Hill andWang, 1971).

Chapter 11: The Idea of a Social Contract

The classic works are Thomas Hobbes, Leviathan (1651); John Locke, The Second

Treatise of Government (1690); and Jean-Jacques Rousseau, The Social Contract (1762). All are available today in various editions. David P. Gauthier, The Logic of Leviathan: The Moral and Political Theory of Thomas Hobbes (Oxford: Clarendon, 1969), is an excellent secondary discussion.

Interest in the Social Contract Theory was revived among contemporary philosophers largely through the work of the Harvard philosopher John Rawls. Rawls's A Theory of Justice (Cambridge, MA: Harvard University Press, 1971), which argues for a kind of contractarian theory, was the most acclaimed work of moral philosophy in the past three decades. Critical assessments of Rawls may be found in Brian Barry, The Liberal Theory of Justice (Oxford: Oxford University Press, 1973); Robert Paul Wolff, Understanding Rawls (Princeton: Princeton University Press, 1977); and Norman Daniels, ed., Reading Rawls (New York: Basic Books, n.d.).

David Gauthier's Morals by Agreement (Oxford: Oxford University Press, 1986) is a major contribution to Social Contract Theory. Gauthier's essay "Why Contractarianism?" in Peter Vallentyne, ed., Contractarianism and Rational Choice (New York: Cambridge University Press, 1991), pp. 15-30, is especially recommended. Another important paper is T. M. Scanlon, "Contractualism and Utilitarianism," in Amartya Sen and Bernard Williams, eds., Utilitarianism and Beyond (Cambridge: Cambridge University Press, 1982), pp. 103-28.

Two good introductory pieces are Will Kymlicka, "The Social Contract Tradition," in A Companion to Ethics, edited by Peter Singer (Oxford: Basil Blackwell, 1991), pp. 186-96; and Lawrence C. Becker, "Social Contract," in the Encyclopedia of Ethics, vol. 11, edited by Lawrence C. Becker and Charlotte B. Becker (New York: Garland Press, 1992), pp. 1170-77.

On civil disobedience, see the essays collected in Civil Disobedience: Theory and Practice, edited by Hugo Adam Bedau (New York: Pegasus Books, 1969).

Chapter 12: Feminism and the Ethics of Care

Carol Gilligan's In A Different Voice: Psychological Theory and Women s Development (Cambridge: Harvard University Press, 1982) is the book that started the contemporary discussion of "caring" as a distinctively feminine ethic. Nel

Noddings, Caring: A Feminine Approach to Ethics and Moral Education (Berkeley: University of California Press, 1984) is the most detailed account of such an ethic. For an excellent collection of articles discussing Gilligan's work, see Maryjeanne Larrabee, ed.. An Ethic of Care: Feminist and Interdisciplinary Perspectives (New York: Routledge, 1993).

Among the many general treatments of the subject, three are especially recommended: Jean Grimshaw, "The Idea of a Female Ethic," in Peter Singer, ed., A Companion to Ethics (Oxford: Blackwell, 1991), pp. 491-99; Alison M.Jaggar, "Feminist Ethics," in the Encyclopedia of Ethics, vol. 1, edited by Lawrence C. Becker and Charlotte B. Becker (New York: Garland Press, 1992), pp. 361-70; and Virginia Held, "Feminist Transformations of Moral Theory," Philosophy and Phenomenological Research 50 (1990), pp. 321-44. Eva Kittay and Diana Meyers, eds., Women and Moral Theory (Lanham, MD: Rowman and Littlefield, 1987) contains a number of worthwhile papers.

Annette Baier's Moral Prejudices (Cambridge: Harvard University Press, 1994) is a collection of her papers, including "What Do Women Want in a Moral Theory?" and "Ethics in Many Different Voices." Sara Ruddick's Maternal Thinking (Boston: Beacon Press, 1989) develops a moral view based on the distinctive concerns and insights of mothers.

Feminist writers have also addressed particular moral issues such as pornography, militarism, and the environment. For a good selection of articles, see Alison M. Jaggar, ed.. Living with Contradictions: Controversies in Feminist Social Ethics (Boulder: Westview Press, 1994).

Alison M.Jaggar and Iris Young, eds., A Companion to Feminist Philosophy (Oxford: Blackwell, 1998) is a useful general reference work.

Chapter 13: The Ethics of Virtue

The classic work with which to begin is Aristotle's Nicomachean Ethics. Martin Ostwald's translation (Indianapolis: Bobbs-Merrill, 1962) is one of many available. Some of the most important recent books are Philippa Foot, Virtues and Vices and Other Essays in Moral Philosophy (Berkeley: University of California Press, 1978); James D. Wallace, Virtues and Vices (Ithaca: Cornell University Press, 1978); Edmund L. Pincoffs, Quandaries and Virtues: Against Reductivism in Ethics

(Lawrence: University of Kansas Press, 1986); and Michael Slote, From

Morality to Virtue (New York: Oxford University Press, 1992).

Alasdair MacIntyre's After Virtue (Notre Dame: University ofNotre Dame Press, 1981) is a seminal work; it is probably the most discussed current treatment of the subject. MacIntyre's later volume Whosejustice? Which Rationality? (Notre Dame: University of Notre Dame Press, 1988) is a sequel. MacIntyre also wrote the article on "Virtue Ethics" in the Encyclopedia of Ethics, vol. 11, edited by Lawrence C. Becker and Charlotte B. Becker (New York: Garland Press, 1992), pp. 1276-82.

The following articles are also recommended: Jonathan Bennett, "The Conscience of Huckleberry Finn," Philosophy 49 (1974), pp. 123-34; Michael Stocker, "The Schizophrenia of Modern Ethical Theories," Journal of Philosophy 73 (1976), pp. 453-66; Susan Wolf, "Moral Saints," Journal of Philosophy 79 (1982), pp. 419-39; and Robert Louden, "Some Vices of Virtue Ethics," American Philosophical Quarterly 21 (1984), pp.227-36.

Gregory E. Pence, "Recent Work on the Virtues," American Philosophical Quarterly 21 (1984), pp. 281-97, is a helpful guide to work through 1984. Pence is also the author of the article on "Virtue Theory" in A Companion to Ethics, edited by Peter Singer (Oxford: Basil Blackwell, 1991), pp. 249-58.

An excellent collection of articles by various writers is Midwest Studies in Philosophy, Vol. XII. Ethical Theory: Character and Virtue, edited by Peter A. French, Theodore E. Uehlingjr., and Howard K. Wettstein (Notre Dame: University ofNotre Dame Press, 1988). Martha C. Nussbaum's "Non-Relative Virtues: An Aristotelian Approach," in this volume, is especially recommended. Another good collection is Identity, Character, and Morality, edited by Owen Flanagan and Amelie Oksenberg Rorty (Cambridge, MA: Bradford Books, 1990). But Virtue Ethics, edited by Michael Slote and Roger Crisp (Oxford: Oxford University Press, 1997), is probably the best single volume on the subject.

Chapter 14: What Would a Satisfactory Moral Theory Be Like?

On the need for a more modest conception of the moral "importance of humankind, see James Rachels, Created from Animals: The Moral Implications of Darwinism

(Oxford: Oxford University Press, 1990).

For more on desert, see James Rachels, "What People Deserve," in Can Ethics Provide Answers? (Lanham, MD: Rowman and Littlefield, 1997), pp.175-98.

附註
Notes on Sources

Chapter 1: What is Morality?

The ethicists' comments about Baby Theresa are from an Associated Press report by David Briggs, «Baby Theresa Case Raises Ethics Questions,» The Champaign-Urbana News-Gazette, March 31, 1992, p. A-6.

The poll about separating conjoined twins is from the Ladies Home Journal, March 2001. The judges' comments about Jodie and Mary are from Daily Telegraph, September 23, 2000. The quotation from the doctor about medical record-keeping in the U.S. is from the Birmingham News, July 27, 2001.

Information about the Tracy Latimer case is from the New York Times, December 1,1997, National Edition, p. A-3. The Tracy Walters quotation is from the Canadian Broadcasting Corporation, January 19, 2001.

Chapter 2: The Challenge of Cultural Relativism

The story of the Greeks and the Callatians is from Herodotus, The Histories, translated by Aubrey de Selincourt, revised by A. R. Burn (Harmondsworth, Middlesex: Penguin Books, 1972), pp. 219-20. The quotation from Herodotus toward the end of the chapter is from the same source.

Information about the Eskimos was taken from Peter Freuchen, Book of the Eskimos (New York: Fawcett, 1961); and E. Adamson Hoebel, The Law of Primitive Man (Cambridge: Harvard University Press, 1954), Chapter 5. The estimate of how female infanticide affects the male/female ratio in the adult Eskimo population is from Hoebel's work.

The William Graham Sumner quotation is from his Folkways (Boston: Ginn and Company, 1906), p. 28.

The New York Times series on female genital mutilation included articles (mainly by Celia W. Dugger) published in 1996 on April 15, April 25, May 2, May 3, July 8, September 11, October 5, October 12, and December 28.

Chapter 3: Subjectivism in Ethics

The quotation from Matt Foreman is from the New York Times, June 25, 2001.

The Galiup Poll information was taken from the Galiup Organization's internet site, www.gallup.com.

The Catholic view about homosexuality is quoted from Catechism of the Catholic Church (Mahwah, NJ: Paulist Press, 1994), p. 566.

The C. L. Stevenson quotation is from his Ethics and Language (New Haven: Yale University Press, 1944), p. 114.

Chapter 4: Does Morality Depend on Religion?

The information about Governor Cuomo s ethics panel and the quotation from the governor are from the New York Times, October 4, 1984,p.1.

On surveys about religious belief, see George Bishop, "What Americans Really Believe," Free Inquiry, vol. 19, No. 3, pp. 8-42.

The Bertrand Russell quotation is from his essay "A Free Man's Worship," Mysticism and Logic (Garden City, NY: Doubleday, Anchor Books, n.d.), pp. 45-46.

Antony Flew makes the remark about philosophical talent in his God and Philosophy (New York: Dell, 1966), p. 109.

The Leibniz quotation is from his Discourse on Metaphysics (1686), which may be found in G. W. von Leibniz, Philosophical Papers and Letters, edited and translated by Leroy E. Loemker (Chicago: University of Chicago Press, 1956), vol. 1, pp. 465-66.

The quotations from Aristotle are from The Basic Works of Aristotle, ed. Richard McKeon (New York: Random House, 1941), p. 249, and The Politics, translated by T. A. Sinclair (Harmondsworth, Middlesex: Penguin, 1962), p. 40.

The quotation from St. Thomas Aquinas is from the Summa Theologica. III

Quodlibet, 27, translated by Thomas Gilby in St. Thomas Aquinas: Philosophical Texts (New York: Oxford University Press, 1960).

Chapter 5: Psychological Egoism

For information about Raoul Wallenberg, see John Bierman, The Righteous Gentile (New York: Viking Press, 1981).

The quotation about David Allsop is from Peter Singer, How Are We to Live? (Amherst,NY: Prometheus, 1995),p. 163.1 am indebted to Singer, who also discusses the Wallenberg case as an example of heroic altruism.

Hobbes's definitions of charity and pity are from On Human Nature, Chapter 9, parts 9 and 17, contained in vol. IV of the Molesworth edition of The English Works of Thomas Hobbes (London, 1845).

The story about Abraham Lincoln is from the Springfield (111.) Monitor, quoted by Frank Sharp in his Ethics (New York: Appleton Century, 1928), p. 75.

For information about the Rosenham study, see David L. Rosenham, "On Being Sane in Insane Places," in Labeling Madness, edited by Thomas J. Scheff (Englewood Cliffs, NJ: Prentice-Hall, 1975), pp. 54-74.

Chapter 6: Ethical Egoism

The quotations from Ayn Rand are from her book The Virtue of Selfishness (New York: Signet, 1964), pp. 27, 32, 80, and 81.

The newspaper reports are from the Baltimore Sun, August 28, 2001; the Miami Herald, June 2, 1989, August 28, 1993, and October 6, 1994; and the Miami News, September 8, 1976.

The quotations from Kurt Baier are from his book The Moral Point of View (Ithaca, NY: Cornell University Press, 1958), pp. 189-90.

Chapter 7: The Utilitarian Approach

The opening quotation from Bentham is from his Principles of Morals and Legislation (New York: Hafner, 1948), p. 2. The quotation concerning animals is from the same work, p. 311.

The quotations from Mill are from his Utilitarianism (Indianapolis: Bobbs-Merrill, 1957), p. 16; and On Liberty (Indianapolis Bobbs-Merrill, 1956), p. 13.

The case of Matthew Donnelly is taken from Robert M. Veatch, Case Studies in MedwalEthics (Cambridge: Harvard University Press, 1977), p. 328.

The NIH study of terminally ill patients was reported by the Associated Press in the Birmingham News, November 15, 2000, p. 1.

The quotations from Aquinas about animals are from Summa Theologica, 11, 11, Q. 64, Art. 6; and Summa Contra Gentiles, 111,11, 12. See Basic Writings of Saint Thomas Aquinas, edited by Anton C. Pegis, 2 vols. (New York: Random House, 1945).

Singer describes the experiment with the 40 dogs in Animal Liberation (New York: New York Review Books, 1975), p. 38. His discussion of the treatment of farm animals is in the same book. Chapter 3.

Chapter 8: The Debate over Utilitarianism

The quotation from Mill about impartiality is from Utilitarianism (Indianapolis: Bobbs-Merrill, 1957), p. 22.

McCloskey's example of the utilitarian tempted to bear false witness is from his paper "A Non-Utilitarian Approach to Punishment " Inquiry 8 (1965), pp. 239-55.

The quotation from John Cottingham is from his article "Partialism, Favouritism and Morality," Philosophical Quarterly 36 (1986), p. 357. The Brandt quotation is from Richard B. Brandt, A Theory of the Right and the Good (Oxford: Clarendon Press, 1979), p. 194.

TheJ.J. C. Smart quotation is fromJ.J. C. Smart and Bernard Williams, Utilitarianism: For and Against (Cambridge: Cambridge University Press, 1973), p. 68.

Chapter 9: Are There Absolute Moral Rulese

The quotation from Franklin Roosevelt is from his communication, The President of the United States to the Governments of France, Germany, Italy, Poland and His Britannic Majesty, September 1, 1939.

MissAnscombe's 1939 pamphlet "The Justice of the Present War Examined," as well as her 1956 pamphlet "Mr. Truman's Degree," can be found in G. E. M. Anscombe, Ethics, Religion and Politics: Collected Philosophical Papers, vol. Ill (Minneapolis: University of Minnesota Press, 1981). The quotations are from pp. 34, 64, and 65.

The excerpts from Harry Truman's diary are from Robert H. Ferrell, Off the Record: The Private Papers of Harry S. Truman (New York: Harper & Row, 1980), pp. 55-56.

Kant's statement of the Categorical Imperative is from his Foundations of the Metaphysics of Morals, translated by Lewis White Beck (Indianapolis: Bobbs-Memll, 1959), p. 39.

Anscombe's criticism of Kant is from "Modern Moral Philosophy," Philosophy 33 (1958), p. 3; reprinted in Ethics, Religion and Politics: The Collected Philosophical Papers of G. E. M. Anscombe, vol. Ill (Minneapolis: University of Minnesota Press, 1981).

Kant's "On a Supposed Right to Lie from Altruistic Motives" can be found in Critique of Practical Reason and Other Writings in Moral Philosophy, translated by Lewis White Beck (Chicago: University of Chicago Press, 1949). The quotation is from p. 348.

The P. T. Geach quotation is from his God and the Soul (London: Routledge and Kegan Paul, 1969), p. 128.

MacIntyre's remark is from the opening of the chapter on Kant in his A Short History of Ethics (New York: Macmillan, 1966).

Chapter 10: Kant and Respect for Persons

Kant's remarks on animals are from his Lectures on Ethics, translated by Louis Infield (New York: Harper & Row, 1963), pp. 239-40.

The second formulation of the Categorical Imperative, in terms of treating persons as ends, is in Foundations of the Metaphysics of Morals, translated by Lewis White Beck (Indianapolis: Bobbs-Merrill, 1959), p. 47. The remarks about "dignity" and "price" are on p. 53.

Bentham's statement "All punishment is mischief is from The Principles of Morals and Legislation (New York: Hafner, 1948), p. 170.

The quotations from Kant on punishment are from The Metaphysical Elements of Justice, translated by John Ladd (Indianapolis: Bobbs-Merrill, 1965), pp. 99-107, except for the quotation about the "right good beating," which is from Critique of Practical Reason, translated by Lewis White Beck (Chicago: University of Chicago Press, 1949), p.170.

Karl Menninger's views are quoted from his article, "Therapy, Not Punishment," Harper's Magazine (August 1959), pp. 63-64.

Chapter 11: The Idea of a Social Contract

Hobbes s estimate of the state of nature is from his Leviathan, Oakeshott edition (Oxford: Blackwell, 1960), Chapter 13. The quotation is from p. 82.

The Rousseau quotation is from The Social Contract and Discourses, translated by G. D. H. Cole (New York: Dutton, 1959), pp. 18-19.

The quotations from King and Waldman may be found in Civil Disobedience: Theory and Practice, edited by Hugo Adam Bedau (New York: Pegasus Books, 1967), pp. 76-77, 78, 106, and 107.

The passage from Fontaine's memoirs is quoted in Peter Singer, Animal Liberation (New York: New York Review Books, 1975), p. 220.

Chapter 12: Feminism and the Ethics of Care

Heinz s Dilemma is explained in Lawrence Kohlberg, Essays on Moral Development, volume 1: The Philosophy of Moral Development (New York: Harper & Row, 1981), p. 12. For the six stages of moral development, see the same work, pp. 409-12.

Amy and Jake are quoted by Carol Gilligan in her In a Different Voice: Psychological Theory and Women's Development (Cambridge: Harvard University Press, 1982), pp. 26, 28. The other quotations from Gilligan are from pp. 16-17, 31.

The Virginia Held quotation is from her "Feminist Transformations of Moral Theory," Philosophy and Phenomenological Research 50 (1990), p.344.

" 'Care' is the new buzzword" is from Annette Baier, Moral Prejudices (Cambridge: Harvard University Press, 1994), p. 19. The other quotations from Baier are from pp. 4 ("connect their ethics of love") and 2 ("honorary women").

The quotations from Nel Noddings are all from her book Caring: A Feminine Approach to Ethics and Moral Education (Berkeley: University of California Press, 1984), pp.149-55.

Chapter 13: The Ethics a/Virtue

The quotations from Aristotle are from Book II of the Nicomachean Ethics, translated by Martin Ostwald (Indianapolis: Bobbs-Merrill, 1962), except for the quotation about friendship, which is from Book VIII, and the quotation about visiting foreign lands, which is Martha C. Nussbaum's translation, given in her article "Non-Relative Virtues; An Aristotelian Approach," in Midwest Studies in Philosophy, vol. XII. Ethical Theory: Character and Virtue, edited by Peter A. French, Theodore

E. Uehlingjr., and Howard K. Wettstein (Notre Dame: University of Noire Dame Press, 1988), pp. 32-53.

Peter Geach's remarks concerning courage are from his book The Virtues (Cambridge: Cambridge University Press, 1977), pp. xxix, xxx. The story about St. Athanasius appears on p. 114.

Plato's Euthyphro is available in several translations; a useful one is Hugh Tredennick's in Plato, The Last Days of Socrates (Harmondsworth, Middlesex: Penguin Books, revised edition 1959).

Pincoffs's suggestion about the nature of virtue appears in his book Quandaries and Virtues: Against Reductivism in Ethics (Lawrence: University of Kansas Press, 1986), p. 78.

The Nietzsche quotation is from Twilight of the Idols, "Morality as AntiNature," part 6.

Michael Stocker's example is from his article "The Schizophrenia of Modern Ethical Theories," Journal of Philosophy 73 (1976), pp.453-66.

The quotation from Mill is from Utilitarianism (Indianapolis: Bobbs-Merrill, 1957), p. 22.

Anscombe's proposal that the notion of "morally right" be jettisoned is made in her influential article "Modern Moral Philosophy," first published in Philosophy 33 (1958) and conveniently reprinted in Ethics, Religion and Politics: The Collected Philosophical Papers of G. E. M. Anscombe, vol. Ill (Minneapolis: University of Minnesota Press, 1981).

Chapter 14: What Would a Satisfactory Moral Theory Be Like?

Hume's statement about the universe not caring for us is from his essay "Of Suicide," which is conveniently reprinted in Hume's Ethical Writings, edited by Alasdair MacIntyre (New York: Collier, 1965), pp. 297-306. The quotation is from p. 301.

The quotation from Henry Sidgwick is from his book The Methods of Ethics, 7th ed. (London: Macmillan, 1907), p. 413.

索引

（依原書頁碼，請參閱頁側編碼）

《桂冠新知系列叢書》系統論述當代人文、社會科學知識領域的重要理論成果,力求透過深入淺出的文字,介紹當代人文、社會科學領域中,最有影響力的思想家、理論家、文學家的作品與思想;從整體上構成一部完整的知識百科全書,為社會各界提供最寬廣而有系統的讀物。《桂冠新知系列叢書》不僅是您理解時代脈動,透析大師性靈,拓展思維向度的視窗,更是每一個現代人必備的知識語言。

08500B	馬斯洛	馬斯洛著／莊耀嘉編譯	200元
08501B	皮亞傑	鮑定著／楊俐容譯	200元
08502B	人論	卡西勒著／甘陽譯	300元
08503B	戀人絮語	羅蘭巴特著／汪耀進等譯	250元
08504B	種族與族類	雷克斯著／顧駿譯	200元
08505B	地位	特納著／慧民譯	200元●
08506B	自由主義	格雷著／傅鏗等譯	150元●
08507B	財產	賴恩著／顧蓓曄譯	150元
08508B	公民資格	巴巴利特著／談谷錚譯	150元
08509B	意識形態	麥克里蘭著／施忠連譯	150元●
08511B	傅柯	梅奎爾著／陳瑞麟譯	250元●
08512B	佛洛依德自傳	佛洛依德著／游乾桂譯	100元
08513B	瓊斯基	格林著／方立等譯	150元
08514B	葛蘭西	約爾著／石智青譯	150元●
08515B	阿多諾	馬丁.傑著／李健鴻譯	150元●
08516B	羅蘭·巴特	卡勒著／方謙譯	150元●
08518B	政治人	李普塞著／張明貴譯	250元
08519B	法蘭克福學派	巴托莫爾著／廖仁義譯	150元
08521B	曼海姆	卡特勒等著／蔡采秀譯	250元
08522B	派森思	漢彌爾頓著／蔡明璋譯	200元●
08523B	神話學	羅蘭巴特著／許薔薔等譯	250元
08524B	社會科學的本質	荷曼斯著／楊念祖譯	150元●
08525B	菊花與劍	潘乃德著／黃道琳譯	300元
08527B	胡賽爾與現象學	畢普塞維著／廖仁義譯	300元●
08529B	科學哲學與實驗	海金著／蕭明慧譯	300元
08531B	科學的進步與問題	勞登著／陳衛平譯	250元
08532B	科學方法新論	高斯坦夫婦著／李執中等譯	350元
08533B	保守主義	尼斯貝著／邱辛曄譯	150元
08534B	科層制	比瑟姆著／鄭樂平譯	150元
08535B	民主制	阿博拉斯特著／胡建平譯	150元
08536B	社會主義	克里克著／蔡鵬鴻等譯	150元
08537B	流行體系(一)	羅蘭巴特著／敖軍譯	300元
08538B	流行體系(二)	羅蘭巴特著／敖軍譯	150元
08539B	論韋伯	雅思培著／魯燕萍譯	150元

※訂購圖書價格後有●符號的書,請先來電(037)832-001確認是否尚有存書。

08540B	禪與中國	柳田聖山著／毛丹青譯	150元
08541B	禪學入門	鈴木大拙著／謝思煒譯	150元
08542B	禪與日本文化	鈴木大拙著／陶剛譯	150元
08543B	禪與西方思想	阿部正雄著／王雷泉等譯	300元
08544B	文學結構主義	休斯著／劉豫譯	200元●
08545B	梅洛龐蒂	施密特著／尚新建等譯	200元
08546B	盧卡奇	里希特海姆著／王少軍等譯	150元
08547B	理念的人	柯塞著／郭方等譯	400元●
08548B	醫學人類學	福斯特等著／陳華譯	450元
08549B	謠言	卡普費雷著／鄭若麟等譯	300元
08550B	傅柯：超越結構主義與詮釋學	德雷福斯著／錢俊譯	400元
08552B	咫尺天涯：李維史陀訪問錄	葉希邦著／廖仁義譯	300元
08553B	基督教倫理學闡釋	尼布爾著／關勝瑜等譯	200元
08554B	詮釋學	帕瑪著／嚴平譯	350元
08555B	自由	鮑曼著／楚東平譯	150元
08557B	政治哲學	傑拉爾德著／李少軍等譯	300元
08558B	意識型態與現代政治	恩格爾著／張明貴譯	300元
08561B	金翅：傳統中國家庭的社會化過程	林耀華著／宋和譯	300元
08562B	寂寞的群眾：變化中的美國民族	黎士曼等著／蔡源煌譯	300元
08564B	李維史陀：結構主義之父	李區著／黃道琳譯	200元
08566B	猴子啟示錄	凱耶斯著／蔡伸章譯	150元●
08567B	菁英的興衰	帕累托等著／劉北成譯	150元
08568B	近代西方思想史	史壯柏格著／蔡伸章譯	700元●
08569B	第一個新興國家	李普塞著／范建年等譯	450元
08570B	國際關係的政治經濟分析	吉爾平著／楊宇光等譯	500元
08571B	女性主義實踐與後結構主義理論	維登著／白曉紅譯	250元
08572B	權力	丹尼斯.朗著／高湘澤等譯	400元
08573B	反文化	英格著／高丙仲譯	450元
08574B	純粹現象學通論	胡塞爾著／李幼蒸譯	700元●
08575B	分裂與統一：中、韓、德、越南	趙全勝編著	200元
08579B	電影觀賞	鄭泰丞著	200元
08580B	銀翅：金翅-1920～1990	莊孔韶著	450元
08581B	政治與經濟的整合	蕭全政著	200元
08582B	康德、費希特和青年黑格爾論	賴賢宗著	400元●
08583B	批評與真實	羅蘭巴特著／溫晉儀譯	100元
08585B	布爾迪厄文化再製理論	邱天助著	250元
08587B	交換	戴維斯著／敖軍譯	150元
08588B	權利	弗利登著／孫嘉明等譯	250元
08589B	科學與歷史	狄博斯著／任定成等譯	200元

※本目錄圖書價格如有變動，概以版權頁定價為準※

※訂購圖書價格後有●符號的書，請先來電(037)832-001確認是否尚有存書。

《當代思潮》是由前中央研究院副院長楊國樞先生擔綱，結合數百位華文世界的人文與社會科學傑出專家、學者，為國人精選哲學、宗教、藝文、語言學、心理學、教育學、人類學、社會學、政治學、法律、經濟、傳播等知識領域中，影響當代人類思想最深遠的思想經典，不僅是國人心靈革命的張本，更是當代知識分子不可或缺的思考元素。

編號	書名	作者／譯者	價格
08701A	成為一個人	羅哲斯著／宋文里譯	500元
08702A	資本主義的文化矛盾	貝爾著／趙一凡等譯	400元
08703A	不平等的發展	阿敏著／高銛譯	400元
08704A	變革時代的人與社會	曼海姆著／劉凝譯	200元
08705A	單向度的人	馬庫塞著／劉繼譯	250元
08706A	後工業社會的來臨	貝爾著／高銛等譯	500元
08707A	性意識史：第一卷	傅柯著／尚衡譯	150元
08708A	哲學和自然之鏡	羅蒂著／李幼蒸譯	500元●
08709A	結構主義和符號學	艾柯等著／李幼蒸譯	300元●
08710A	批評的批評	托多洛夫著／王東亮等譯	250元
08711A	存在與時間	海德格著／王慶節等譯	400元
08712A	存在與虛無（上）	沙特著／陳宣良等譯	300元
08713A	存在與虛無（下）	沙特著／陳宣良等譯	350元
08714A	成文憲法的比較研究	馬爾賽文等著／陳雲生譯	350元
08715A	韋伯與現代政治理論	比瑟姆著／徐鴻賓等譯	300元
08716A	官僚政治與民主	哈利維著／吳友明譯	400元●
08717A	語言與神話	卡西勒著／于曉等譯	250元
08719A	社會世界的現象學	舒茲著／盧嵐蘭譯	400元
08721A	金枝：巫術與宗教之研究（上）	佛雷澤著／汪培基譯	450元
08722A	金枝：巫術與宗教之研究（下）	佛雷澤著／汪培基譯	450元
08723A	社會人類學方法	布朗著／夏建中譯	250元
08724A	我與你	布伯著／陳維剛譯	150元
08725A	寫作的零度	羅蘭巴特著／李幼蒸譯	300元
08726A	言語與現象	德希達著／劉北成等譯	300元
08727A	社會衝突的功能	科塞著／孫立平等譯	250元
08728A	政策制定過程	林布隆著／劉明德等譯	200元
08729A	合法化危機	哈柏瑪斯著／劉北成譯	250元
08730A	批判與知識的增長	拉卡托斯等著／周寄中譯	350元
08731A	心的概念	萊爾著／劉建榮譯	300元
08733A	政治生活的系統分析	伊斯頓著／王浦劬譯	450元
08734A	日常生活中的自我表演	高夫曼著／徐江敏等譯	350元
08735A	歷史的反思	布克哈特著／施忠連譯	300元
08736A	惡的象徵	里克爾著／翁紹軍譯	400元●
08737A	廣闊的視野	李維史陀著／肖聿譯	400元
08738A	宗教生活的基本形式	涂爾幹著／芮傳明等譯	500元
08739A	立場	德希達著／楊恆達等譯	200元●
08740A	舒茲論文集（第一冊）	舒茲著／盧嵐蘭譯	350元

※訂購圖書價格後有●符號的書，請先來電(037)832-001確認是否尚有存書。

08741A 歐洲科學危機和超越現象學	胡塞爾著／張慶熊譯	150元
08742A 歷史的理念	柯林烏著／陳明福譯	350元
08743A 開放社會及其敵人(上)	巴柏著／莊文瑞等譯	500元
08744A 開放社會及其敵人(下)	巴柏著／莊文瑞等譯	500元
08745A 國家的神話	卡西勒著／范進等譯	350元
08746A 笛卡兒的沉思	胡塞爾著／張憲譯	200元
08748A 規訓與懲罰	傅柯著／劉北成等譯	400元
08749A 瘋顛與文明	傅柯著／劉北成等譯	300元
08750A 宗教社會學	韋伯著／劉援譯	400元●
08751A 人類本性與社會秩序	庫利著／包凡一等譯	300元
08752A 沒有失敗的學校	格拉塞著／唐曉杰譯	300元
08753A 非學校化社會	伊利奇著／吳康寧譯	150元
08754A 文憑社會	柯林斯著／劉慧珍等譯	350元
08755A 教育的語言	謝富勒著／林逢祺譯	150元
08756A 教育的目的	懷德海著／吳志宏譯	200元
08757A 民主社會中教育的衝突	赫欽斯著／陸有銓譯	100元
08758A 認同社會	格拉瑟著／傅宏譯	250元
08759A 教師與階級	哈利斯著／唐宗清譯	250元
08760A 面臨抉擇的教育	馬里坦著／高旭平譯	150元
08761A 蒙特梭利幼兒教育手冊	蒙特梭利著／李季湄譯	150元
08762A 蒙特梭利教學法	蒙特梭利著／周欣譯	350元●
08763A 世界的邏輯結構	卡納普著／蔡坤鴻譯	400元●
08764A 小說的興起	瓦特著／魯燕萍譯	400元
08765A 政治與市場	林布隆著／王逸舟譯	500元
08766A 吸收性心智	蒙特梭利著／王堅紅譯	300元
08767A 博學的女人	德拉蒙特著／錢撲譯	400元
08768A 原始社會的犯罪與習俗	馬凌諾斯基著／夏建中譯	150元
08769A 信仰的動力	田立克著／魯燕萍譯	150元
08770A 語言、社會和同一性	愛德華滋著／蘇宜青譯	350元●
08771A 權力菁英	米爾斯著／王逸舟譯	500元
08772A 民主的模式	赫爾德著／李少軍等譯	500元
08773A 哲學研究	維根斯坦著／尚志英譯	350元
08774A 詮釋的衝突	里克爾著／林宏濤譯	500元●
08775A 女人、火與危險事物(上)	萊科夫著／梁玉玲等譯	450元
08776A 女人、火與危險事物(下)	萊科夫著／梁玉玲等譯	450元
08777A 心靈、自我與社會	米德著／胡榮譯	450元
08778A 社會權力的來源(上)	麥可.曼著／李少軍等譯	300元
08779A 社會權力的來源(下)	麥可.曼著／李少軍等譯	300元
08780A 封建社會(Ⅰ)	布洛克著／談谷錚譯	400元
08781A 封建社會(Ⅱ)	布洛克著／談谷錚譯	300元
08783A 民主與資本主義	鮑爾斯等著／韓水法譯	350元
08784A 資本主義與社會民主	普熱沃斯基著／張虹譯	350元
08785A 國家與政治理論	卡諾伊著／杜麗燕等譯	400元

※本目錄圖書價格如有變動，概以版權頁定價為準※

08786A	社會學習理論	班德拉著／周曉虹譯	300元
08787A	西藏的宗教	圖奇著／劉瑩譯	300元
08788A	宗教的創生	懷德海著／蔡坤鴻譯	100元
08789A	宗教心理學	斯塔伯克著／楊宜音譯	450元
08790A	感覺和所感覺的事物	奧斯汀著／陳瑞麟譯	200元●
08791A	制約反射	巴夫洛夫著／閻坤譯	500元●
08793A	近代世界體系(第一卷)	華勒斯坦著／郭方等譯	600元
08794A	近代世界體系(第二卷)	華勒斯坦著／郭方等譯	600元
08795A	近代世界體系(第三卷)	華勒斯坦著／郭方等譯	600元
08796A	正義論	羅爾斯著／李少軍等譯	600元
08797A	政治過程：政治利益與輿論(I)	杜魯門著／張炳九譯	350元
08798A	政治過程：政治利益與輿論(II)	杜魯門著／張炳九譯	350元
08799A	國家與社會革命	斯科克波著／劉北城譯	500元
08800A	韋伯：思想與學說	本迪克斯著／劉北城等譯	600元
08801A	批評的西方哲學史(上)	奧康諾著／洪漢鼎等譯	600元
08802A	批評的西方哲學史(中)	奧康諾著／洪漢鼎等譯	600元
08803A	批評的西方哲學史(下)	奧康諾著／洪漢鼎等譯	600元
08804A	控制革命：資訊社會的技術和經濟起源(上)	貝尼格著／俞灝敏等譯	300元●
08805A	控制革命：資訊社會的技術和經濟起源(下)	貝尼格著／俞灝敏等譯	400元●
08808A	精神分析引論新講	佛洛依德著／吳康譯	250元
08809A	民主與市場	普熱沃斯基著／張光等譯	350元
08810A	社會生活中的交換與權力	布勞著／孫非等譯	450元
08812A	心理類型(上)	榮格著／吳康等譯	400元
08813A	心理類型(下)	榮格著／吳康等譯	400元
08814A	他者的單語主義	德希達著／張正平譯	150元
08815A	聖與俗	伊利亞德著／楊素娥譯	350元
08816A	絕對主義國家的系譜	安德森著／劉北成等譯	600元
08817A	民主類型	李帕特著／高德源譯	450元
08818A	知識份子與當權者	希爾斯著／傅鏗等譯	450元
08819A	恐怖的力量	克莉斯蒂娃著／彭仁郁譯	300元●
08820A	論色彩	維根斯坦著／蔡政宏譯	150元●
08821A	解構共同體	尚呂克.儂曦著／蘇哲安譯	150元
08822A	選舉制度與政黨體系	李帕特著／張慧芝譯	250元
08823A	多元社會的民主	李帕特著／張慧芝譯	250元
08824A	性政治	米利特著／宋文偉譯	450元
08837A	胡塞爾德幾何學的起源導引	德希達著／錢捷譯	250元●
08838A	意識型態與烏托邦	曼海姆著／張明貴譯	350元
08839A	性別惑亂－女性主義與身分顛覆	巴特勒著／林郁庭譯	350元
08840A	物體世界－羅蘭巴特評論集(一)	羅蘭巴特著／陳志敏譯	250元
08841A	符號的想像－羅蘭巴特評論集(二)	羅蘭巴特著／陳志敏譯	250元
08842A	傾斜觀看	紀傑克著／蔡淑惠譯	350元

※訂購圖書價格後有●符號的書，請先來電(037)832-001確認是否尚有存書。

-當代思想大師-

編號	書名	作者／譯者	價格
08500B	馬斯洛	馬斯洛著／莊耀嘉編譯	200元
08501B	皮亞傑	鮑定著／楊俐容譯	200元
08511B	傅柯	梅奎爾著／陳瑞麟譯	250元●
08513B	瓊斯基	格林著／方立等譯	150元
08514B	葛蘭西	約爾著／石智青譯	150元●
08515B	阿多諾	馬丁.傑著／李健鴻譯	150元●
08516B	羅蘭・巴特	卡勒著／方謙譯	150元●
08521B	曼海姆	卡特勒等著／蔡采秀譯	250元
08522B	派森思	漢彌爾頓著／蔡明璋譯	200元●
08545B	梅洛龐蒂	施密特著／尚新建等譯	200元
08546B	盧卡奇	里希特海姆著／王少軍等譯	150元
08564B	李維史陀：結構主義之父	李區著／黃道琳譯	200元
08585B	布爾迪厄文化再製理論	邱天助著	250元
08609B	布勞代爾的史學解析	賴建誠著	200元
08800A	韋伯:思想與學說	本迪克斯著／劉北城等譯	600元
85999B	舒茲的社會現象學與教育	郭諭玲著	200元

-西方哲學、思想譯著-

14001A	哲學概論	麥欽納力著／林逢祺譯	350元
08568B	近代西方思想史	史壯柏格著／蔡伸章譯	700元●
08801A	批評的西方哲學史(上)	奧康諾著／洪漢鼎等譯	600元
08802A	批評的西方哲學史(中)	奧康諾著／洪漢鼎等譯	600元
08803A	批評的西方哲學史(下)	奧康諾著／洪漢鼎等譯	600元

-胡賽爾與現象學譯著-

08527B	胡賽爾與現象學	畢普塞維著／廖仁義譯	300元●
08574B	純粹現象學通論	胡塞爾著／李幼蒸譯	700元●
08620B	現象學導論	德穆. 莫倫著／蔡錚雲譯	600元
08719A	社會世界的現象學	舒茲著／盧嵐蘭譯	400元
08740A	舒茲論文集(第一冊)	舒茲著／盧嵐蘭譯	350元
08741A	歐洲科學危機和超越現象學	胡塞爾著／張慶熊譯	150元
08746A	笛卡兒的沉思	胡塞爾著／張憲譯	200元

-現象學名著譯著-

08708A	哲學和自然之鏡	羅蒂著／李幼蒸譯	500元●
08711A	存在與時間	海德格著／王慶節等譯	400元
08712A	存在與虛無(上)	沙特著／陳宣良等譯	300元
08713A	存在與虛無(下)	沙特著／陳宣良等譯	350元

※訂購圖書價格後有●符號的書，請先來電(037)832-001確認是否尚有存書。

-德希達作品譯著-

08726A	言語與現象	德希達著／劉北成等譯	300元●
08739A	立場	德希達著／楊恆達等譯	200元●
08814A	他者的單語主義	德希達著／張正平譯	150元
08837A	胡塞爾《幾何學的起源》導引	德希達著／錢捷譯	250元

-傅柯及其思想譯著-

08550B	傅柯：超越結構主義與詮釋學	德雷福斯著／錢俊譯	400元
08707A	性意識史：第一卷	傅柯著／尚衡譯	150元
08748A	規訓與懲罰	傅柯著／劉北成等譯	400元
08749A	瘋顛與文明	傅柯著／劉北成等譯	300元

-詮釋學著譯作-

08729A	合法化危機	哈柏瑪斯著／劉北成譯	250元
08554B	詮釋學	帕瑪著／嚴平譯	350元
08599B	詮釋學史	洪漢鼎著	350元
08601B	詮釋學經典文選(上)	哈柏瑪斯等著／洪漢鼎等譯	300元
08602B	詮釋學經典文選(下)	伽達默爾等著／洪漢鼎等譯	300元
08736A	惡的象徵	里克爾著／翁紹軍譯	400元●
08774A	詮釋的衝突	里克爾著／林宏濤譯	500元●
08821A	解構共同體	尚呂克.儂曦著／蘇哲安譯	150元

-卡西勒作品譯著-

08502B	人論	卡西勒著／甘陽譯	300元
08717A	語言與神話	卡西勒著／于曉等譯	250元
08745A	國家的神話	卡西勒著／范進等譯	350元

-分析哲學譯著-

08529B	科學哲學與實驗	海金著／蕭明慧譯	300元
08531B	科學的進步與問題	勞登著／陳衛平譯	250元
08532B	科學方法新論	高斯坦夫婦著／李執中等譯	350元
08589B	科學與歷史	狄博斯著／任定成等譯	200元
08730A	批判與知識的增長	拉卡托斯等著／周寄中譯	350元
08731A	心的概念	萊爾著／劉建榮譯	300元
08763A	世界的邏輯結構	卡納普著／蔡坤鴻譯	400元●
08773A	哲學研究	維根斯坦著／尚志英譯	350元
08790A	感覺和所感覺的事物	奧斯汀著／陳瑞麟譯	200元●
08820A	論色彩	維根斯坦著／蔡政宏譯	150元

※本目錄圖書價格如有變動，概以版權頁定價為準※